Duivelspact

Onder meer verschenen van Loes den Hollander:

Dekmantel
Schijnvertoon
Omnibus: Vluchtgedrag & Zielsverwanten
Voorbedacht
Aangetast (Dossier Metselaer I)
Genadeklap (Dossier Metselaer II)
Droombeeld

Loes den Hollander

Duivelspact

Karakter Uitgevers B.V.

Opmaak binnenwerk: ZetSpiegel, Best
Omslagontwerp: Wil Immink Design
Omslagbeeld: Elisabeth Ansley/Trevillion Images

ISBN 978 90 452 1029 2
NUR 332

FSC www.fsc.org
MIX
Papier van verantwoorde herkomst
FSC® C110751

Het leven kan alleen achterwaarts begrepen worden,
maar het moet voorwaarts worden geleefd.

Sören Kierkegaard

***

Ik glipte met mijn blote voeten in mijn schoenen, sloop naar beneden en liep rechtstreeks naar de kast waarin mijn moeder het glasservies bewaarde dat nog van haar oma was geweest. Er werd slechts op hoogtijdagen uit die glazen gedronken. Het was alleen mijn moeder toegestaan ze aan te raken en ze mochten absoluut niet in de afwasmachine.

Ik nam de glazen een voor een uit de kast en ging erbovenop staan. De glassplinters vormden een glinsterend tapijt dat steeds groter werd.

Het duurde een kwartier, toen waren de planken leeg. Ik liep weer naar boven en kroop in bed.

Mijn vader ontdekte de ravage toen hij die ochtend beneden kwam. Hij stond meestal als eerste op en was doorgaans al weg als wij wakker werden. Ik hoorde hem onder aan de trap mijn moeders naam roepen. 'Agneta! Kom hier, er is iets gebeurd!'

Ik hoorde mijn moeder schreeuwen en werd door mijn vader uit bed gehaald. 'Klopt het wat ze zegt?' wilde hij weten. 'Heb jij dat gedaan?'

Ik knikte.

'Waarom?'

'Daarom.'

'Dat is geen antwoord, Marijn.'

Ik zweeg.

'Wat is er gebeurd? Er moet een reden zijn waarom je dit hebt gedaan. Kijk me aan. Wat is er gebeurd?'

'Ze heeft mijn sprookjesboeken weggegooid,' zei ik.

'Ik heb altijd al gezegd dat je lievelingetje een monster is,' gilde mijn moeder.

'Het was niet eerlijk,' gilde ik toen ook.

'Het leven is niet eerlijk, kind,' zei mijn vader. 'Ging het alleen om die sprookjesboeken?' Het leek of zijn stem haperde.

'Ja,' loog ik.

6 mei 2010

Na vandaag zou alles anders worden.

De wind blies door zijn haar, maar hij zou niet met een verwaaide kop bij zijn bruid voor de deur staan. In de binnenzak van zijn jacquetjas zat een kam, die was er door zijn moeder in gestopt voordat hij vertrok. Ze had geprobeerd haar stem mopperend te laten klinken toen ze zei dat zijn schoonouders het zeker niet zouden waarderen dat hij hun dochter op zijn scooter met opgevoerde motor naar het stadhuis ging vervoeren, maar de lach in haar stem had binnenpret verraden.

Na vandaag bepalen we helemaal zelf wat we doen, dacht hij. Vanaf nú!

De stropdas die hij droeg zat te strak, hij probeerde met een paar vingers wat ruimte in de boord van zijn overhemd te creëren. Het dragen van dit apenpak was een concessie die hij had gedaan om zijn schoonouders tegemoet te komen. Zij waren van mening dat bij een vrouw in een bruidsjapon een man in jacquet hoorde. Hij wist dat ze ook vonden dat een jacquet alleen door mannen van een hogere maatschappelijke klasse gedragen kon worden en hij niet voor deze categorie in aanmerking kwam. Vooral zijn schoonmoeder liet er geen twijfel over bestaan dat ze haar dochter liever met een man uit hun eigen milieu had zien trouwen. Een die universitair gestudeerd had, die tijdens zijn studie lid was geweest van een studentencorps, die vermogende ouders had en die ook VVD stemde.

Op de lijst van geschikte schoonzonen stond hij op de schaal van nul tot tien voor zijn schoonouders helemaal onderaan. Eigenlijk stond hij helemaal niet op de lijst. Toch trouwde hij vandaag met hun dochter.

Over een paar uur zou de ambtenaar van de burgerlijke stand hun verzoeken te gaan staan en elkaar de rechterhand te geven, om daarna de vraag der vragen te stellen.

'Roelof Henricus Maria Waarland, neemt u aan tot uw wettige echtgenote Marijn Elisabeth Geertruida Louise Bentink van Heemstede, en belooft u trouw te zullen vervullen alle plichten die de wet aan de huwelijkse staat verbindt, wat is hierop uw antwoord?'

En hij, Roel Waarland, zou ervoor zorgen dat vooral zijn schoonmoeder goed kon verstaan wat daarop zijn antwoord was.

De familie lustte hem niet. Toch moesten ze accepteren dat hij in jacquet op een scooter kwam voorrijden, toch werd hun adellijke familienaam na vandaag naar de tweede plaats verschoven. Hij repeteerde hardop de nieuwe naam van zijn bruid. 'Marijn Waarland-Bentink van Heemstede.' En hij lachte breed.

Het volgende moment zag hij iets op hem afkomen. Hij sperde zijn ogen open en besefte dat hij moest uitwijken. Niet naar links, dan kwam hij op de weg terecht. Beter naar rechts.

Hij wist dat hij moest remmen, maar ook dat het overal te laat voor was.

6 mei

Vandaag is het vijf jaar geleden.

We hadden besloten om op een donderdag te trouwen, want iedereen in mijn familie trouwde op een zaterdag. Dat was chic, volgens mijn moeder, en chic paste bij ons. Het paste ook bij ons om het burgerlijk huwelijk om elf uur te laten voltrekken en het kerkelijk huwelijk een uur later.

Wij kozen dus voor een donderdag, om drie uur op het stadhuis, en verder geen gedoe. Ook al waren we allebei katholiek gedoopt, we waren niet gelovig en kwamen dus nooit in een kerk. Onze kinderen zouden zeker niet gedoopt worden en we hadden geen plannen om ze naar op christelijke waarden gebaseerd onderwijs te sturen. Daar maakte mijn moeder op voorhand al ruzie om. Zij beweerde dat het bij de ouderlijke plichten hoorde om je kinderen een religieuze basis te geven waar ze later op konden terugvallen.

Ik ben van mening dat kinderen vooral moeten kunnen terugvallen op een veilige basis, op een jeugd die ze weerbaar maakt.

Mijn vader had me oeverloos vaak verteld dat hij me naar het altaar wilde leiden, net zoals hij dat met mijn zus had gedaan. Het groot gemengd koor zou zingen, zijn oudste broer zou de huwelijksmis opdragen. Er werd van me verwacht dat ik mijn broer en zus als getuigen zou nemen. Dat was traditie en tradities moet je in stand houden. Als mijn vader dit soort teksten uitkraamde, leek hij een vreemdeling te zijn die toevallig bij ons at.

Ik keek al een week iedere dag naar de weersvoorspellingen, omdat ik hoopte dat het mooi, droog weer zou zijn.

Het was een bewolkte dag. Er stond een zwakke wind en het werd zeventien graden.

Ik wist dat Roel iets spectaculairs van plan was, maar het was hem gelukt zijn geheim niet prijs te geven, hoe vaak en hoe slinks ik hem ook had proberen te verleiden om er iets over te zeggen. Het enige wat ik wist was dat hij niet in de witte Rolls-Royce zou komen voorrijden die mijn ouders hadden besteld. 'Geen suffer vervoer dan een witte Rolls-Royce,' beweerde hij. 'Wij gaan het anders doen, wij gaan knallen. Je weet zeker dat je niet zo'n Sissi-jurk aantrekt? Dan wordt het moeilijk om je vervoerd te krijgen.'

'Geen Sissi-jurk voor deze bruid,' bleef ik herhalen. 'Maar gaat het ook goed als het regent?'

'Het regent niet op onze trouwdag,' beloofde hij.

Toen de kapster mijn sluier begon vast te maken, zei mijn moeder dat het die dag acht jaar geleden was dat Pim Fortuyn werd doodgeschoten in het Mediapark. Ik verweet haar dat ze probeerde mijn grote dag te verzieken met dit soort opmerkingen. 'Je had beslist nooit op hem gestemd,' beet ik haar toe. 'Je was geen fan van hem.'

'Fan? Wat een belachelijk woord. Je bent fan van een band of van een ander soort volksvermaak,' meende mijn moeder. 'Het maakt helemaal niet uit of ik me wel of niet kon verplaatsen in zijn gedachtegoed, het had niet mogen gebeuren. Het is een zwarte bladzijde in onze vaderlandse geschiedenis. Een politieke moord hoort niet bij ons volk.'

'Vanaf vandaag is deze dag de trouwdag van je jongste kind,' antwoordde ik. 'Je kunt er dus voor kiezen om de zesde mei voortaan een feestelijk tintje te geven.'

Mijn moeder zweeg, en ik weet nog steeds wat haar zwijgen met me deed.

Het was twee uur en iedereen begon ongedurig te worden. Mijn zus stuurde haar man naar buiten om te kijken of de witte Rolls-Royce al in zicht was. Het werd halfdrie, maar van mijn bruidegom was geen spoor te bekennen.

'Hij laat je dus zitten,' siste mijn moeder tussen haar tanden door. 'Ik weet niet of je daar verdrietig om moet zijn.'

'Jij wordt dat in ieder geval niet,' antwoordde ik kalm. Het was onmogelijk dat Roel zich had bedacht, er moest iets anders aan de hand zijn.

Mijn zwager en mijn broer liepen met mijn vader in optocht door de tuin en controleerden wie er door het grote, wijd openstaande toegangshek kwam. Ik stond voor het raam van mijn slaapkamer en zag dat mijn vader een hand opstak.

Ik maakte het raam open en hoorde geluiden van ambulances en politieauto's. Ze leken onze kant op te komen.

Mijn vader keek naar boven en gebaarde dat ik bij het raam weg moest gaan. Maar ik bleef staan.

Vandaag is het vijf jaar geleden dat drie dronken vrienden mijn leven vernielden. Ik weet wie ze zijn, met wie ze zijn, waar ze wonen.

Dat moest ik te weten komen om toe te kunnen slaan als de tijd rijp zou zijn. En de tijd is rijp.

7 mei

Ik denk het zodra ik wakker word. Dit is *the day after.* Sinds de eerste keer dat ik wakker werd na de dag die mijn trouwdag had moeten zijn heeft deze zin zich aan me opgedrongen, nog steeds in de tegenwoordige tijd. De zevende mei zal altijd de dag zijn die volgt op de zesde mei en de zesde mei zal altijd gekenmerkt worden door de herinnering aan iets wat nooit had mogen gebeuren.

De dag die volgde op het drama werd ik wakker in het bed waar ik twee nachten eerder afscheid van had genomen. Het bed waarin ik voor de eerste keer had gevreeën met Roel, het bed waarin ik geluisterd had naar de verhalen die hij ter plekke verzon en naar de poëtische liefdesbetuigingen die hij me voorlas. Het bed waarin we lagen toen hij me vertelde dat hij besloten had om zijn ouders te laten instappen in de witte Rolls-Royce die mijn ouders ons hadden opgedrongen, maar waaruit hij zelf niet voor de deur van mijn ouderlijk huis tevoorschijn zou komen.

Ik hoopte dat hij een trouwkoets met paarden had georganiseerd en ik zag ons samen in die koets bij het stadhuis arriveren, met de witte Rolls-Royce achter ons. Ik had al heel wat voorpret beleefd aan het idee hoe mijn moeder zou kijken als ze uitstapte. En aan het gevoel dat ik daarbij zou hebben.

Diep in mijn hart vond ik mijn eigen gedrag wel een beetje kinderachtig. Ik was me ervan bewust dat ik met mijn achtentwintig jaar veel beter in staat moest zijn om mijn jeugd achter me te laten en dat ik negatieve herinneringen minder ruimte moest geven. Soms deinsde ik terug voor het haatgevoel in me. Regelmatig moest ik mezelf dwingen om uit mijn moorddadige fantasieën te stappen, vooral uit de fantasieën die ik losliet op mijn moeder.

Ik was ervan overtuigd dat ik alles wat me dwarszat pas kwijt zou raken als ik met Roel was getrouwd. Als ik officieel aan een ander leven was begonnen. Als ik Marijn Waarland-Bentink van Heemstede zou zijn geworden. Die gedachte gaf rust, daarmee kon ik andere gedachten van me af houden.

Vandaag heb ik met niemand een afspraak. Ik heb al vijf jaar lang met niemand een afspraak op 7 mei. Die dag is voor mij en mijn gedachten. Voor herinneringen. En dit jaar ook voor het maken van plannen. Ik weet nu negen maanden wie er verantwoordelijk waren voor de daad die mijn leven verwoestte en het plan kan gebaard worden. De eerste die gaat begrijpen dat de misdaad die hij pleegde toch niet zonder gevolgen zal zijn heet Arjan Kleman. Hij is getrouwd met Jacky Horree.

Maar niet lang meer.

Arjan

1

Op de site stond vermeld dat het testpakket op een discrete manier zou worden verzonden. Arjan bekijkt het platte witte pakje dat in de brievenbus lag. Er staat inderdaad geen bedrijfsnaam op vermeld, alleen zijn naam en adres. De eerste belofte is waargemaakt. Nu de rest nog.

Hij heeft de inhoud van het pakket uitgestald op de eettafel en controleert of alles klopt. Gesteriliseerde en verzegelde wattenstaafjes? Check. Transportcontainers om de wattenstaafjes veilig te kunnen verzenden? Check. Duidelijke instructies met illustraties? Check. Retourenvelop voor het terugzenden van de DNA-monsters? Check.

Kramp in zijn maag, trillende handen.

Hij kent de tekst over veelgestelde vragen bijna uit zijn hoofd. Natuurlijk wist hij al dat een kind DNA erft uit de eicel van de moeder en de zaadcel van de vader en dat die cellen allebei drieëntwintig chromosomen bevatten. Sinds hij deze tekst heeft gegoogeld en uitgeprint weet hij ook dat bij een verwantschapstest de specifieke DNA-reeksen voor meerdere chromosomen worden onderzocht en het resultaat daarvan een unieke genetische blauwdruk zal zijn, dat een DNA-profiel wordt genoemd. En dat door het vaststellen en vergelijken van DNA-profielen kan worden bepaald of er sprake is van een biologische relatie.

Hij leest deze passage opnieuw. De tekst is vertrouwd, hij kan hem met gesloten ogen voorlezen. Tot nu toe waren de twee laatste woorden van dit deel niet meer dan een afsluiting van deze passage, maar nu is het anders. Nu ligt er een compleet testpakket voor hem op tafel. Nu kan er daadwerkelijk worden vastgesteld of hij de biologische vader is van zijn dochters.

Of niet.

Jacky schreeuwde het in zijn gezicht. Haar ogen vlamden, haar mond was vertrokken, haar hele houding was doordrenkt van weerstand en van woede. Hij had haar een paar minuten eerder verteld dat hij een vriendin had.

Jacky reageerde furieus. Arjan wist dat ze nooit zou willen geloven dat hij pas was gaan daten nadat hij Jacky had verlaten. Voor haar had het vanaf het moment dat hij zei dat hij wilde stoppen met hun huwelijk vastgestaan dat een andere vrouw de oorzaak was van zijn besluit. Hij liet haar uitrazen en wilde daarna weggaan. 'Je weet het nu,' zei hij, 'en denk erover wat je wil, er valt toch niet tegen jou aan te praten. Degene die van ons tweeën recht heeft op twijfel over trouw ben ik, hou dat voor ogen. Blijf rustig de vermoorde onschuld uithangen, mij overtuig je niet.' Hij was bijna bij de deur, maar draaide zich nog een keer om. 'Ik vertel het dit weekend aan Floortje en Demi. Laat ik niet merken dat ze het al weten.'

Ze kwam hem achterna. 'Anders...?'

'Laat ik het niet merken,' herhaalde hij zo koel en zo beheerst mogelijk.

Toen schreeuwde ze dat het nog maar de vraag was of Floortje en Demi zijn dochters zijn.

Sinds het incident heeft hij het gevoel dat er een strakke band om zijn borstkas zit. Aanvankelijk weigerde hij na te denken over de woorden die Jacky hem had toegeschreeuwd. Dit gedrag kende hij, het was haar treiterkant en haar vermogen om hem in een hoek te drijven. Dat was al zo vaak gebeurd, het werd tijd dat hij haar dit niet meer toestond. Ze kon wat hem betrof diep in de klei zakken. Het liefst zo diep dat ze nooit meer bovenkwam.

Het lukte hem een paar dagen om haar woorden van zich af te zetten. Als zijn geheugen hem eraan dreigde te herinneren, zocht hij iets op wat dringend gedaan moest worden, of belde hij een van zijn vrienden. Maar de zin die hem zo bezighield bleef zijn gedachten beheersen.

Diep in zijn hart is hij ervan overtuigd dat zelfs als zou blijken dat hij niet de biologische vader is van zijn dochters of maar van één van hen, deze wetenschap altijd nog beter is dan de onzekerheid waar hij last van heeft en altijd zal blijven hebben. Zijn vaderschap zal overeind blijven, ook bij een verkeerde uitslag. Hij heeft de meisjes geboren zien worden, ze zitten in zijn hart, zelfs in zijn ziel. Dat verandert nooit. Zijn band met de kinderen is onverbrekelijk.

Arjan vraagt zich af of het verstandig is om de test te doen. Maar nu ligt alles wel op tafel.

Nog twee dagen, dan ziet hij de meisjes voor het eerst in zes weken. Als Jacky tenminste niet op het laatste moment weer iets bedenkt waardoor het niet kan doorgaan. Arjan weet dat de kinderen graag contact willen, dat heeft Floortje hem laten weten in de whatsappjes die ze stiekem stuurt. Ze is niet boos op hem, zoals mama, meldde ze recent. Maar ze wil haar moeder niet verdrietig maken, daarom appt ze als ze zeker weet dat die het niet merkt. Op het toilet op school, bijvoorbeeld. En in de kleedkamer van de balletschool. Demi durft dat niet, die is bang dat ze zich verspreekt als haar moeder vraagt of ze contact heeft met haar vader. Demi kan niet liegen, Floortje wel. Net als Jacky.

In die zin zou het mogelijk zijn dat Floortje niet zijn biologische dochter is. Hij schrikt van deze gedachte en neemt dit zichzelf kwalijk. Floortje is een kind met een grote fantasie.

Wat nu? De hele boel weer terugdoen in de envelop en in de vuilnisbak kieperen?

Hij zou zich minder klote willen voelen.

2

Het liefst wil hij tegen Nicolette zeggen dat het testmateriaal is gekomen. Arjan heeft voor haar gekookt, nadat ze eerst hebben gevreeën. Hij grijpt haar hand en drukt er een kus op. 'Je ruikt weer zo lekker.'

Nicolette trekt zijn hand naar zich toe. 'Wat is er toch met je? Volgens mij zit je iets dwars.'

Arjan laat haar los. 'Er is niets. Ik ben moe, dat komt door het gedoe met Jacky. Ik moet me daar misschien niet zo veel van aantrekken.'

Nicolette streelt zijn hand. 'Heftig, zo'n scheiding. Dit is voor niemand een leuke tijd. Wat kan ik voor je doen waardoor je je beter gaat voelen?' Ze kust hem.

Hij grijpt haar vast.

'Alweer?' lacht Nicolette. 'Geen probleem, hoor. Zet Jacky maar uit je hoofd. Ik ben er nu en ik blijf. Daar kun je op vertrouwen.'

Het komt door dat woord. Vertrouwen. Arjan wil eigenlijk niet met Jacky bezig zijn, maar door dat woord dringt de herinnering zich aan hem op.

Hij was vroeger thuis dan Jacky en haalde de post van de

deurmat. Er zat een brief tussen van het CJIB en hij scheurde de envelop open. Toen ontdekte hij dat de brief aan Jacky was gericht.

Het was een boete van achtenvijftig euro voor een snelheidsovertreding, die drie weken eerder was gemaakt, 's middags om halfdrie, op een snelweg waar ze volgens hem niets te zoeken had gehad.

Hij stopte het papier weer in de envelop.

Ze reageerde schouderophalend. 'Foutje,' constateerde ze. 'Daar ben ik toen helemaal niet geweest. Een van mijn vaste klanten heeft dit al twee keer bij de hand gehad. Kwestie van één verkeerd genoteerd nummerbordcijfer, je begrijpt niet hoe het kan gebeuren. Ik kijk wel even op de site van het CJIB hoe ik dit kan oplossen.' De volgende dag meldde ze dat het inderdaad een verkeerd genoteerd cijfer betrof en de bekeuring was ingetrokken.

En hij geloofde het.

Hij was ervan overtuigd dat dit incident geen rol meer speelde, totdat Jacky op een avond misselijk werd en naar het toilet holde. Hij hoorde braakgeluiden en liep zonder dat hij wist waarom naar de computer. Hij zag dat ze bezig was geweest met het betalen van rekeningen en tuurde naar het rekeningoverzicht. Onder aan het overzicht stond de betaling van achtenvijftig euro aan het CJIB.

Hij voelde dat zijn maag zich samentrok.

Hij was dagenlang van plan om haar erop aan te spreken, maar elke keer als hij erover wilde beginnen gebeurde er iets wat hem ervan weerhield. Het viel hem op dat hij vaak de voicemail kreeg als hij haar probeerde te bellen, maar toen hij om uitleg vroeg lachte ze hem uit.

'Ik ben schoonheidsspecialiste, weet je nog?' zei ze. 'Mijn cliënten moeten zich volledig kunnen ontspannen bij mij in de stoel. Dan is het geluid van mijn mobiel dus uitgeschakeld en krijg je de voicemail.'

Hij antwoordde dat hij ook de voicemail kreeg als ze volgens hem geen cliënten had. Toen lachte ze smalend en betichtte ze hem van onbehoorlijk gedrag. Want ze vond het ronduit onbehoorlijk dat een man zijn vrouw controleerde. En ze eiste een excuus.

'Hallo, ben je er nog?' wil Nicolette weten.

'Ik ben er weer,' zegt Arjan. Hij gaat voorlopig met niemand praten over de test. Dat kan altijd nog, als hij eenmaal zeker weet dat Floortje en Demi zijn dochters zijn.

3

'Jullie zijn alweer groter geworden,' stelt Arjan vast. 'Nog even en ik ben kleiner dan mijn dochters.'

Floortje wil weten of Nicolette nog komt.

'Vanavond,' antwoordt Arjan. 'Maar het zal wel laat worden, ze is naar de film met een paar collega's.'

'Blijft ze slapen?' vraagt Demi.

Arjan zegt dat hij hoopt van wel.

Demi kijkt bedenkelijk. 'Mama wil niet dat ze hier slaapt.'

'Mama woont hier niet, schat. Ze heeft dus in dit huis niets te willen.' Arjan heeft direct spijt van zijn antwoord. 'Ik bedoel er niets onaardigs mee,' voegt hij er snel aan toe. 'Jullie vinden Nicolette toch lief? Ze is dol op jullie en ze vindt het heerlijk om jullie eindelijk weer te zien.' Dat 'eindelijk' had ook niet gemoeten, bedenkt hij. Toch beter letten op wat hij zegt.

Hij trekt zijn dochters naar zich toe. 'Ik heb een heel leuk spel bedacht,' zegt hij.

De kans bestaat dat hier herrie van komt, maar als hij tegen Jacky had gezegd dat hij een DNA-test wilde doen en dus wangslijm van zijn dochters moest afnemen, had hij zeker nog veel langer moeten wachten tot hij ze weer te zien kreeg. Als hij ze dan zelfs nog te zien had gekregen.

Hij heeft een manier bedacht om de test te kunnen doen, zonder argwaan bij de meisjes te wekken. Floortje heeft hem op het idee gebracht toen ze in een van de laatste whatsapps die ze stuurde vertelde dat Demi voor haar verjaardag een doktersset had gevraagd. Die wilde ze hebben, omdat ze graag met haar zusje ziekenhuisje speelde. Ze meldde er bijna achteloos bij dat mama liever had dat ze een ander cadeau koos.

Arjan heeft op internet niet alleen allerlei attributen gekocht om ziekenhuisje mee te kunnen spelen, maar ook drie witte jassen. 'We zijn een team,' legt hij uit. 'Ik ben het hoofd van de kliniek en jullie zijn mijn assistenten.' Hij wijst naar het meubilair. 'Laten we hier een soort ziekenhuis van maken.'

Demi klapt verrukt in haar handen. 'We schuiven de bank tegen de muur en maken bedden van de stoelen,' beslist ze.

'Maar we zeggen er niets over tegen mama,' waarschuwt Floortje.

Ze zijn fanatiek. Arjan spreekt zijn assistenten een paar keer vermanend toe en waarschuwt ze voor betweterigheid. 'Jullie zijn nog in opleiding, dat betekent luisteren, nadenken en leren. Niet overmoedig worden.'

Floortje giechelt.

Ze beluisteren met de stethoscoop denkbeeldige borstkassen van denkbeeldige patiënten, mompelen wat en kijken elkaar nu en dan met opgetrokken wenkbrauwen aan.

Floortje noemt Arjan keurig 'dokter Kleman', Demi vergist zich een paar keer en spreekt hem aan met 'papa'.

Er wordt driftig getemperatuurd, met hamertjes op onzichtbare ledematen geklopt, injecties worden toegediend in zogenaamd aanwezige billen en bovenbenen, en Floortje vertelt steeds met dezelfde stralende glimlach dat iemand doodgaat of helemaal genezen is.

'O, wat zie ik nu?' roept Arjan, als hij merkt dat het spel een beetje begint dood te bloeden. Hij tikt op Demi's linkerwang. 'Rare kleur hebt u daar, mevrouw de assistent.' Hij draait zich om naar Floortje. 'Gossiemijne, u ook al? Is hier soms de zeer besmettelijke assistentenziekte uitgebroken?'

Demi schatert het uit.

Arjan heft zijn hand op. 'Nooit hard lachen als je aan de assistentenziekte lijdt, dat kan verschrikkelijke gevolgen hebben. Wacht maar even, ik doe snel een test.'

Zijn hand trilt een beetje als hij eerst bij Floortje en daarna bij Demi wangslijm afneemt. Hij voelt zich een bedrieger. 'Ik breng dit even naar het laboratorium,' zegt hij. 'Stil blijven zitten als ik weg ben en geen contact hebben met de patiënten. Is dat begrepen?'

De meisjes beloven dat ze zullen gehoorzamen.

In de keuken neemt hij bij zichzelf wangslijm af. Hij stopt de wattenstaafjes in de transportcontainers en schuift die in de retourenvelop. Daarna legt hij de envelop in een van de keukenkasten. Als de meisjes slapen vult hij het retourformulier wel in.

'Ik heb goed nieuws,' roept hij als hij de kamer weer in komt. 'Het is gelukkig niet de assistentenziekte. U hoeft dus allebei niet te worden opgenomen.'

'Krijgen we nu chips?' vraagt Demi.

4

Arjan is al twee keer boven geweest om naar de kinderen te kijken. Ze sliepen vrijwel direct nadat hij ze naar bed had gebracht. Maar niet voordat ze hem om beurten stevig hadden omhelsd en hadden gezegd dat het een geweldige avond was geweest. Toen hij Floortje instopte fluisterde ze dat ze veel vaker wilde komen. Het lukte hem zich te beheersen, maar eenmaal buiten de logeerkamer kon hij zijn tranen niet meer bedwingen. Op dat moment haatte hij Jacky heftiger dan ooit.

Hij had nooit gedacht dat je als man zo kwetsbaar kon worden en hij had er ook niet op gerekend dat Jacky zich zo sterk tegen hem zou keren. Hij had er juist rekening mee gehouden dat zijn vertrek voor haar een bevrijding zou zijn, vooral omdat ze hem al een paar jaar regelmatig had verweten dat hij haar in de weg stond door zijn controlerende houding en zijn achterdochtige vragen. Ze verweet hem een bekrompen denkwijze en noemde hem een vertrutte slapjanus.

Een mietje. En als ze dat woord eenmaal had genoemd, wist hij zeker dat ze met de stem en de oogopslag van haar moeder in de aanval ging. Ook al wist hij feilloos welke tekst er dan volgde, het raakte hem iedere keer opnieuw als ze op minachtende toon beweerde dat ze altijd wel had geweten dat er seksueel iets mis was met hem. Hij was te soft, te weinig geïnteresseerd in seksuele experimenten, en zijn libido was beneden alle peil. Vooral door dat tekortschietende libido zou niemand het vreemd vinden als zij naar andere mannen keek. Naar echte mannen. Heteromannen met een hoofdletter H. Hitsige mannen. Heftige mannen. Hartstochtelijke mannen.

Mannen van het type holbewoner.

Heel wat anders dan de eigenaar van een dierenspeciaalzaak die 's avonds na tienen zijn ogen niet meer open kon houden en bij hoge uitzondering te bewegen was tot neuken op zijn hondjes.

Hij luistert even onder aan de trap of hij boven nog iets hoort. Ze slapen echt.

Het is weer hopeloos gesteld met de programmering op de televisie. Op de NPO valt alleen te kiezen uit misdaadseries en op de commerciële zenders buitelen de bekende Nederlanders die zich uitsloven om grappig te zijn tijdens tenenkrommend domme spelletjes over elkaar heen. Op Canvas begint over een halfuur een dramafilm met een ogenschijnlijk goed verhaal, maar hij is niet in de stemming voor drama.

Hij wil niet steeds aan Jacky denken. Die vrouw heeft hem genoeg beziggehouden, ze is Passé met een hoofdletter P. Afgevoerd. *Ausradiert*.

Ze moet dood voor hem zijn.

Echt dood is een nog beter idee.

Dit is ook niet goed. Ook al gedraagt Jacky zich nog zo onaangenaam, ze is de vrouw met wie hij oorspronkelijk oud wilde worden. De moeder van zijn kinderen. Zijn eerste liefde. Ze is een mens en je mag een mens niet dood wensen. Ze hoort niet meer bij hem, maar hij zal met haar te maken hebben zolang de kinderen thuis wonen. En daarna zal hij haar tegenkomen op verjaardagen, diploma-uitreikingen, huwelijken en geboortes van kleinkinderen. Maar zover is het nog lang niet.

Het formulier is ingevuld, de retourenvelop is gesloten. Hij zou nu even naar de brievenbus kunnen lopen die twee straten verder bij de supermarkt staat. Als hij dat doet, hoeft hij de rest van het weekend niet meer te twijfelen over wel of niet posten en kan hij het loslaten. Maar dan neemt hij ook een risico.

Hij staart naar de envelop. Hier zit het antwoord in, of verschillende antwoorden. Als het materiaal dat hij heeft opgestuurd wordt onderzocht, zullen van elke deelnemer zestien genetische merkers in kaart worden gebracht. Als daarna blijkt dat de merkers van Arjan niet overeenkomen met de merkers van Floortje en Demi, kan hij onmogelijk hun biologische vader zijn. Als de merkers wél overeenkomen, betekent dit dat er mogelijk sprake is van een biologisch vaderschap. In dat geval worden er berekeningen losgelaten op alle merkers en het resultaat is een zekerheidspercentage dat weer wordt opgesplitst in drie categorieën: zeer waarschijnlijk, hoogstwaarschijnlijk en aan zekerheid grenzend waarschijnlijk biologisch vaderschap.

Hij pakt de envelop op en legt hem weer neer.

8 mei

Ik word wakker van een hard geluid. Reden om diep onder het dekbed te kruipen.

Wie er ook voor de deur staat, sodemieter op!

Vijf jaar geleden werd ik wakker van een hard geluid. Er stond beneden iemand op de deur te bonken. Ik strompelde de trap af en ontdekte dat het mijn zus was.

Benthe duwde me opzij en stormde de trap op. 'Ga je wassen en aankleden,' gebood ze. 'Die ouders hebben pa en ma gebeld.'

Ik liep terug naar de slaapkamer en schoot een peignoir aan. 'Die ouders? Bedoel je de ouders van Roel?'

'Van wie anders? Ze schijnen jou niet te kunnen bereiken. Je neemt de telefoon niet op, volgens hen. Ze willen je betrekken bij de uitvaart.'

Ik had het gevoel dat ik door mijn knieën ging zakken en greep een stoel vast.

'Je kunt die mensen niet negeren,' zei mijn zus.

Ik zat daar maar en hoorde haar wel praten, maar het drong niet tot me door wat ze tegen me zei. Ik was hier niet, er waren geen twee dagen voorbijgegaan, het was weer 6 mei.

Ik stond voor het raam en hoorde de geluiden van ambulances en politiewagens. Ik zag mijn vader en mijn broer in de richting van de straat lopen, uit het zicht verdwijnen en weer terugkomen. Mijn vader liep alsof hij dronken was, mijn broer moest hem vasthouden.

Beneden waren stemmen, opwinding, daarna doodse stilte.

Ik wachtte. Het werd drie uur, kwart over drie, halfvier. We hadden al een halfuur getrouwd moeten zijn. Om vijf over halfvier stond mijn moeder voor me. Ze keek ernstig, maar ik had ook de indruk dat ze geïrriteerd was.

Ik moest gaan zitten. Niet op het bed, op een stoel. Mijn moeder bleef staan. En toen vertelde ze dat Roel met zijn scooter tegen een boom was gereden. In zijn jacquet. En dat hij dood was.

Ik trok mijn trouwjurk uit.

Later kwam mijn vader naast me zitten. Hij zei dat ik beter mee kon komen naar beneden. Ze hadden het een en ander besteld bij de chinees.

Ik bleef zitten waar ik zat, in mijn onderjurk. Nog later reikte mijn zus me mijn kleren aan en bracht ze me naar mijn flat. Ze vroeg of ze iemand moest bellen. Ik zei dat ik alleen wilde zijn.

'Je luistert niet,' verweet Benthe me anderhalve dag later. 'Je kunt hier echt niet de hele dag blijven zitten. Wat moet er met het huis gebeuren waar jullie zouden gaan wonen? Daar zul je over moeten nadenken. Het klinkt misschien erg hard, maar je begrijpt toch wel dat je verantwoordelijkheden hebt?' Ze hijgde een beetje. 'Wat heb jij met je haar gedaan?'

Ik streek over de zijkanten van mijn hoofd. 'Ik heb het kort laten knippen.'

'Wanneer?'

'Gisteren.'

Haar ogen puilden bijna uit hun kassen. 'Gisteren? Vertel je me nou dat je de dag nadat je verloofde dodelijk verongelukt is gewoon naar de kapper bent gegaan om je haar te laten afknippen?'

Ik keek naar haar. Ze was dikker geworden, er puilde een vetrand over de tailleband van haar broek. Ze had ook een vadsig gezicht gekregen.

Ik wist dat ze mijn zus was, maar ze leek een vreemde te zijn. Iemand die van heel ver kwam. Een wezen met wie ik niets had.

Ik had er niet op gerekend dat ze met haar man en drie kinderen uit Amerika zou overkomen voor mijn bruiloft. Maar ze kwam wel en die ochtend van de achtste mei stelde ik vast dat ze beter thuis had kunnen blijven. Ik bleef maar naar haar kijken. Ze leek heel erg op onze moeder.

'Je bent dikker geworden,' zei ik.

Toen ik geboren werd, was Benthe veertien. Ze zat op het gymnasium en ze vond het buitengewoon gênant dat haar moeder op haar eenenveertigste nog een kind had gekregen. Volgens Benthe hoorde je niet meer te seksen na je vijfendertigste. Dat was banaal. Zeer afgrijselijk. Benthe was van mening dat de geboorte van Joeri, die toen bijna zes was, al op het randje was geweest.

Het was Joeri die me dat vertelde toen ik vijf was. Ik begreep totaal niet waar hij het over had, maar ik lachte omdat hij moest lachen. Ik deed alles na wat Joeri deed, hij was mijn held. Mijn grote broer, mijn voorbeeld. De nog grotere broer, Gus, kende ik nauwelijks. Toen ik geboren werd was Gus zestien en tegen de tijd dat ik ergens over begon na te denken, studeerde hij al en woonde hij in een studentenflat.

Met Benthe had ik ook geen band. Ik kan me niet herinneren dat we ooit samen iets leuks deden of ergens een gesprek over hadden. Niet dat ze me vragen stelde of op een andere manier iets liet merken wat op interesse zou kunnen lijken.

Beneden is het weer stil. Ik wil nog een uurtje slapen. Vanmiddag maak ik een bericht voor de vrouw die het eerste aan de beurt is. En vanavond verstuur ik het.

Ik ben er eindelijk klaar voor.

5

'Waarom denk ik toch steeds dat er iets aan de hand is?' vraagt Nicolette.

Arjan bekijkt zijn vingertoppen. 'Sommige dingen moet ik eerst zelf uitvogelen voordat ik erover kan praten. Dat heeft niets met jou te maken, dat komt door hoe ik in elkaar zit.'

Nicolette geeft hem een kus. 'Kijk me aan. Je kunt alles tegen me zeggen, ik zal je niet veroordelen. Ik wil je steunen, je kameraad zijn. Neem rustig de tijd die je nodig hebt, ik loop niet weg.'

'Dank je,' zegt Arjan. 'Ik moet nog een brief posten, loop je mee naar de brievenbus? De meisjes slapen, we kunnen wel een paar minuten weg.' Hij staat op en trekt haar overeind. 'Ik vind het fijn dat je er bent. Dat je bestaat. Dat je bij mij wil zijn.' Hij kust haar. En nog eens. 'Weet je dat een profiel aanmaken op een datingsite de beste beslissing is geweest die ik tot nu toe in mijn leven heb genomen? Vanaf het moment dat ik jouw profiel bekeek wist ik dat jij het was op wie ik wachtte.' De kus die volgt zet de tijd even stil.

'Zo wordt die brief nooit gepost,' lacht Nicolette.

Ze zijn zwijgend, dicht tegen elkaar aan, naar de brievenbus gelopen en ook zwijgend teruggekomen. Zodra ze weer binnen zijn luistert Arjan onder aan de trap of hij boven iets hoort. 'Die slapen lekker,' stelt hij vast. 'Nu heb ik een glas wijn nodig.'

Hij denkt aan de envelop die nu op weg is naar het moment van de waarheid. Hij heeft er vanaf het moment dat Jacky de opmerking over zijn vaderschap maakte rekening mee gehouden dat hij wel de biologische vader is van Demi, maar niet van Floortje. Dat neemt hij zichzelf kwalijk. Hij weet niet precies waarop zijn vermoeden gebaseerd is. Zijn dochters lijken allebei ergens op hem. Floortje heeft duidelijk zijn mond en ze heeft ook dezelfde grote oren. Demi heeft zijn sluike haar en ze lacht op dezelfde manier als hij. Waarom geeft hij dan de twijfel een kans?

'Wat gebeurt er allemaal met je?' vraagt Nicolette.

Arjan neemt een grote slok wijn. 'Laat me maar even. Sorry.'

Nicolette zet haar glas neer. 'Niks sorry, maar weet wel dat je met alles bij mij terechtkunt en dat ik zal zwijgen. Al gaat het om staatsgeheimen, wat je me vertelt zal altijd veilig bij me zijn. Zelfs al zouden we elkaar niet meer zien.'

'Ik laat jou nooit meer gaan,' zegt Arjan.

Volgens de weersvoorspelling gaat het vandaag de eerste mooie zondag van mei worden. Het is windstil en de temperatuur kan oplopen tot negentien graden.

'Laten we naar zee gaan,' stelt Arjan voor.

'Dan kunnen we zomaar verbranden,' beweert Floortje.

Arjan hoort nu Jacky spreken. Hij probeert de irritatie die in hem opkomt geen ruimte te geven. 'We hebben toch een jas aan?'

Floortje kijkt zuinig. Ook al net als Jacky. 'We kunnen toch ook naar het bos? Dan krijgen we geen zand in onze schoenen. Ik word altijd zo moe van wandelen op het strand.'

Arjan aarzelt.

'Ik wil ook wel naar het bos,' zegt Demi.

Nu kijkt Floortje triomfantelijk.

'We gaan naar zee,' beslist Arjan.

De meisjes zoeken schelpen en hebben allebei al bijna een volle plastic zak.

'Wat was dat net eigenlijk tussen Floortje en jou?' informeert Nicolette.

'Ze leek even iets te veel op haar moeder,' antwoordt Arjan.

Nicolette grijpt zijn hand vast. 'En dat trok jij niet?'

'Klopt. Ik heb een paar dagen geleden een brief gekregen van Jacky's advocaat. Ze eist vierhonderd euro per maand alimentatie voor de kinderen en vijfhonderd voor haarzelf.'

'Wát? Waarom voor haarzelf? Kan ze niet rondkomen van wat ze verdient met haar schoonheidssalon?'

'Als ze vier dagen per week gaat werken, zal dat geen probleem zijn. Maar madame vindt twee dagen genoeg en wil mij lekker uitmelken.'

'Wat ga je doen?'

'Ik zie dinsdag mijn eigen advocaat en ik ga uiteraard protesteren, maar ik ga ook aandringen op actie. Ze blijft het proces maar traineren, dit hele scheidingsgedoe duurt al veel te lang. Wat ben ik blij dat we op huwelijkse voorwaarden zijn getrouwd en ze dus niet aan mijn zaak kan komen. Ik betaal geen cent voor haar. Ze kan in het huis blijven wonen, zolang de meisjes nog thuis zijn. Er zit maar een kleine hypotheek op, die lasten neem ik voor mijn rekening. Als de kinderen uit huis gaan verkoop ik het pas. Ik denk dat daarvoor wel een sluitend huurcontract te bedenken valt.'

'En jij blijft dan boven je zaak wonen?'

Arjan trekt haar even stevig tegen zich aan. 'Voorlopig wel. Misschien gaat iemand die in een vrijstaand huis met een grote tuin woont me op termijn wel vragen bij haar in te trekken.'

6

De advocaat van Jacky stelde voor om een mediator in te schakelen. Ze was van mening dat een onbevooroordeelde partij passende adviezen kan geven en zelfs in staat kan zijn om de neuzen van de strijdende partijen in dezelfde richting te krijgen.

Arjan voelt niets voor mediation en dat heeft hij aan zijn eigen advocaat verteld. Die adviseerde hem er toch nog eens goed over na te denken, omdat dit ook in Arjans voordeel kan zijn bij de uitspraak van de rechter. Meewerken wordt meestal op prijs gesteld, tegenwerken kan geld kosten. Arjan heeft besloten dit onderwerp naar voren te brengen tijdens de volgende ontmoeting van de vriendenclub.

Ze kennen elkaar al vanaf de eerste dag op de middelbare school, toen ze in dezelfde kennismakingsgroep terechtkwamen. Tijdens de middagpauze splitste de groep zich spontaan op in drie delen. Belinda was degene die voorstelde om vrienden te worden. Ze had geen broers, vertelde ze, en dat konden de mannen van de groep mooi compenseren. Iedereen moest lachen om de gedecideerde manier waarop ze dit zei. Remco zei dat er volgens hem niet te ontkomen viel aan een nieuw soort familieverband. Vanaf die dag was hun vriendschap een feit.

Ze zijn nog steeds goede vrienden, ook al is één van hen overleden. Toen ze hun middelbareschooltijd afsloten en vervolgopleidingen gingen doen spraken ze af dat ze elkaar ten minste één keer per twee maanden als groep zouden zien. Die afspraak staat nog steeds overeind. Ze ontmoeten elkaar dan bij een van hen thuis en de respectievelijke partners zijn daar niet bij. Zo is het altijd geweest en zo moet het blijven.

Ze zijn dit jaar voor het eerst niet op de dag van het ongeluk bij elkaar gekomen. Tot de vierde keer na de dag die ze geen van allen ooit zullen vergeten deden ze dat wél, maar daarna hebben ze besloten om die dag met rust te laten.

Arjan heeft dit jaar wel even aan het ongeluk gedacht, maar hij wilde er niet te lang bij stilstaan. Het is gebeurd, het is niet meer terug te draaien, heeft hij zichzelf voorgehouden. Schuldgevoel dient nergens toe. Het stagneert je persoonlijke groei. Het veroorzaakt stilstand. Het is een belasting voor je gemoedsrust en hij is al genoeg belast.

Toen hij er dit jaar aan dacht betrapte hij zichzelf op een wens. Of was het alleen maar een idee? Een fantasie? Iedereen had vijf jaar geleden het slachtoffer kunnen worden. Iedereen had op de verkeerde tijd op de verkeerde plaats kunnen zijn. Ook Jacky.

Het was een wens, en achteraf schaamt hij zich daarvoor. Hij moet ophouden met Jacky en dood te koppelen. De kinderen hebben hun moeder nog nodig, wat zouden ze zeggen als ze wisten wat hij dacht? Maar zijn Floortje en Demi wel zijn kinderen? Dat zal hij pas weten als hij de uitslag van de DNA-test krijgt.

Hij neemt het Jacky verschrikkelijk kwalijk dat ze twijfel heeft gezaaid. Dat kreng had haar bek moeten houden.

De vrienden komen deze keer bij hem. Dat betekent een krat bier halen, een fles witte wijn koud zetten, een pond oude kaas in blokjes snijden, plakken leverworst met stukjes augurk en zilveruitjes versieren en twee zakken chips in grote schalen schudden. En niet te vergeten dipsauzen maken.

Ze eten en drinken altijd hetzelfde als ze bij elkaar zijn, zonder dat ze daar iets over hebben afgesproken. Tradities spreek je niet af, die bestaan. Je respecteert ze, koestert ze, je bent ze trouw.

Remco arriveert het eerst. Hij is chagrijnig. Arjan heeft helemaal geen zin in een chagrijnige Remco.

Belinda heeft Arjan net een appje gestuurd. Ze komt een uurtje later, ze mogen niet alle kaas opeten. Arjan leest het bericht voor.

'Ik ben bij het graf geweest,' zegt Remco. 'Ik heb bloemen neergelegd.'

'We zouden het daar niet meer over hebben,' berispt Arjan hem.

7

Remco wil praten over zijn relatie. Het gaat niet goed en dat komt doordat Leonie steeds vaker over haar kinderwens begint. Volgens haar zijn ze er allebei klaar voor en is Remco's twijfel niet meer dan een vorm van koudwatervrees die hij uitvergroot tot een serieus probleem.

'Zeg dat nog eens,' nodigt Arjan hem uit. 'Dat is echt een doordenker.' Hij probeert zijn gezicht in de plooi te houden.

'Er valt niets te lachen,' snauwt Remco.

'Je bent knap chagrijnig,' constateert Arjan. 'Houden we dit de hele avond?'

Ze zitten aan de keukentafel. Ze zitten altijd aan de keukentafel, bij iedereen. Samen in de keuken zitten hoort bij de traditie.

Remco drinkt zijn eerste glas bier in één keer leeg en zet het met een klap op tafel.

'Klopt het niet, wat Leonie beweert? Ben je er toch nog niet klaar voor?' vraagt Arjan.

'Ik heb vastgesteld dat ik geen vader wil worden en beter niet met haar had kunnen trouwen,' antwoordt Remco.

'Heftig!' mompelt Arjan.

'Ik moet het tegen haar zeggen,' gaat Remco verder. 'Ik moet haar de kans geven om op zoek te gaan naar een man die in haar plaatje past. Dat ben ik niet, dat wil ik niet zijn. Ik wil wel bij haar blijven, zeker weten. Ik ben stapelgek op die vrouw, maar ik ga voor vrijheid-blijheid en vooral voor een relatie zonder kinderen. Leonie heeft recht op de waarheid.'

'Is er iets gebeurd waardoor je opeens tot dit inzicht kwam?' wil Arjan weten.

Remco maakt cirkels op de tafel met zijn rechterwijsvinger. 'De vrijheid is sluipenderwijs vanzelfsprekend geworden.'

Er valt een diepe stilte.

Arjan probeert iets te bedenken om de stilte te verbreken. 'Jacky eist negenhonderd euro alimentatie per maand. Vierhonderd voor de kinderen en vijfhonderd voor zichzelf,' is het eerste wat hem te binnen schiet. Hij vindt het nergens op slaan.

'Wat bezopen,' mompelt Remco. 'Maar je kunt in ieder geval iets doen, dat zou niet lukken als je dood was.'

'Zeg, wat bezielt jou?' wil Arjan weten. 'Je doet vreemd.'

'Ik kan dat schuldgevoel maar niet kwijtraken,' antwoordt Remco.

'Dan zou ik hulp zoeken bij iemand die een beroepsgeheim heeft,' adviseert Arjan. 'Wij hebben een afspraak over dit onderwerp, weet je nog wel?'

'Wat is dit voor idioot gesprek?' vraagt Remco.

Het is niet als anders. Er hangt een onaangename spanning in de lucht die Arjan het gevoel geeft dat er elk moment een explosie kan plaatsvinden. Het komt door het verboden onderwerp, beseft hij. Het ongelukverhaal. Daar had Remco niet opnieuw over moeten beginnen, maar hij wil er blijkbaar over praten. Arjan hoopt dat Belinda snel komt. Haar lukt het wel om met haar humor de kou uit de lucht te halen. Zij weet altijd overal de juiste antwoorden dan wel oplossingen voor te bedenken. Belinda heeft hem en Remco gered door kalm te blijven en na te denken. Belinda bedacht het verhaal dat hen onschuldig maakte.

Iemand stoot hem aan. 'Hoor je de bel niet?' vraagt Remco. 'Dat zal Belinda zijn.'

Het is Belinda niet.

'O jee,' kreunt Remco.

Jacky stormt de keuken in. Ze smijt haar mobiel op tafel. 'Wat heeft dit te betekenen?' schreeuwt ze. 'Denk jij soms dat je alles kunt maken? Geef antwoord, klootzak!'

Arjan tuurt naar de woorden die op de display te lezen zijn.

Jij gaat eraan.

'Dat scheelt dan minstens vijfhonderd euro per maand,' zegt Remco.

10 mei

Het is vandaag Moederdag. Wie dat spektakel heeft bedacht zouden ze levenslang moeten opsluiten. Dat zullen mensen die een goede moeder hebben of hebben gehad niet met me eens zijn. Maar er is ook een andere groep. De mensen die eronder hebben geleden dat ze een moeder hadden. De groep die alles zou willen geven voor een moeder die het waard was geweest om op de tweede zondag in mei verrast, verwend en geprezen te worden. Tot die groep behoor ik.

Mijn moeder is nu bijna vierenzeventig jaar en niets wijst erop dat ze het tijdelijke binnenkort voor het eeuwige gaat verwisselen. Ze is mobiel, gezond, actief en ook geestelijk in orde. Voor zover je overigens een vrouw als mijn moeder als geestelijk in orde kunt bestempelen. Laat ik het zo zeggen: dat is ze voor de buitenwereld, voor iedereen die niet door haar is opgevoed. Haar nageslacht zal daar anders over denken, al heeft geen van haar kinderen het ooit gewaagd om uitspraken te doen over hun jeugd. Behalve ik. En omdat mijn moeder nergens zo'n hekel aan heeft als aan de waarheid zie ik haar nog maar weinig.

Ik ga vandaag dus niet naar mijn moeder, maar in plaats daarvan naar mijn vader. Ook al zal hij me weer niet herkennen en loop ik zelfs de kans dat hij direct nadat ik hem heb begroet in slaap valt en niet meer wakker wordt tot ik vertrek, ik wil hem even zien en mezelf ervan overtuigen dat er goed voor hem wordt gezorgd. Ik moet me wel regelmatig vertonen in het huis waar hij nu woont, want ik ben officieel zijn curator. Het is een kleinschalige woonvorm voor mensen met dementie, in ieder huisje wonen zeven bewoners. Toen duidelijk werd dat mijn moeder hem uit huis wilde laten plaatsen ben ik op zoek gegaan naar een geschikte plek en ik vond op internet de stichting die net een tweede locatie had geopend.

'Regel het snel,' zei mijn moeder. 'En ga zijn zaken beheren. Ik wil geen enkele verantwoordelijkheid meer hebben voor die man.' Mijn vader was daarbij aanwezig en hij hield zijn ogen onophoudelijk op mij gericht. Hij sprak toen al nauwelijks meer, maar ik had het gevoel dat hij toch meer begreep dan hij liet blijken.

Ik regelde het. Vier weken later kreeg ik het bericht dat hij kon komen. Ik haalde hem op, legde zijn koffer op de achterbank van mijn auto, hielp hem instappen en reed weg. We hebben allebei niet omgekeken.

Op het moment dat ik de parkeerplaats op rijd bespringt de gedachte me. Ik rem abrupt en kijk snel in mijn achteruitkijkspiegel of er niemand achter me zit. Ik bedenk dat ik nóg een bericht moet sturen naar Jacky, zodat ze goed opgefokt raakt. Maar dan zal ik nog een keer naar de MediaMarkt moeten, om een ander mobieltje te kopen. Ik was van plan om het exemplaar dat ik speciaal had aangeschaft om het eerste slachtoffer een beetje op stang te jagen te verbergen in mijn linnenkast. Dat is de enige kast die ik wilde hebben uit het huis waar ik samen met Roel zou gaan wonen. Met inhoud. Daardoor slaap ik al vijf jaar tussen lakens waar ik samen met hem tussen had moeten liggen. En ondanks het feit dat dit nooit het geval zal zijn, koester ik die lakens. We hebben ze samen gekocht, ook al beweerde

Roel dat hij niet begreep waarom ik wilde dat hij meeging. 'Daar heb ik toch geen verstand van?' lachte hij. 'Laat mij vooral niet aanwijzen wat je moet kiezen, je komt gegarandeerd met rommel thuis.'

Ik wilde dat hij erbij was omdat ik het kiezen van linnengoed waar je samen op en onder zult liggen een intieme gebeurtenis vond. Het kon me niet schelen of iemand dat begreep. Roel zei dat hij juist door dit soort ideeën van mij op me was gevallen. 'Ik was er uit mezelf nooit op gekomen dat het kopen van het huwelijkse linnengoed een intieme gebeurtenis zou zijn,' zei hij. 'Ik zal dat ook tegen niemand zeggen, omdat ik bang ben dat ze me dan voor gek verslijten. Maar als jij het zegt, klopt het.'

De linnenkast is dus de enige plek waar ik iets zou verbergen. Die kast verbindt me met mijn grote liefde. Dat voelt veilig. Nog steeds.

Altijd.

Maar in dit geval ligt het anders. Het is niet veilig om mobieltjes die je hebt gebruikt om anoniem iemand te bedreigen ergens te bewaren. Behalve dat je het bericht niet in je eigen woonomgeving moet versturen, is het ook belangrijk om het apparaat daarna nooit meer te gebruiken. Daarom heb ik het na afloop in het kanaal gegooid waar ik langs reed. Dat ga ik ook doen met nummer twee.

Mijn vader is wakker. Hij glimlacht naar me en laat zich omhelzen. Ik ga naast hem zitten en trek zijn stropdas recht. 'Je zondagse das, zie ik. Dat is een mooie.' Ik druk een kus op zijn voorhoofd. 'Mijn vader is een mooie man,' voeg ik eraan toe.

Hij lacht breed.

Ik kijk naar zijn handen. Het zijn oude handen geworden, maar ze hebben nog steeds iets krachtigs. Hij verzorgde ze altijd heel goed.

'Mijn handen zijn mijn werktuigen,' vertelde hij me, toen ik een jaar of negen was. 'Ze moeten in perfecte conditie zijn, anders kan ik niet snijden.'

Soms zag ik hem dagen achter elkaar niet. Dan had hij veel operaties en sliep hij in het ziekenhuis. Ik vroeg iedere dag wanneer hij thuiskwam en dan snauwde mijn moeder dat je dit nooit precies wist als je met een chirurg was getrouwd. Zonder de aanwezigheid van mijn vader was de sfeer in huis vaak beladen. Dat begreep ik niet. Ik voelde wel dat er iets niet klopte, maar ik kon niet ontdekken waardoor het kwam. Tot mijn broer verdronk.

11 mei

Er ligt een groot boeket op het voeteneinde van het graf. Het is nog tamelijk vers, maar ik verwijder het toch. Ik weet zeker dat Roel alleen mijn bloemen bij zich wil hebben. Het boeket zal wel van zijn moeder zijn. Waarschijnlijk heeft ze een paar dagen gewacht na de datum van het ongeluk, om mij de gelegenheid te geven als eerste iets te brengen. Met de moeder van Roel is niets mis, behalve dat ze altijd zijn moeder zal zijn en ik nooit zijn vrouw.

Benthe bracht me naar het huis van de schoonouders die nooit officieel mijn schoonouders werden. Ik wilde daar niet zijn, maar ik miste de kracht om me te verzetten. Benthe beloofde bij me te blijven en me te steunen. Ik was te verslagen om verbaasd te zijn over dit voor haar doen genereuze aanbod.

Ik schrok van de hoeveelheid mensen die zich in dat huis hadden verzameld. Roel had vier broers en zussen, die allemaal getrouwd waren en al kinderen hadden. Hij was de jongste van het gezin, de benjamin. Het enige kind dat zijn vaders bedrijf wilde overnemen. Hij werd gekscherend de troonopvolger genoemd.

De ouders van Roel kwamen ook uit grote gezinnen. Ze hadden met alle broers en zussen en aanhang een sterke band. Ik kon de namen van al die ooms en tantes nauwelijks onthouden en dat vond Roel altijd amusant. 'Blijven oefenen,' raadde hij me aan. 'Als het nodig is, souffleer ik wel.'

Iedereen was er. Ze stonden in de hal, in de keuken, in de woonkamer, in de tuin. Het krioelde ook van de kinderen. Ik werd er duizelig van en Benthe hield me overeind. 'Voor je uit blijven kijken en goed ademhalen,' gebood ze me.

Iedereen omhelsde me. Ik wilde de natste zoenen van mijn wangen vegen, maar kwam handen tekort. De tranen vloeiden rijkelijk.

Mijn ogen bleven droog.

'Ze kan het nog niet bevatten,' hoorde ik iemand zeggen.

Mijn schoonmoeder sloeg haar handen voor haar mond toen ze me zag. 'Kind toch,' zei ze. 'Dat lange haar stond je zo mooi.'

Ze constateerde dat ik eerst iets moest eten en ze drukte me een sandwich in de hand. Volgens haar lustte ik die graag.

Ik wist op dat moment totaal niet meer wat ik lustte, het enige wat ik wist was dat ik niet kon eten. Dat ik niet wilde eten. Dat ik niet mocht eten, omdat Roel dat ook nooit meer kon.

Ze wilden hem begraven. Of ik dat goedvond.

Ik staarde naar de sandwich in mijn hand en ik vroeg me af hoe iemand het in zijn hoofd haalde toestemming te vragen om mijn liefste onder de grond te stoppen.

De begrafenis vond vier dagen later plaats. We konden Roel niet meer zien en iemand meende mij te moeten vertellen dat dit kwam doordat hij geen gezicht meer had. Ik zat dus samen met zijn familie tijdens de condoleancebijeenkomst naast een gesloten kist. Mijn bloemstuk van rode rozen lag op het hoofdeinde. Ik dacht voortdurend: daaronder ligt zijn hoofd zonder gezicht.

Ik hield mijn ogen zo veel mogelijk gesloten en lette niet op wat mensen fluisterden. Iedereen huilde, maar ik kreeg geen traan uit mijn ogen.

We zouden op huwelijkse voorwaarden trouwen en het huis waar we hadden zullen gaan wonen was van Roel. De meubels die door mij waren betaald werden verkocht, de opbrengst werd keurig op mijn rekening gestort. En ik bleef in mijn eigen flat, waar aan de inboedel alleen de nieuwe linnenkast werd toegevoegd.

Ik kijk naar het graf. Hier ligt hij onder het zand, zonder gezicht. Zou er verder nog iets van hem over zijn? Ik ga op mijn hurken zitten en haal wat onkruid weg. 'Het is zover,' fluister ik. 'Je dood gaat eindelijk gewroken worden. En weet je wat we hebben bedacht? Niet de daders worden gepakt, maar hun partners. Dan kunnen Arjan Kleman, Remco Pelgrim en Belinda Keesom ervaren hoe het is om de zin van het leven te verliezen.'

Het is heel kort en het gaat heel snel, maar ik zie Roels gezicht voor me. Zoals het was.

8

Nicolette heeft vandaag al twee keer gebeld om te vragen hoe het ging. Ze hebben afgesproken dat ze vanavond voor Arjan kookt in zijn huis. Ze maakt iets met tonijn. Of hij nog even witte wijn wil halen. Dat heeft hij beloofd.

Arjan probeert voortdurend niet aan Jacky te denken. Toch duikt haar gezicht steeds weer op, zelfs als het hem lukt haar buiten zijn gedachten te plaatsen. Terwijl hij een van zijn oudste klanten het hondenspeelgoed laat zien dat niet stukgebeten kan worden en luistert naar haar enthousiaste verhaal over de ophanden zijnde geboorte van haar eerste kleinkind, waar zij en haar man nooit meer op hadden gerekend, ziet hij het verwrongen gezicht van zijn ex voor zich en hoort hij haar krijsen dat ze hem een klootzak vindt. Ze was er niet van te overtuigen dat Arjan niets te maken had met het idiote bericht op de display van haar mobiel. Toen ze bleef schreeuwen en schelden, greep Remco in. Hij duwde haar de keuken uit. Vlak voordat de deur achter haar dichtsloeg riep Jacky nog dat ze aangifte ging doen van bedreiging.

Arjan blijft haar dat horen roepen en hij blijft ook denken aan de drie woorden die op haar display stonden. *Jij gaat eraan.*

Wie kan haar dat bericht gestuurd hebben?

'Luister je wel?' vraagt zijn klant. 'Volgens mij ben je er met je gedachten niet helemaal bij. Is er iets aan de hand?'

Arjan schrikt. 'Sorry, ik was inderdaad even ergens anders met mijn gedachten. Maar ik heb wel gehoord hoe blij u bent met de komst van uw kleinkind. Weet u al of het een jongetje of een meisje wordt?'

'Nee, dat willen mijn dochter en haar man zelf niet weten. Ze laten zich verrassen. Tegenwoordig ben je dan een uitzondering, iedereen schijnt al van tevoren te moeten weten wat ze krijgen. Wij wisten dat ook niet toen we kinderen kregen en ik had het niet anders gewild.'

Arjan zegt dat hij het met haar eens is. Hij denkt aan de DNA-test, waarvan binnenkort de uitslag op de mat zal liggen.

Niet aan denken!

'Is je scheiding al rond?' wil zijn klant weten. 'Heeft het financiële consequenties voor je zaak? Nee toch, hè? Ik vind het hier tegenwoordig minder druk dan vroeger. Klopt dat?'

Dit soort vragen lok je natuurlijk zelf uit als je op een vertrouwelijke manier met je klanten praat, denkt Arjan. 'We hebben het druk genoeg,' liegt hij. Deze vrouw gaat niet van hem horen dat veel vaste klanten al maandenlang niet in zijn zaak verschenen zijn. En hij gaat zeker niet vertellen dat hij een paar weken nadat hij Jacky had verlaten midden in het winkelcentrum door een van zijn trouwste klanten werd aangesproken, werd beticht van mishandeling van zijn vrouw, en dat er ook werd aangekondigd dat deze klant alles over zijn gewelddadige gedrag zou vertellen aan iedereen die het wilde horen. Daarna werd het opeens stil in zijn zaak en het is nog steeds minder druk dan het eerder was. 'Niemand kan gelukkig aan mijn bedrijf komen,' antwoordt hij.

De klant is duidelijk opgelucht. 'Je bent de beste dierenspeciaalzaak in de wijde omgeving,' stelt ze vast. 'Jij moet blijven.'

De stagiaire die twee weken werkervaring moet krijgen vraagt of ze al kan beginnen met de vloer schoonvegen rondom de hokken waarin de konijnen zitten.

'Dat is hier ook zo fijn,' voegt de klant er nog even een compliment aan toe. 'Ik vind het prettig dat jullie zo hygiënisch werken.'

Arjan bedankt haar. Hij wil niet aan de DNA-test denken. Maar hoe doet hij dat?

'Ik voel mijn benen niet meer,' meldt Arjans medewerker Theo. 'Wat een topdag was dit! Eindelijk weer eens de hele dag klanten, ik maakte me al zorgen. Gaat het wel goed met je? Ik vond je vandaag zo stil.'

Arjan ziet dat de stagiaire luistert. 'Te kort geslapen vannacht,' zegt hij. 'Morgen ben ik weer fit.'

De DNA-test is naar de achtergrond geschoven, maar het bericht op de display blijft hem bezighouden. En niet alleen dat bericht. Hij wil het eigenlijk niet denken, maar hij denkt het tóch. Remco maakte er een vileine opmerking over, herinnert hij zich. Maar Remco kan dat doen, die is geen partij. Arjan wel, en hij zal ervoor moeten zorgen dat Jacky en hij een deal sluiten die voor iedereen goed voelt. Toch ontkomt hij niet aan het gevoel dat het een opluchting zou zijn als Jacky voorgoed verdween.

Er staat een stevige wind en het is te koud voor de tijd van het jaar. Als Arjan naar de supermarkt fietst, bedenkt hij dat hij zijn winterjack had moeten aantrekken. Het is volop lente, maar de natuur trekt haar eigen plan. De kinderen willen binnenkort naar Artis. Jacky wilde daar altijd alleen naartoe als het goed weer was. We gaan ons maar eens even niets aantrekken van het weer, bedenkt hij. Binnenkort Artis, al sneeuwt het. Het voelt goed om iets te bedenken wat indruist tegen de principes van zijn ex, ook al schiet hij daar niets mee op. Ze is en blijft een slang die hem het licht in de ogen niet gunt. Arjan is ervan overtuigd dat de rustige tijd die ze net achter de rug hebben iets te maken heeft met Jacky. Veel van zijn vrouwelijke klanten komen ook bij haar en hij houdt er rekening mee dat ze verhalen over hem vertelt waardoor een stel dames is afgehaakt. Er waren vandaag veel nieuwe gezichten, het is goed mogelijk dat hij een deel van het oorspronkelijke klantenbestand is kwijtgeraakt door de scheiding. Wie weet wat ze nog van plan is om het hem moeilijk te maken.

Wie zou haar dat bericht gestuurd hebben? Zou het de leverancier zijn die ze eruit heeft gegooid? Die leverde te laat en stuurde dubbele rekeningen. Zei Jacky. Maar Jacky zei ook dat hij spoken zag toen hij vroeg of ze hem wel trouw was. Ze vond hem ziekelijk achterdochtig en voelde zich geschoffeerd door zijn vragen. En hij kroop terug in zijn hol.

Arjan probeert zich te herinneren wat hij voelde toen ze elkaar net kenden. Hij weet dat hij verliefd was, maar verder komt hij niet.

Ze zei dat het maar de vraag was of hij als biologische vader van zijn dochters kon worden aangemerkt. Hij ziet te laat dat hij door een rood stoplicht fietst en kan de auto die rechts opdoemt nog maar net ontwijken. De bestuurder is heel duidelijk not amused.

Beter opletten, niet aan dat pokkenwijf denken. Ze is passé.

9

Ze hebben net gegeten, als er wordt aangebeld.

'Verwacht je iemand?' vraagt Nicolette.

Arjan staat op. 'Nee. Het zal wel een of andere collectant zijn. Ik heb heerlijk gegeten. Zullen we die fles wijn lekker leegdrinken?'

'Eerst dessert,' lacht Nicolette, terwijl ze de lege borden op elkaar zet.

Er wordt opnieuw gebeld. Arjan grijpt zijn portemonnee.

Ze valt naar binnen, hij kan net op tijd opzijspringen. 'Wij moeten eens even praten,' kondigt ze aan en ze loopt de kamer in.

Arjan sluit snel de deur en sprint achter haar aan. In de woonkamer staan Nicolette en zijn ex-schoonmoeder elkaar aan te staren. 'Dit is Xaviera, de moeder van Jacky,' meldt hij. 'Ze meent dat we even moeten praten.'

'Onder vier ogen,' eist Xaviera

'Nicolette is mijn vriendin en dat betekent dat ze alle shit die jij waarschijnlijk te melden hebt gewoon mag horen, tenzij ze zelf liever in de keuken gaat zitten.'

'Wat wil jij?' vraagt Nicolette.

Arjan ziet dat ze zich niet op haar gemak voelt. 'Ik wil dat jij je niet ongemakkelijk voelt, dus zeg maar of je erbij wil blijven of niet.'

Nicolette zet de lege borden weer op tafel. 'Ik blijf.'

Xaviera wijst met een priemende vinger naar Arjan. 'Denk maar niet dat ik geloof dat je pas iets met die vrouw kreeg toen je al bij Jacky weg was. Ik ken jouw soort. Liegen en bedriegen, hoeren en snoeren, nooit toegeven dat je fout zit.' Ze zuigt een lading lucht op. 'Jacky mag blij zijn dat ze van je af is, en dat is ze ook. Waarom zoek je eigenlijk weer een vrouw? Wordt het niet eens tijd dat je toegeeft hoe je geaard bent?'

Arjan merkt dat Nicolette verbaasd is. 'Xaviera is ervan overtuigd dat ik geen hetero ben. Waarschijnlijk komt dat door de informatie die haar dochter haar verschaft. Jacky heeft namelijk nooit onder stoelen of banken gestoken dat ik niet voldeed aan haar seksuele eisen en daarom homo moest zijn.' Hij ziet dat Nicolette probeert niet te glimlachen. Hij wendt zich tot Xaviera. 'Niemand zit hier te wachten op een gesprek met jou, dus hou het kort.'

Xaviera komt vlak voor hem staan. 'Ik wil je waarschuwen. Jij gaat mijn dochter niet de stuipen op het lijf jagen, dan kom je mij tegen. Ze durfde na dat eerste bericht al nauwelijks meer de straat op, maar na het tweede bericht durft ze zelfs niet meer te gaan slapen. Aan de politie heb je niks, die lui maken niet eens een verslag van je bezoek. Je moet eerst dood zijn, dan komen ze pas kijken. Maar wie mijn kind lastigvalt, zal mij tegenkomen. Dus stoppen jij met je dreigementen. Is dat begrepen?'

Arjan kijkt naar Nicolette. Die haalt haar schouders op. 'Als ik het goed begrijp heeft Jacky een tweede bericht gekregen. Wat was deze keer de boodschap?'

Xaviera loert naar hem. 'Dat zal jij niet weten.'

'Nee, dat weet ik niet.'

'Ik zal je geheugen opfrissen. Er stond: *Binnen twee weken is het gebeurd met jou.* Begint er al wat te dagen?'

Arjan ruikt een sterke knoflooklucht en doet een stap naar achteren. 'Ik zou Jacky adviseren een ander nummer te nemen.

Dat is misschien een beetje lastig voor de salon, maar dat is volgens mij wel op te lossen met één mail aan haar vaste klanten. Tenzij de berichten van een van die klanten komen. Hoe het ook zit, val mij hier niet meer mee lastig. Ik wil jullie geen van beiden hier nog over horen, anders doe ík aangifte. Van stalking. En nu wegwezen. Hoor je me? Opzouten, ga iemand anders lastigvallen.' Hij geeft Xaviera een duw in de richting van de deur.

'Blijf met je gore homotengels van me af,' snauwt ze.

'Zei ze nou "gore homotengels"?' wil Nicolette weten als Arjan de kamer weer binnenkomt.

'Ja, dat zei ze. Vanaf het begin van mijn relatie met Jacky liet ze er geen twijfel over bestaan dat ik een verkapte nicht was. In het begin werd ik daar razend om, later negeerde ik het. Maar wat vind jij van die berichten?'

'Creepy. Of verzinnen ze het?'

'Ik heb het eerste bericht gezien, dus het zal wel kloppen. Het staat me niet aan. Stel je voor dat iemand iets van plan is, dan lopen de meisjes misschien ook gevaar.'

Nicolette grijpt zijn handen vast. 'Daar moet je niet aan denken. Na alles wat je me over Jacky hebt verteld zou het me niet verbazen als ze die berichten zelf heeft gestuurd.'

'Denk je dat? Waarom zou ze dat doen?'

'Om jou verdacht te maken of in ieder geval de schijn tegen je te keren. Prima manier om de rechter te beïnvloeden die de alimentatie-eis moet beoordelen. Is zoiets nog niet in je opgekomen?'

Arjan slaat zijn armen om Nicolette heen. 'Eerlijk gezegd niet. Maar je zou zomaar gelijk kunnen hebben.'

Ze kust hem.

'We kregen nog dessert,' probeert hij te zeggen.

13 mei

Vandaag zou mijn broer Joeri negenendertig jaar zijn geworden, als hij niet in een zwembad was verdronken. Ik hou niet van deze datum, ik wil deze dag ieder jaar overslaan.

Joeri was voor de laatste keer jarig toen hij elf werd. Het was een woensdag en er was 's middags een kinderfeest gepland. Mijn vader had die week vakantie en hij zou meegaan naar de Apenheul. Joeri wilde elk jaar naar De Apenheul, want hij was dol op apen.

Een dag voor zijn verjaardag werd er een pakje bezorgd. Het was gestuurd door Benthe, die toen een jaar geneeskunde studeerde en volgens mijn moeder net zo'n goede chirurg zou worden als onze vader. In het pakje zat een grote handdoek met daarop een afbeelding van een orang-oetang. Toen kon zijn verjaardag al niet meer stuk.

Ik was vijf toen Joeri elf werd en ik herinner me elk moment van die dag. Toch had ik destijds niets in de gaten. Ik was een zorgeloos kind en ik had het gevoel dat thuis een veilige haven was. In die tijd moeten er spanningen zijn geweest tussen mijn ouders, maar daar heb ik nooit iets van gemerkt. Ik signaleerde niet wat er om me heen gebeurde. Ik leefde, maar was nergens echt bij betrokken. Daar stond ik als kind niet bij stil, maar later nam ik het mezelf kwalijk dat ik me niet had gerealiseerd dat er wat gaande was met Joeri. Dat ik geen enkel signaal had begrepen, dat ik niets voor hem heb kunnen betekenen. En dat ik het noodlot heb toegestaan zich te voltrekken.

Een paar weken voor zijn verjaardag vroeg mijn vader, toen die toevallig weer eens aanwezig was bij de avondmaaltijd, wat er met Joeri aan de hand was. Mijn broertje begon te stotteren.

'Rustig praten,' adviseerde mijn vader. 'Het is gewoon een vraag.'

'Er is niets,' lukte het Joeri eindelijk te zeggen.

'Je bent anders dan anders,' concludeerde mijn vader. 'Je eet weinig, je handen trillen en je zit helemaal in elkaar gedoken. Is er iets gebeurd op school?'

Joeri klemde zijn lippen op elkaar en probeerde met een beweging van zijn hoofd duidelijk te maken dat er niets was gebeurd op school.

'Moeten we straks even in mijn kantoor praten?' vroeg mijn vader. 'Gaat het om iets wat mannen alleen met elkaar bespreken?'

Ik hoorde dat zijn stem een beetje lachte.

'Laat die jongen met rust,' snauwde mijn moeder. 'Nu eet je eens een keer thuis en begin je te zeuren. Hij kan het zelf wel oplossen.'

Mijn vader deed of hij niet hoorde wat mijn moeder zei. Hij raakte even Joeri's hand aan. 'Als je ergens over wil praten, kun je altijd bij je vader terecht. Onthoud dat, jongen.'

Joeri boog nog dieper zijn hoofd. We aten zwijgend verder en ik was blij dat we na het dessert van tafel mochten.

In de nacht die daarop volgde, werd ik wakker doordat iemand aan mijn arm stond te trekken. Het was Joeri. 'Je moet me even helpen,' fluisterde hij. Ik liep achter hem aan naar zijn kamer en zag dat hij zijn bed had afgehaald. Hij wees naar het hoeslaken dat in een hoek op de grond lag. 'Dat moet gewassen worden, maar mama en papa mogen niets merken.' Hij reikte me een schoon hoeslaken aan. 'Maak jij even mijn bed op? Dan stop ik het vuile laken in de wasmachine.'

'Wat is er gebeurd?' wilde ik weten. Toen rook ik het.

'Ongelukje,' piepte Joeri. 'Ik kon er echt niets aan doen.'

Ik zei dat het niet erg was en voelde me opeens een grote zus, ook al was ik vijf jaar jonger.

Twee nachten later gebeurde het weer. 'Hoe kan dat nou?' vroeg ik.

Joeri begon te huilen.

'Stil maar,' suste ik.

Op zijn elfde verjaardag was Joeri uitgelaten. Hij stoeide met zijn vriendjes en met mijn vader. Ik kreeg steeds een knipoog.

Mijn moeder vroeg waarom zíj nooit een knipoog kreeg.

De laatste oudejaarsavond dat Joeri leefde mochten we een glaasje advocaat drinken dat was aangelengd met melk. Dat vonden we erg lekker, maar Joeri wilde het niet hebben. Hij ging al voor twaalf uur naar bed. Mijn moeder probeerde hem op andere gedachten te brengen, maar dat lukte niet. Ik hoorde mijn vader vragen wat er toch met dat kind aan de hand was.

'Groeistuipen,' antwoordde mijn moeder.

'Ik heb de indruk dat hij zich niet senang voelt,' meldde mijn vader.

'Net zoals zijn mama,' zei mijn moeder.

We zaten zwijgend bij elkaar tot het twaalf uur was.

Zes weken later nam Joeri een duik in het zwembad waar hij zijn twee zwemdiploma's had gehaald en kwam niet meer boven water.

Wat doe je op de dag dat je broer negenendertig zou zijn geworden, vraag ik me af. Het antwoord is simpel. Voortdurend aan hem denken.

10

'Wat zit je nou het meeste dwars?' vraagt Nicolette. 'De rare berichten die Jacky heeft gekregen? De idiote alimentatie-eis? Ik zie dat je piekert. Praat met me, alsjeblieft.'

Arjan heeft weinig gezegd tijdens de maaltijd en hij beseft dat zijn houding vragen oproept. Hij heeft net de afwasmachine aangezet en twee espresso's gemaakt. Het was een drukke dag, maar dat kwam hem goed uit. Veel klanten betekent altijd veel praten, uitleg geven over producten, aanbevelen en luisteren naar wat iedereen te vertellen heeft over huisdieren. Dan hoeft hij al die uren niet aan zijn eigen zorgen te denken. Tot de vrouw die voor de toonbank stond het over hém wilde hebben.

Nicolette zet haar lege kopje neer en kijkt hem aan. 'Is er iets gebeurd?'

'Het kwam door een van mijn klanten,' zegt hij. 'Ze is bevriend met de moeder van Jacky en tot nu toe heeft ze nooit iets tegen me gezegd over de scheiding. Maar vandaag begon ze erover. Ze had ergens op internet in een artikel gelezen dat een vechtscheiding een vorm van kinderverwaarlozing is. En volgens mij had ze dat artikel uit haar hoofd geleerd.'

Arjan was vanaf het moment dat de vrouw begon te praten van plan om alles wat ze zei direct weer te vergeten. Ze benadrukte voortdurend dat ze hem niet wilde veroordelen en dat ze absoluut geen partij koos. Ze was zelf gescheiden en ze wist dat ze in die periode niet altijd haar beste kant had laten zien. Om van haar voormalige echtgenoot maar niet te spreken. En toen ging ze los.

Het was heel normaal, meende ze, dat je na een echtscheiding verzeild raakt in een periode van strijd en woede en dat je allebei geen onorthodoxe middelen schuwt om je gelijk te krijgen. Dat is zelfs een noodzakelijke actie, om het elkaar loslaten te bevorderen. Het houdt ook je verdriet over het verlies van je samenzijn op afstand.

Arjan heeft een paar keer geprobeerd om haar in de rede te vallen en het gesprek een andere kant op te krijgen, maar ze ging onverdroten door met haar relaas. Zolang ze bezig was met de psychologische elementen van een scheiding, lukte het hem wel om haar aan te horen. Maar toen ze over de gevolgen voor kinderen begon, raakte hij van slag. Hij kan wat ze daarna zei nog woord voor woord reproduceren. Het lijkt of de tekst die ze uitsprak zich aan zijn brein heeft vastgeketend.

Hij kan vooral niet loskomen van wat de klant zei over het psychologische aspect van vechten voor je kind. Het klopt dat zijn kinderen het dierbaarste zijn wat hij heeft. Dat hij ze met zijn leven zou beschermen en verdedigen. En dat hij ze absoluut niet kwijt wil raken. Het klopt eveneens dat hij door de scheiding het ouderschap dreigt te verliezen, en dat juist het ouderschap een belangrijk onderdeel is van zijn identiteit. Het geeft zin aan zijn bestaan, hij zal voortleven in zijn kinderen. Dat voelt goed. Maar het ouderschap brengt ook een grote verantwoordelijkheid met zich mee. Het heeft een voorbeeldfunctie, het moet stabiliteit betekenen. In die zin is het logisch dat hij bereid is alles op alles te zetten om het contact met zijn kinderen te behouden. Maar wat betekent dit voor de meisjes? Had zijn klant een punt toen ze zei dat een vechtscheiding een vorm van kinderverwaarlozing is? Als hij deze vraag aan Nicolette voorlegt, wordt het even stil tussen hen.

Zijn vriendin verbreekt de stilte. 'Wat je vertelde over de psychologische elementen van een scheiding klinkt logisch. Het is een proces waar je doorheen moet en daar valt nu eenmaal niet aan te ontkomen. Ik weet er alles van, maar toen ik ging scheiden hoefde ik geen rekening te houden met de belangen van kinderen. Toch zul je moeten accepteren dat Floortje en Demi er iets van meekrijgen. Maar ik vind dat een vechtscheiding geen vorm hoeft te worden van kinderverwaarlozing, mits beide partijen het gevecht beperken tot een strijd die alleen tussen hen plaatsvindt.'

'Dat lukt niet met Jacky als tegenpartij,' stelt Arjan vast.

Hij zou alles wat hij denkt en bedenkt over zijn houding ten opzichte van Jacky kunnen verklaren vanuit de behoefte aan zelfbehoud. Maar hoe zelfbehoudend is de fantasie over het verwijderen van het object dat hem in de weg staat?

Het idee om te googelen op 'manieren om een moord te plegen' kwam spontaan in hem op. Toch moest hij veel aarzeling overwinnen voordat hij eraan toegaf. Maar toen wist hij niet wat hij zag. Hij beseft heel goed dat hij de eerste zal zijn die in aanmerking komt als hoofdverdachte en dat de kans om het ouderschap definitief en totaal te verliezen het grootst zal zijn als hij Jacky uit de weg ruimt. Eigenlijk wil hij helemaal niet over dit onderwerp nadenken. Toch heeft deze gedachte zich toegang verschaft tot zijn brein en blijft daar hinderlijk aanwezig. Maar dat kan hij niet tegen Nicolette zeggen. En ook niet tegen zijn vrienden. Tegen niemand.

Hij moet het niet meer denken. Het is de verkeerde route, het grenst aan onbeschaafd gedrag.

‘Misschien is het toch wel een goed idee om een paar keer met Jacky te praten onder begeleiding van een mediator,’ oppert Nicolette. ‘Het kan de druk van de ketel halen en wie weet lukt het zo’n man of vrouw om haar wat zinniger te laten nadenken over de afwikkeling van jullie scheiding.’

‘Als wij gebruikmaken van mediation, is mijn enige voorwaarde dat we praten met een mannelijke mediator. Twee van die goedgebekte meiden tegenover me trek ik niet. Maar of iemand tot Jacky kan doordringen? Ik betwijfel het.’

‘Je zou haar toch… Laat ik me inhouden,’ zegt Nicolette.

14 mei

Mei is niet alleen een maand met pijnlijke dagen. Het is ook de maand die borg staat voor herinneringen die te maken hebben met geluk. Aan vandaag kleven alleen maar geluksgedachten, want op 14 mei zag ik Roel voor het eerst en viel ik als een blok voor hem.

Op de avond van 13 mei belde mijn vader me om te vragen of ik de volgende dag een paar uur thuis zou kunnen zijn. Mijn moeder lag met zware griep op bed en er zou een tuinarchitect langskomen. De tuin was volgens mijn moeder aan een grote opknapbeurt toe. Ik hoorde mijn vader een diepe zucht slaken toen hij dit zei.

'Wat wil ze precies?' vroeg ik.

'Een metamorfose, of zoiets,' antwoordde hij. 'Ze wil het liefst dat ik die man ontvang, maar ik heb een supervisieafspraak en die kan ik niet verzetten. Je hoeft niets te doen, behalve hem te woord staan. Laat hem verder maar zijn gang gaan. Ik leg een sleutel in het vogelhuisje. Wanneer zie ik je weer eens?'

Het was toen al drie maanden geleden dat ik mijn ouders voor het laatst had gezien. Ik had geen plannen om ze snel weer te bezoeken en ik sprak met mezelf af dat ik alleen die tuinarchitect zou ontvangen en daarna direct weer zou vertrekken. Ik was zelfs niet van plan om mijn zieke moeder gedag te zeggen. Maar met mijn vader wilde ik wel iets afspreken. 'Laten we binnenkort samen lunchen,' stelde ik voor.

Die veertiende mei viel op een maandag en het was een zwaarbewolkte dag. Er woei een matige wind en de gevoelstemperatuur kwam niet hoger dan dertien graden Celsius. Ik droeg open schoenen en had voortdurend koude tenen. Bij mijn buren werd verbouwd en iedereen die in het complex woonde werd die dag al vroeg wakker van de sloopherrie. De krant werd die dag weer eens niet bezorgd. Ik vergat suiker te kopen.

Toen ik uit mijn auto stapte zag ik dat de gordijnen van de slaapkamer van mijn ouders gesloten waren. Ik had de neiging om weer in te stappen en weg te rijden. Op dat moment draaide er een groene bestelbus het pad op. Op de zijkant stond in sierlijke letters geschreven: *Waarland & Zoon, tuinonderhoud en tuinarchitectuur.*

En daaronder: *U kent ons wel.*

Dat vond ik een belachelijke toevoeging en ik nam me voor om deze tuinarchitect snel te droppen. Mijn moeder kon beter op zoek gaan naar een bedrijf zonder aanstellerige fratsen, meende ik. Of in ieder geval naar ondernemers die dit soort ongein niet nodig hadden.

Ik zette me schrap voor de confrontatie met de Waarland of zoon die ervan uitging dat ik hem kende. Verder dan de voordeur zou hij niet komen. Er stapte een jonge man uit. Hij was groot, breed in de schouders en smal op de heupen. Hij droeg een donkergroene broek met een lichtgroen overhemd.

Ik vond hem ontzettend mooi.

Hij kwam met uitgestoken hand op me af. 'Goedemorgen, ik ben Roel Waarland.'

De hand was warm en sterk. Ik vond dat ik cool moest zijn. 'Marijn Bentink van Heemstede.' Ik noemde zelden mijn volledige naam, maar bij iemand die het nodig vond om aan zijn bedrijfsnaam *U kent ons wel* toe te voegen leek me dat een goed idee, hoe mooi hij ook was.

'Ik heb een afspraak met mevrouw Bentink van Heemstede, ik neem aan dat ze uw moeder is?' Ook zijn stem was mooi. Dat vond ik irritant.

'Klopt. Mijn moeder is ziek, daarom ben ik hier. U zou rondkijken, meen ik?'

Zijn blije ogen waren verwarrend. 'Graag. Ik ga uitgebreid om me heen kijken en het een en ander opmeten. Loopt u mee?'

Ik besloot naar binnen te gaan.

'Je vader is nog minder thuis dan toen hij nog werkte,' klaagde mijn moeder. 'Nu heeft hij weer een aantal jonge chirurgen in supervisie. Waarom is hij eigenlijk gepensioneerd?'

'Vraag het aan hém,' adviseerde ik.

'Is het wat, die tuinman?' wilde mijn moeder weten.

'Hij is beleefd, verder kan ik er weinig over zeggen.' Ik zei het zo nonchalant mogelijk.

'Hoe ziet hij eruit?'

'Gewoon. Heel gewoon.' Ik probeerde een reden te verzinnen om snel weer weg te kunnen gaan.

'Waarom sta je dan steeds naar hem te kijken?'

Op dat moment verscheen Roel voor het raam. We keken elkaar aan.

En ik liep zonder nog ergens over na te denken naar buiten.

Vandaag op de kop af acht jaar geleden werd ik op een bewolkte dag totaal onverwacht aangeraakt door de liefde.

11

De envelop ligt op tafel en Arjan heeft zich voorgenomen hem daar voorlopig te laten liggen. Hij wil nog niet weten hoe het resultaat van het DNA-onderzoek eruitziet. De klap hoeft nog niet te vallen.

Of zou de uitslag juist voor rust zorgen, zelfs als Floortje niet zijn biologische kind blijkt te zijn?

Hij heeft de afgelopen dagen niets meer van Jacky of haar moeder gehoord. Dat betekent waarschijnlijk dat Jacky geen nieuwe dreigende berichten heeft ontvangen. Of dat ze is opgehouden met zichzelf die te sturen. Hoe meer hij over deze mogelijkheid nadenkt, hoe vaker hij geneigd is er rekening mee te houden dat dit vermoeden van Nicolette klopt.

De kinderen hebben al bijna een week niet geappt. Zouden ze het niet durven? Is dit weer een actie van Jacky? Het kan bijna niet anders, want hij zou geen enkele reden kunnen bedenken waarom de meisjes niets meer van zich laten horen. Ze zouden het komende weekend bij hem zijn, maar hij rekent erop dat deze afspraak op het laatste moment weer gecanceld wordt. Als hij hieraan denkt, dwingt hij zichzelf snel ergens anders aan te denken. Hij heeft zijn advocaat laten weten dat hij akkoord gaat met een intakegesprek bij een mediator. Het zal moeten, heeft hij geconcludeerd. Als hij op dit punt tegenwerkt kan hij een fatsoenlijke naleving van de omgangsregeling helemaal schudden.

Soms betrapt hij zichzelf op een wensgedachte die wel heel erg optimistisch is. Maar het zou kunnen, de meisjes mogen over een paar jaar zelf beslissen bij wie ze willen wonen. Tot die tijd gaat hij investeren in een goed contact. Ze moeten hem vertrouwen en zich bij hem thuis voelen. Hij gunt Jacky zo van harte de nederlaag die ze dan zal lijden.

Ze zei het al toen ze voor de tweede keer uitgingen. 'Ik ben iemand die alleen van winnen houdt. Als ik verlies, krijgt mijn tegenstander het zwaar te verduren.'

Hij vond haar stoer en kon het niet helpen dat hij een beetje moest lachen. Ze vroeg wat er te lachen viel.

'Je vertedert me,' legde hij uit. 'Kijk jou daar nu staan. Een erwt op pootjes, die zichzelf omschrijft als een gevaar voor de tegenstander. Hoe groot ben je? Nog geen een meter zestig, denk ik. En hoe zwaar ben je? Een kilo of vijfenvijftig? Ik kan me niet voorstellen dat je eventuele tegenstander bang van je wordt, of het moet een dwerg zijn.'

'Ik heb het over wapens die veel meer schade kunnen aanrichten dan fysiek geweld,' antwoordde Jacky. Ze tikte met haar wijsvinger op het puntje van zijn neus. 'Onderschat mij niet, jochie.'

Toen kuste ze hem voor de eerste keer en wilde hij de hele avond niets anders doen dan haar kussen.

'Is het nu aan?' wilde Jacky weten.

Hij zei dat hij haar zo snel mogelijk aan zijn moeder en aan zijn beste vrienden wilde voorstellen.

De herinnering doet vandaag heel erg pijn. Waarom staat hij zichzelf dan ook deze gedachten toe? Laat het verleden toch voor wat het is, foetert hij in gedachten. Dat kreng heeft geen enkel recht op zijn aandacht. Maar het helpt niet dat hij dit denkt. Hij hoort en ziet elk onderdeel van de dag dat hij Jacky voorstelde aan zijn moeder. Die had een heerlijke taart gebakken en zich mooi gekleed. Ze was heel benieuwd naar Arjans vriendin en benadrukte een paar keer dat Jacky welkom was. Maar alles wat ze zei ketste af op de gereserveerde houding die Jacky aannam. Arjan sloofde zich uit om de stemming op peil te houden, maar hij kon niet voorkomen dat hij het enthousiasme van zijn moeder zag wegebben en de teleurstelling van haar gezicht was af te lezen.

Jacky wilde geen taart en ze wilde ook niet lang blijven. Nog geen uur na hun binnenkomst stonden ze weer buiten. Hij vroeg wat er aan de hand was, of iemand iets had gezegd wat ze niet leuk vond. Toen antwoordde Jacky dat ze het benauwd had gekregen van de opdringerige houding van zijn moeder en ze voegde eraan toe dat ze zich goed kon voorstellen dat zijn vader was weggelopen. Die opmerking kwam hard aan. Toen had hij haar moeten corrigeren, of tenminste een kritisch antwoord moeten geven. Maar hij liet zich meetronen naar haar ouderlijk huis, ontdekte dat Jacky's moeder niet thuis was en kon ondanks zijn teleurgestelde gevoel geen weerstand bieden aan de verleiding die zachte vingers en gretige lippen teweegbrachten.

Ze was de eerste vrouw die hem de hele wereld om zich heen liet vergeten. Ze deden het drie keer, die middag en avond. En zes weken later zei Jacky dat ze hem iets moest vertellen.

Zijn moeder vroeg hem onomwonden of hij zeker wist dat het kind van hém was. Hij liep met een beledigde kop de deur uit.

Het was aan zijn moeder te danken dat het niet tot een breuk kwam. Ze zei tegen hem dat ze zijn keuze voor Jacky respecteerde en dat er tussen hen niets zou veranderen. Later besefte hij dat ze toen waarschijnlijk al wist dat ze niet oud zou worden.

Sinds hij bij Jacky weg is mist hij zijn moeder meer dan ooit.

Hij draait de envelop een paar keer om en laat zijn vingers langs de randen glijden. Ik hoef het niet te weten, denkt hij. Ik hoef hem niet open te maken.

Floortje werd negen maanden min drie dagen na de eerste keer dat ze vreeën geboren. Jacky beweerde dat ze vlak voor haar menstruatie had gezeten en dacht dat het geen kwaad kon. Ze was al een jaar single en beweerde dat ze al maanden niet met iemand naar bed was geweest. En hij geloofde haar, ook toen hij merkte dat ze graag flirtte met andere mannen en zich begon af te vragen of het altijd bij flirten bleef.

De sluiting van de envelop is extra beveiligd met een stuk breed plakband. Hij heeft een briefopener, dus het moet lukken om de envelop open te krijgen zonder de inhoud te beschadigen. Hij maakt de la open waarin de briefopener ligt.

En schuift hem weer dicht.

Nu niet. Nu nog niet. Later.

'Later' is opeens een prettig woord.

17 mei

Mijn vader wilde altijd weten wat ik voelde, hoewel 'altijd' in dit opzicht misschien wat overdreven is. Ik kan beter zeggen: als hij soms thuis was. Toch kwam die vraag iedere keer heftig binnen. Het was een vraag die ik vreesde en het liefst uit de weg ging. De reden was dat ik niet wist wat ik voelde, dat ik zelfs betwijfelde of ik iets voelde. Er ontbrak iets aan mij, iets wat ik niet kende maar toch miste. Ik was voor mezelf een verwarrend wezen dat geen grip had op haar eigen gedachtegang. Toen Joeri nog leefde, had ik daar minder last van. Als ik samen was met Joeri, sleurde zijn enthousiaste en beschermende houding me mee. Bij Joeri in de buurt werd ik een beetje Joeri, hij vulde de leegte die ik voelde, waar ik uit leek te bestaan.

Zodra ik kon lezen verslond ik sprookjesboeken. Ook al begreep ik niet precies waar sommige verhalen over gingen, ik las. De stilte die na Joeri's dood bezit had genomen van ons huis werd de mogelijkheid om ongestoord onder te duiken in een verhaal dat altijd eindigde in de trant van 'ze leefden nog lang en gelukkig'. Ik hoopte vurig dat er ooit iets zou gebeuren waardoor ik ook lang en gelukkig zou leven. Sommige boeken las ik wel tien keer.

'Lees eens iets zinnigs,' adviseerde mijn moeder me vlak voor mijn tiende verjaardag. 'Sprookjes hebben niets met het echte leven te maken.' Een paar dagen later kon ik mijn stukgelezen boeken nergens meer vinden. Mijn moeder keek me strak aan toen ze vertelde dat ze die had meegegeven aan de man van de vuilnisophaal. Volgens haar waren ze niet eens geschikt meer om aan een goed doel te geven. Toen ze dat zei, leek het of iemand een zware steen op mijn borstkas legde. Ik merkte dat mijn vingers koud waren, terwijl het warm was in de kamer. Mijn moeder had nog meer te vertellen, maar alles wat ze zei passeerde mijn oren. Ik kon alleen kijken. Verkrampt, verstomd, van alles en iedereen verwijderd.

De volgende ochtend werd ik heel vroeg wakker en ik dacht direct aan de sprookjesboeken die mijn moeder van me had afgenomen.

En aan waarom ze dat had gedaan.

Ik glipte met mijn blote voeten in mijn schoenen, sloop naar beneden en liep rechtstreeks naar de kast waarin mijn moeder het glasservies bewaarde dat nog van haar oma was geweest. Er werd slechts op hoogtijdagen uit die glazen gedronken. Het was alleen mijn moeder toegestaan ze aan te raken en ze mochten absoluut niet in de afwasmachine.

Ik nam de glazen een voor een uit de kast en ging erbovenop staan. De glassplinters vormden een glinsterend tapijt dat steeds groter werd.

Het duurde een kwartier, toen waren de planken leeg. Ik liep weer naar boven en kroop in bed.

Mijn vader ontdekte de ravage toen hij die ochtend beneden kwam. Hij stond meestal als eerste op en was doorgaans al weg als wij wakker werden. Ik hoorde hem onder aan de trap mijn moeders naam roepen. 'Agneta! Kom hier, er is iets gebeurd!'

Ik hoorde mijn moeder schreeuwen en werd door mijn vader uit bed gehaald. 'Klopt het wat ze zegt?' wilde hij weten. 'Heb jij dat gedaan?'

Ik knikte.
'Waarom?'
'Daarom.'
'Dat is geen antwoord, Marijn.'
Ik zweeg.
'Wat is er gebeurd? Er moet een reden zijn waarom je dit hebt gedaan. Kijk me aan. Wat is er gebeurd?'
'Ze heeft mijn sprookjesboeken weggegooid,' zei ik.
'Ik heb altijd al gezegd dat je lievelingetje een monster is,' gilde mijn moeder.
'Het was niet eerlijk,' gilde ik toen ook.
'Het leven is niet eerlijk, kind,' zei mijn vader. 'Ging het alleen om die sprookjesboeken?' Het leek of zijn stem haperde.
'Ja,' loog ik.

Ik wil vandaag mijn vader zien, ook al zal hij me beschouwen als een vriendelijke vreemde. Hij was te weinig aanwezig en heeft me niet goed beschermd, maar dat kan ik hem niet kwalijk nemen. Hij wist immers niet dat ik beschermd moest worden?

Ik ga tegen hem zeggen dat hem geen blaam treft. Hij zal zich niet afvragen wat ik bedoel, want zijn hersenen zijn aangetast door een abnormale eiwitstapeling met totale degeneratie van zijn hersencellen als gevolg. De erudiete man die mijn vader was, is nu een bewoner van een tehuis voor mensen met dementie. Hij glimlacht naar iedereen, maar spreekt geen taal meer en toont geen enkel initiatief. Hij bewondert de kleur van jam op zijn brood en speelt met korreltjes hagelslag zonder op het idee te komen dat hij dit kan eten. Als je hem niet meeneemt, zit hij de hele dag op dezelfde plek. Hij is volslagen afhankelijk van zorg en van incontinentiemateriaal. Maar hij blijft mijn vader.

Hij had gelijk: het leven is niet eerlijk. Als het leven eerlijk was geweest, had het me de liefde gegund. Dan hadden de herinneringen aan verwarring, spanning, voorzichtig aftasten, verwondering en bewondering niet zo'n pijn gedaan. Dan was het een adembenemend avontuur gebleven. Dan had het me de toekomst niet afgepakt.

Dan was het me gelukt iets te blijven voelen.

Nu lukt dat niet meer.

12

Als Arjan de winkeldeur op slot draait ziet hij een jong stel aankomen dat duidelijk heel verliefd is. Ze stoppen om de vijf meter om elkaar vast te grijpen en te zoenen. Hij wil er niet naar kijken en toch kan hij zijn ogen niet van hen afhouden.

Ze zijn al een paar minuten uit het zicht verdwenen en hij staat nog steeds bij de deur. Hij begrijpt niet waarom hij nu zo sterk aan de eerste maanden met Jacky moet denken. Die zijn al zo lang voorbij en er is niets van overgebleven. Zelfs hun kinderen hebben de herinneringen aan de eindeloze uren die ze die eerste periode in bed doorbrachten niet in stand gehouden. Tot dit moment. Hij wil er niet aan denken, maar de beelden dringen zich op. Hij ergert zich en is tegelijk weemoedig. En vervolgens wordt hij kwaad.

Voor hem doemt een lege zaterdagavond op. Nicolette heeft een vrijgezellenfeest van een van haar collega's, die binnenkort gaat trouwen. Ze overnachten in een hotel.

Vanavond zouden de meisjes komen en twee nachten blijven slapen. Maar wat Arjan al vreesde is gebeurd. Een paar dagen geleden belde Jacky om te vertellen dat ze helemaal vergeten was dat haar moeder de kinderen dit weekend zou meenemen naar Disneyland. Beetje fout gepland, maar het was niet anders.

Floortje en Demi verheugden zich enorm op deze dagen en ze nam aan dat hij hier niet moeilijk over ging doen. Toen hij voorstelde om de meisjes dan de komende week een paar dagen bij hem te laten slapen antwoordde Jacky dat dit hen uit hun normale ritme zou halen. Geen goed idee, volgens haar. Maar over twee weken zouden ze zeker weer het weekend bij hem kunnen zijn. Haar stem klonk vriendelijk toen ze hem een prettig weekend wenste. Hij heeft daarna het gesprek beëindigd zonder haar hetzelfde te wensen. Sindsdien is hij boos en wil hij alleen verwensingen bedenken aan haar adres. Dat lukte totdat hij net dat stelletje tongzoenende pubers voorbij zag komen.

Voelt hij nu echt heimwee naar wat er ooit was? Heeft hij zijn verstand verloren?

In de supermarkt besluit hij dat er vanavond niet gekookt gaat worden. Het plan was goed, maar hij vindt dat hij recht heeft op ongezond eten, een goede fles wijn en veel Franse kaas. Dat wordt vette patat met nog vettere frikandellen en een berg mayo. Misschien een beetje sla erbij? Fuck sla! Hertog-karamelijs met slagroom als toetje. Dat lust Nicolette ook graag, maar hij kan niet garanderen dat er morgen nog wat van over is.

Het ijs herinnert hen aan de avond toen ze na de film die ze zagen in een ijssalon belandden. Jacky was dol op aardbeienijs, maar vooral op slagroom. Arjan bestelde dubbel slagroom en ze moesten allebei lachen om de witte toren op het roze ijs. Jacky dook er met haar lippen bovenop, de slagroom zat op haar voorhoofd. Ze veegde het ervan af en bood hem haar vinger aan. Hij likte hem schoon en voelde hoe dat hem opwond.

Hij herinnert zich de blik in haar ogen, haar geur, de klank van haar stem. Toen hij haar thuisbracht zei ze dat haar moeder naar een feest was bij een vriendin en daar zou blijven slapen. Hij aarzelde.

Ze duwde hem naar binnen.

Later verweet ze hem gebrek aan initiatief.

Hij wist al na een paar weken dat het nooit zou lukken tussen hen. De teleurstelling kleefde aan alles wat ze samen ondernamen. Hij had voortdurend het gevoel dat ze meer van hem verwachtte dan hij kon waarmaken. Hij had gehoopt dat door een vriendin zijn eenzaamheid zou verdwijnen, maar hij voelde zich regelmatig eenzamer dan ooit. Dat stelde hem teleur. Maar behalve die teleurstelling was er ook irritatie en woede.

Jacky zei zelfs nadat ze zwanger bleek te zijn een paar keer dat ze misschien beter konden stoppen met hun relatie, omdat ze zo verschillend waren. Maar hij wees dat voorstel af. 'Dan verwacht ik van je dat je er volledig voor gaat,' eiste ze. 'En dat je je aanpast.'

Hij gaf haar zijn woord zonder te vragen wat ze daarmee bedoelde.

Hij wist dat ze gelijk had, dat ze beter konden stoppen. De chemie ontbrak, de verliefdheid bleek niet meer dan een zeepbel te zijn. Maar er kwam een kind en daarna nog een en Arjan wilde zijn verantwoordelijkheid niet ontlopen. Wat hij een paar jaar later wél wilde ontlopen was het schuldbesef over het ongeluk en over zijn medeverantwoordelijkheid voor iemands dood. Dat lukte niet en dat vrat aan hem. Toen besloot hij dat bij Jacky blijven zijn boetedoening kon zijn. Maar dat besluit was uiteindelijk niet vol te houden.

Hij heeft de hele zak patat in de hete olie gekieperd en kijkt naar het borrelende vet.

Hij haalt een groot bord uit de kast en pakt de fles mayonaise.

Nog vijftien minuten, dan is het klaar en kan hij eten. Maar even wachten met het tweede glas wijn.

Is dit verstandig? Waarschijnlijk niet. Toch ritst hij met een fruitmesje de envelop open.

Misschien komt het door de wijn op een lege maag, maar misschien is hij gewoon niet nerveus omdat hij er opeens van overtuigd is dat de uitslag goed is. Hij weet niet hoe het komt en hij gaat het zich ook niet afvragen. Hij weet alleen heel zeker dat Floortje en Demi zijn dochters zijn. De twijfel over zijn vaderschap van Floortje is verdwenen. Hij voelt zich ontspannen. Dat komt natuurlijk toch door die wijn, maar wat maakt het uit?

Hij trekt een blad met A4-formaat uit de envelop en begint te lezen. Hij glimlacht. Zie je wel!

Floortje Jacqueline Kleman is met 99,99% aan zekerheid grenzende waarschijnlijkheid zijn biologische dochter.

Hij schenkt het tweede glas wijn in en neemt een grote slok. Daarna leest hij verder.

Hij staart naar de letters en leest opnieuw. Wat staat daar toch? Hij drukt het papier bijna tegen zijn ogen en houdt het daarna weer van zich af. Het kan niet kloppen.

13

Er staat een onbekende auto op de oprit. Arjan parkeert die van hem erachter en slaat het portier met een klap dicht. Wie Jacky ook op visite heeft, het zal hem er niet van weerhouden haar te vertellen hoe hij over haar denkt. Hij zal haar eens en voor altijd heel goed duidelijk maken dat ze een sloerie is, een dweil van een wijf, een onbetrouwbaar secreet dat het doodtrappen niet waard is. Of juist wel.

Hij zou haar met liefde vermoorden.

Heeft hij de stekker van de frietpan wel uit het stopcontact getrokken? Hij kan zich het niet herinneren. Het enige wat hij beseft is dat hij woest is, razend. En dat de kut die probeert zijn leven te verwoesten erachter gaat komen welke consequenties dat heeft.

Hij ziet dat de buurvrouw die recht tegenover zijn oude huis woont de vitrage een beetje opzijgeschoven heeft. Zodra ze ziet dat hij haar heeft opgemerkt, verschuilt ze zich weer. 'Gluurwijf!' sist hij tussen zijn tanden.

Hij gaat zich niet beleefd gedragen en dus niet aanbellen. Zolang hij de eigenaar is van dit huis, zal hij binnenkomen wanneer hij wil. Eerdere besluiten hieromtrent wijzigt hij per vandaag.

Jacky komt haastig de gang in gelopen. Vlak achter haar verschijnt een man.

Arjan duwt haar zo wild opzij dat ze haar evenwicht verliest en door de man moet worden opgevangen.

'Hé, wat doe je?' roept de man. 'Wil jij je even gedeisd houden?'

Arjan loopt de woonkamer in en draait zich midden in de kamer om. Hij wijst op de man. 'Wie is dit?'

Jacky wringt zich los uit de armen van de man. 'Wat bezielt jou? Je kunt hier niet zomaar komen binnenvallen, je woont hier niet meer.'

'Dit is nog altijd mijn huis,' schreeuwt Arjan. 'Hoor je me? Mijn huis! Ik kom hier binnen wanneer ik dat wil. Begrepen?'

'Dat kan niet zomaar,' protesteert de man.

'Jij gaat je bek houden, en snel een beetje,' blaft Arjan. Hij is bijna een kop groter dan de man. 'Wie je ook bent, niet mee bemoeien.'

'Ik ben Ronald, Jacky's vriend.'

'Gefeliciteerd. Hou haar maar goed in de gaten, zodat ze je niet opzadelt met een kind dat niet van jou is.'

Er valt een doodse stilte.

De man wendt zich tot Jacky. 'Weet jij waar hij het over heeft?'

Jacky houdt haar blik op Arjan gevestigd. Haar ogen zijn kil. Maar ook een beetje triomfantelijk. 'Echt niet,' zegt ze.

Hij had zich voorgenomen haar met geen vinger aan te raken. Toen hij op weg was naar dit huis, heeft hij eindeloos gerepeteerd wat hij zou gaan zeggen. Dat was geen vriendelijke tekst, maar hij hoefde van zichzelf ook niet vriendelijk te zijn. Het ging erom dat ze te weten kwam waar hij achter was gekomen en dat ze zou begrijpen dat ze op alle fronten een toontje lager moest gaan zingen. Hij wilde haar duidelijk maken dat de absurde alimentatie-eis van tafel ging en ze zich vanaf nu strikt aan de omgangsregeling te houden had, tenzij ze wilde dat hij hun dochters het een en ander zou vertellen over hun biologische afkomst. Maar nu zegt ze: 'Echt niet,' en slaan alle stoppen bij hem door.

Hij treft haar met zijn vlakke hand op haar linkerwang. Ze wankelt en kan nog net worden opgevangen door haar vriend. Ze drukt haar handen tegen de plek waar Arjan haar heeft geraakt. Ze lijkt niet eens geschrokken te zijn, alleen maar woedend. 'Mijn huis uit!' gebiedt ze, met een ijzige stem. 'Oprotten jij, anders bel ik de politie.'

'Dat doen we toch wel,' zegt haar vriend.

Het volgende moment treft Arjans vuist zijn neus. Hij schreeuwt en laat Jacky los.

Arjan torent boven hen uit. 'Voor mijn part bellen jullie de koning en de koningin. De opperbevelhebber van de landmacht mag ook. Als jij,' en hij wijst naar Jacky, 'maar heel goed in je oren knoopt dat ik geen enkele treiteractie meer accepteer. En dat je erop kunt rekenen dat ik je daar zelfs kwaadschiks aan zal houden.'

'Val dood,' schreeuwt Jacky. Ze doet een stap naar voren. 'Mij maak jij niet bang, daar zijn échte kerels voor nodig. Geen watjes en zeker geen mietjes. Zal ik jou eens iets vertellen? Je krijgt de kinderen helemaal niet meer te zien, hooguit over mijn lijk.'

Arjan draait zich om en loopt naar de deur. 'Daar hou ik je aan. Regel dat even snel, alsjeblieft. Desnoods wil ik wel een handje helpen.'

Hij weet dat hij nu het beste direct naar buiten kan lopen, maar hij moet nog een flinke trap tegen de deur geven. De verf spat eraf.

'Blijf met je poten van de deuren af,' gilt Jacky. 'Hou op met dat agressieve gedrag. Je maakt alles kapot!'

Arjan staat stil. 'Wat echt kapot moet, leeft jammer genoeg nog steeds,' zegt hij. Zijn stem is koel, niet meer opgewonden. Hij kijkt nog een keer om.

De vriend zit met zijn handen tegen zijn neus geklemd op de

bank. Jacky staat midden in de kamer. Je kunt goed zien op welke plek zijn hand terecht is gekomen.

'Laat ik niet merken dat je me nog langer dwarszit, secreet. Want je krijgt er spijt van, dat beloof ik je.'

Het volgende moment staat hij buiten en kijkt hij recht in het gezicht van de buren die links en rechts wonen.

'Problemen?' informeert een van hen.

'Niet meer,' antwoordt hij. 'Het is geregeld.'

14

Hij heeft de hele zondag zitten wachten op de politie die Jacky op hem af zou sturen. Als Nicolette tegen vier uur arriveert, treft ze hem in zijn badjas. Hij is zo gespitst geweest op de bel van de voordeur dat hij er nog niet aan is toegekomen om zich aan te kleden.

Ze wijst naar zijn badjas. 'Je bent nog niet aangekleed. Is er iets gebeurd?'

Arjan wil zeggen dat er niets aan de hand is, maar in plaats daarvan begint hij te huilen.

Dit moet stoppen, hij lijkt wel een wijf. Hij huilt zelden, hij kan zich de laatste keer dat dit gebeurde niet herinneren. Ophouden!

Maar het lukt niet.

Nattigheid, snot, doorweekte papieren zakdoeken. Haperende ademhaling, duizeligheid.

Verdomme!

Nicolette zet een glas water voor hem neer. Ze raakt hem niet aan en dat is goed. Hij zou het niet verdragen. Deze uitbarsting is iets wat alleen hem aangaat. De rest van de wereld hoort hier niet bij en moet op afstand blijven.

Arjan drinkt het glas leeg, snuit voor de zoveelste keer zijn neus en veegt de laatste tranen van zijn wangen. Hij haalt een paar keer diep adem. 'Ik geloof dat het voorbij is,' zegt hij.

Nicolette pakt het glas. 'Ik vul het nog een keer.'

Hij is moe. Doodop. Helemaal kapot. Maar ook opgelucht.

Nicolette luistert zwijgend naar zijn verhaal. Ze vertrekt geen spier als hij vertelt dat hij eerst Jacky een dreun verkocht en daarna de neus raakte van het iele mannetje met wie ze het tegenwoordig schijnt te doen.

Arjan merkt dat hij weer boos wordt. Hij maakt een hulpeloos gebaar met zijn handen. 'Ik heb mezelf nog niet goed onder controle. Het lijkt of er iets in me is gevaren wat een eigen leven leidt. Ik vecht nooit met mijn handen, alleen met woorden. Maar ik had haar kunnen vermoorden, ik meen het.'

'Gelukkig heb je dat niet gedaan.' Nicolette is koel. 'Dit had erg verkeerd kunnen aflopen, besef je dat wel?'

Hij voelt zich rot. 'Ja, dat besef ik.'

'En besef je ook dat je er koste wat kost voor moet zorgen dat je nooit meer zo doordraait? Dat je daarmee je contact met de kinderen op het spel zet?'

'Laat ze het niet wagen me in de weg te staan met de omgangsregeling, ik pik het niet meer!'

Nicolette gaat naast hem zitten. 'In vredesnaam, Arjan, stop hiermee. Wat is er in je gevaren?'

'Lust om te moorden,' zegt Arjan.

21 mei

Vandaag gaat het gebeuren. Waarschijnlijk heeft Jacky Horree na mij nog één klant. Toen ik voor de eerste keer bij haar was vertelde ze dat ze twee dagen per week werkte, op dinsdag en donderdag, en dat ze meestal vier klanten per dag heeft. Twee in de ochtend, twee in de middag. De laatste klant om uiterlijk kwart voor drie, zodat ze haar handen weer vrij heeft als de kinderen uit school komen.

Ze zei niets over het aantal kinderen dat ze had, of over een man. Maar zonder die informatie weet ik dat ze twee dochters heeft die Floortje en Demi heten. Ze wonen in een twee-onder-een-kaphuis en ze hebben de garage laten verbouwen, zodat die ruimte nu dienst kan doen als schoonheidssalon. Jacky's echtgenoot is eigenaar van een dierenspeciaalzaak. Hij verdient daarmee blijkbaar genoeg om zijn vrouw niet meer dan twee dagen per week te hoeven laten werken. Je ziet ze overal, zulke zorgeloze gezinnetjes. Papa, mama en de kinderen. Ze stralen uit dat ze het goed hebben samen. Voor het gezin van Jacky eindigt die overtuiging vandaag. En ik weet waardoor. Waarom.

Ik heb de datum niet bepaald, dat heeft Selma van Hulst gedaan. Zij bepaalt alles, dat is de afspraak. Het duurde even voordat ik met haar in zee wilde gaan, maar toen het eenmaal zover was, deed ik het ook met volle overtuiging.

In de agenda van Jacky is vanmiddag om halftwee een afspraak gepland voor Inez van der Sloot. Dat ben ik. Vandaag voor de laatste keer.

Op het etalageraam staat in een halve cirkel: KLEMAN, UW DIERENSPECIAALZAAK.

De winkeldeur gaat steeds open en dicht, volgens mij is het behoorlijk druk. Ik loop naar binnen.

De winkel is groter dan ik dacht. Er hangt hier een typische geur die ik niet kan thuisbrengen. Dat zal wel te maken hebben met het voer dat ze verkopen en met de dieren die aanwezig zijn. Ik zie glazen bakken met konijnen, hamsters en cavia's. Achter in de winkel staat een groot aquarium. Ik hoor een kind aan haar moeder vragen of ze hier een hondje kunnen kopen.

Roel wilde een hond nemen als we getrouwd waren.

Ik schrik van het geluid dat vlak achter me is en draai me om. Er zit een grote papegaai in een kooi. Hij steekt zijn snavel door de tralies en schreeuwt nog een keer.

'Rocci, stil zijn!' roept iemand. Ik kijk naar de man die op de papegaai af loopt. Dit is Arjan Kleman. Hij kent mij niet, maar ik hem wel.

Volgens Selma was Arjan de eerste die gekke sprongen begon te maken toen Roel kwam aanrijden. In die zin kun je hem beschouwen als de aanstichter van het kwaad. Als hij het niet in zijn hoofd had gehaald om zich als een clown te gaan gedragen, was er misschien niets gebeurd. Dan had Roel niet hoeven uitwijken en had hij zich niet te pletter gereden tegen de boom. Dan was hij met een ongeschonden gezicht onze tuin in komen rijden, had hij mijn ouders ter plekke bijna een hartaanval bezorgd, zou ik achter het raam waar ik stond heel hard hebben gelachen en was ik stralend achter op de scooter met opgevoerde motor geklommen. In mijn bruidsjurk, met mijn bruidsboeket. Dan was dat boeket nooit zes dagen later op het graf van mijn liefste terechtgekomen.

Arjan Kleman heeft zijn vrienden snel naar binnen geloodst in het huis waar hij op dat moment woonde. Ze hebben allemaal gezwegen over hun schuld. Ze zijn doorgegaan met hun leven, met hun partners, met hun werk, met hun familie. Ze zijn gewoon gelukkig, alsof ze daar recht op hebben. En ik woon in een stil huis, samen met mijn herinneringen, mijn verdriet en mijn woede. Met de herinneringen en het verdriet valt te leven, maar de woede is zich aan het ontwikkelen tot een etterende wond.

Het was Selma's idee om de partners te pakken van de drie vrienden die schuldig zijn aan de dood van Roel. Als je ze hun partners afneemt, moeten ze verder leven met een onmetelijke pijn. Dat is pas straffen.

Ik doe nog even of ik rondkijk en loop daarna de winkel weer uit. Het wordt tijd om naar Jacky te gaan. Ik wil mijn auto een paar straten van haar huis vandaan parkeren. Als ik uitstap, zal ik een grote hoed opzetten en een zonnebril dragen. Het is vandaag een bewolkte dag, maar de zon komt nu en dan tevoorschijn. Ik draag de pruik met lang haar. Vanavond stop ik die met de oude groene regenjas die ik aanheb in de grote zwarte bak. Morgen worden de zwarte bakken geleegd.

Dag regenjas.

Dag Jacky. Jammer voor jou, maar het leven is nu eenmaal niet eerlijk. Je hebt de verkeerde man gekozen.

Kan gebeuren.

'Wat leuk dat je terugkomt,' zegt Jacky. Ze heeft een grote blauwe plek op haar wang. 'Dat beschouw ik als een compliment.'

Ik wijs naar de plek. ‘Ergens tegenaan gelopen?’

‘Tegen mijn man. Maar dat doet hij nooit meer, geloof me maar.’

Ik zet mijn hoed af. ‘Ik geloof je.’

15

Arjans voeten doen pijn. Hij bedenkt dat hij niet de hele dag zijn nieuwe schoenen had moeten dragen, al hebben die nog zo'n goede pasvorm. Het was vandaag topdrukte en hij stond alleen. Theo meldde zich vanmorgen ziek en tegenwoordig kan hij bij zulke incidenten Jacky niet meer bellen. Hoewel dat vandaag geen enkel nut had gehad, want mevrouw werkt op donderdag. Het luxepaard vindt twee dagen werken genoeg, maar dat feest is binnenkort voorbij.

De laatste klant vertrok pas om tien voor halfzeven en nu voelt hij pas goed hoe moe hij is. Dat wordt een maaltijd die alleen even opgewarmd hoeft te worden en daarna een filmpje kijken met de voeten op de salontafel. Nicolette eet vanavond bij haar zus, misschien komt ze later naar hem toe.

Hij heeft net het bordje GESLOTEN opgehangen als hij ze ziet aankomen. Twee politieagenten, een man en een vrouw. Ze kijken eerst naar het etalageraam en dan naar hem. De man maakt met een gebaar duidelijk dat ze binnen willen komen.

Arjan merkt dat zijn ademhaling op hol slaat. Er zal toch niets met een van de kinderen zijn gebeurd? Hij wil sneller bij de deur zijn, maar hij komt bijna niet vooruit.

De kinderen! Gaat het over Floortje of over Demi? Of over allebei?

De man stapt als eerste naar binnen. 'Meneer Kleman? Arjan Kleman?'

Arjan knikt.

'Gelukkig dat u er nog bent. Kunnen we even ergens gaan zitten?'

De twee agenten lopen achter hem aan. In het kantoortje staan twee stoelen. Hij maakt een uitnodigend gebaar naar beide agenten.

'Gaat u zelf maar zitten,' adviseert de vrouwelijke agent.

Ze vertellen een verhaal dat hij onmogelijk kan geloven. Deze mensen vergissen zich, ze hebben een verkeerde naam opgekregen, een verkeerd adres kan ook. Zoiets moet het zijn. Hoe krijgt hij dit stel zo snel mogelijk de deur uit?

'Hebt u gehoord wat ik vertelde?' vraagt de man.

Arjan kijkt hem aan. 'Ik denk dat u het verkeerde adres hebt opgekregen, of de verkeerde naam. Maar dat geeft niet, vergissen is menselijk.'

De agent schuift een beetje over zijn stoel. 'Het is geen vergissing, meneer Kleman. Het spijt me, maar we zijn op het goede adres en we hebben de juiste naam doorgekregen. Uw vrouw is een paar uur geleden op gewelddadige wijze om het leven gekomen. Ze is gevonden door de klant met wie ze om kwart voor drie een afspraak had. Politie en ambulance waren snel ter plaatse, maar ze konden niets meer voor haar doen. Via buren is uw schoonmoeder gewaarschuwd. Zij heeft de kinderen van school gehaald, die zijn nog steeds bij haar. Uw huis wordt afgesloten zolang de recherche bezig is met het sporenonderzoek. Het lichaam van uw vrouw is nog aanwezig op de plaats delict.'

'Hoe is ze...'

De agent gaat weer verzitten. 'Daar kan ik helaas geen mededelingen over doen. U zult later meer horen, als de onderzoeksleider met u praat.'

'Waarom moet hij met mij praten? Ik woon al een tijdje niet meer samen met mijn vrouw, we zitten midden in een echtscheidingsprocedure.' Arjan moet een paar keer slikken. 'Zaten, we zaten erin. Dit was natuurlijk niet de bedoeling.' Hij weet dat hij heel recent anders dacht, maar toch meent hij wat hij nu zegt. 'Natuurlijk niet de bedoeling,' herhaalt hij.

Er valt een stilte die niet prettig aanvoelt.

'Ik moet naar mijn kinderen,' zegt Arjan. 'Ze hebben nu alleen mij nog. Ik ga ze halen.'

De agenten kijken elkaar aan.

'Wat is er?' wil Arjan weten.

De mannelijke agent schraapt zijn keel. 'We hebben doorgekregen dat uw schoonmoeder zich... dat uw schoonmoeder zich nogal negatief over u heeft uitgelaten. Misschien is het beter om haar eerst even te bellen en afspraken te maken, in het belang van de kinderen.'

Arjan schuift zijn stoel naar achteren en gaat staan. 'Geloof me, het belang van mijn kinderen staat bij mij voorop. Ik weet zeker dat ze nu het beste bij mij kunnen zijn. Hoe lang duurt het voordat we kleren voor de kinderen uit het huis kunnen halen?' Hij realiseert zich dat hij niet 'mijn huis' zegt. En het volgende moment besluit hij dat hij het huis zo snel mogelijk te koop gaat zetten. Hij maakt een nieuwe start, met zijn kinderen.

'Daar valt op dit moment niets over te zeggen,' antwoordt de vrouwelijke agent. 'Dat hangt af van het sporenonderzoek. Wilt u dat we met u meegaan? Of wilt u iemand bellen die met u mee kan gaan?'

Arjan denkt na. Met Nicolette samen bij zijn schoonmoeder verschijnen lijkt geen verstandige optie. Toch wil hij liever niet alleen dat mens te woord staan. Maar om dan de politie als rugdekking te gebruiken? Zouden Remco en Leonie met hem mee willen? Die kunnen misschien ook de uitvaart regelen. Toch handig om bevriend te zijn met mensen die een uitvaartbedrijf hebben.

Wat een cynische gedachte is dit! Maar een ander gevoel ontbreekt.

Jacky had niet vermoord hoeven worden, maar hij kan de gedachte dat het goed is om van haar verlost te zijn niet van zich afzetten.

'Ik bel vrienden,' beslist hij.

22 mei

Op dit moment is het precies vierentwintig uur geleden dat ik plaatsnam in de behandelstoel van Jacky Horree. Mijn hoed, vest en regenjas hingen aan de kapstok die naast de toegangsdeur was bevestigd, mijn schoenen stonden eronder.

Jacky schoof de bandjes van de top die ik droeg naar beneden en dekte me toe met een groot badlaken. Ze vroeg hoe het met me ging en of ik bepaalde wensen had. Ik zei dat ik mijn wenkbrauwen geëpileerd wilde hebben, niet geharst. Dat wist ze nog van de vorige keer, verzekerde ze me. Het zou helemaal in orde komen.

Ze smeerde reinigingsmelk op mijn gezicht en verwijderde die weer met vochtige sponsjes. Daarna bracht ze een scrub aan en ze bedekte mijn schouders met papieren tissues om te voorkomen dat de scrubmassa onder haar masserende vingers in mijn hals terecht zou komen. De warme, vochtige doek waarmee ze mijn gezicht vervolgens schoonwreef voelde heerlijk aan. Ik merkte dat ik slaperig werd, maar ik wist dat ik alert moest blijven. Want na het epileren van mijn wenkbrauwen en de daaropvolgende vijf minuten stoom op mijn gezicht volgde ook nog de slaapverwekkende gezichts- en halsmassage en als die achter de rug was zou Jacky mijn gezicht bedekken met een masker.

De vorige keer dat ik bij haar was sliep ik tegen die tijd al bijna. Nu moest ik wakker blijven.

Het masker zat erop. Jacky vroeg of ik muziek wilde horen of liever stilte had. Ik koos voor stilte. Ze zei dat ze me tien minuten alleen ging laten en verliet de behandelruimte.

Zodra ze weg was, kwam ik overeind. Ik veegde met de natte lap die achter Jacky's stoel lag mijn gezicht schoon, glipte in mijn schoenen en kleedde me verder aan. Het zou nog acht minuten duren voordat ze terugkwam. Ik trok het enkelbandje van mijn rechterschoen wat strakker aan.

Wat er gisteren is gebeurd achtervolgt me nu al vierentwintig uur. De beelden hebben zich aan me vastgeklampt en er is nergens een scherm te vinden dat naar beneden getrokken kan worden. Ik haat deze gemoedstoestand en wil mezelf ervan verlossen. Dit kan ik niet gebruiken, zeker niet omdat we nog maar pas begonnen zijn.

Ik heb met Selma afgesproken dat we minstens twee weken geen contact met elkaar zullen hebben. Daarna gaan we aan de slag met de volgende.

Concentreren op de volgende. Hoor je me, Marijn?

Gisteren is voorbij.

Concentreren op de volgende.

16

Dit is al de derde keer in vier dagen tijd dat de twee rechercheurs Arjan vragen stellen. Hij vindt het prettig dat ze tot nu toe steeds naar hem toe zijn gekomen in plaats van hem op het bureau te ontbieden.

Het zijn beslist geen onvriendelijke mannen, dat moet hij ze nageven. Maar hij vraagt zich toch voortdurend af welke gedachten er schuilgaan achter hun uitdrukkingsloze gezichten. Zelfs toen hij vertelde dat hij eerst Jacky een dreun had verkocht en daarna haar nieuwe vriend op zijn neus had getimmerd, vertrokken ze geen spier. Ze leken zijn verklaring te accepteren dat hij woedend was geworden omdat Jacky zich voor de zoveelste keer niet aan de afspraken over de omgangsregeling had gehouden en dat hij zich niet had kunnen beheersen toen hij daarover met haar probeerde te praten en door haar werd uitgelachen. Ze blijven hem ook consequent met 'u' en 'meneer' aanspreken. Als je niet beter wist zou je kunnen denken dat ze een serie vrijblijvende enquêtegesprekken met hem voeren.

Arjan heeft zich voorgenomen om de waarheid te vertellen en niets achter te houden. Hij is al maanden niet in Jacky's behandelruimte geweest en hij weet dat de sporen die daar zijn gevonden op geen enkele manier naar hem kunnen wijzen. Behalve die zekerheid hebben de gesprekken met de winkeliers die naast en tegenover zijn zaak zitten al aangetoond dat hij op de dag dat Jacky werd vermoord zijn winkel niet heeft verlaten. Mocht hij op die dag nog geïrriteerd zijn geweest over de afwezigheid van zijn medewerker Theo, nu is hij blij dat Theo juist die dag ziek was en hij daardoor zelf de hele dag in de zaak moest zijn.

Hij begrijpt heel goed dat de recherche alles wil weten over zijn verstandhouding met Jacky en dat hij als eerste in aanmerking komt als verdachte. Daarom speelt hij over alles open kaart en zorgt hij ervoor dat ze hem op geen enkele leugen kunnen betrappen. Hij heeft tot nu toe alleen niets gezegd over het DNA-onderzoek. Dat wil hij voor zich houden, omdat hij bang is dat Demi en Floortje er anders iets over te weten zullen komen. Het is voor de kinderen al erg genoeg dat ze hun moeder zijn verloren, daar wil hij absoluut rekening mee houden. Jacky was een plaag als partner, maar als moeder was er niets mis met haar. Dat weet hij en dat zal hij niet betwisten.

De kinderen zijn nog steeds geschokt. Hij had ze de scène die zijn schoonmoeder veroorzaakte toen hij samen met Remco en Leonie bij haar aankwam graag willen besparen. Gelukkig kreeg ze niet veel kans om te erg uit haar dak te gaan, omdat Leonie zich direct over de kinderen ontfermde en ze resoluut mee naar buiten nam. Daarna sloot Remco de voordeur en stond hij Xaviera niet toe om achter de kinderen aan te gaan. En Arjan luisterde kalm naar het hysterische gekrijs en gescheld dat over hem werd uitgestort. Het was haar dochter, dacht hij voortdurend. Als je dochter wordt vermoord, heb je het recht om iemand uit te schelden die daarvoor het meest in aanmerking komt.

De kinderen vragen niet naar hun oma. Ze zijn het liefst dicht bij Arjan en kruipen ook tegen Nicolette aan. Dat doet hem goed.

Zijn hele sociale netwerk wordt doorgelicht. Behalve Nicolette zijn ook Remco en Belinda al uitgebreid verhoord.

Toen Arjan aan een van de rechercheurs vroeg waarom er zo veel aandacht aan zijn vrienden werd besteed, kreeg hij als antwoord dat bij een delict als dit de historie niet kon worden genegeerd en rechercheren net zo veel uitsluiten was als opsporen.

Hij heeft zijn computer en zijn mobiel moeten inleveren en ook die van Jacky worden gecheckt. Ze doen maar, ze mogen zijn hele huis doorzoeken, wat hem betreft ook zijn winkel. Als ze hem daarna maar met rust laten en op zoek gaan naar degene die schuldig is. Want die moet gevonden worden, al was het alleen maar voor de gemoedsrust van de kinderen. En hoe moeilijk Xaviera ook doet, zij heeft evenzeer recht op duidelijkheid. Zelf is hij niet nieuwsgierig naar degene die dit op zijn geweten heeft. Hij houdt er rekening mee dat het een uit de hand gelopen roofoverval was. Jacky vond de aanschaf van een pinapparaat te duur, dus er was altijd wel wat cashgeld in haar salon te vinden. Niet heel veel en zeker niet genoeg om een moord voor te plegen. Maar zo denkt híj en je weet nooit hoe iemand redeneert die om geld verlegen zit. Het geldkistje in Jacky's salon is verdwenen, dus volgens hem was het inderdaad een roofoverval. Toch werkt hij volledig mee aan het onderzoek. Hoe eerder ze erachter komen dat hij hier niets mee te maken heeft, hoe beter het is voor de gezinsrust. Later gaat hij met de kinderen praten over de verkoop van het huis. Hij wil daar zelf niet meer wonen en hij gaat ervan uit dat Floortje en Demi er ook niet meer naar terug willen. Ze beginnen samen ergens opnieuw en voorlopig wonen ze boven zijn zaak. Dat is voor iedereen overzichtelijk.

De rechercheurs willen weten of hij klanten van Jacky kende. Heeft hij toen hij nog bij haar woonde ooit een vrouw gezien met een grote hoed die een groene regenjas droeg?

Arjan antwoordt ontkennend.

Ze vragen welke klanten hij kende.

Hij haalt zijn schouders op. 'Ik kende geen enkele klant, ik was nooit thuis als mijn vrouw werkte.' Groene regenjas, grote hoed? Het zegt hem echt niets. Het interesseert hem ook geen fuck, maar dat kan hij misschien beter niet zeggen.

'Hoe vindt u het dat uw vrouw niet meer leeft?' vraagt een van de rechercheurs.

Arjan kijkt de man recht aan. 'Ik vind het verschrikkelijk voor mijn kinderen en voor haar moeder,' zegt hij.

17

Zijn besluit om Remco de uitvaart van Jacky te laten organiseren heeft een nieuwe ruzie met Xaviera opgeleverd. Arjan zat daar niet op te wachten, maar hij heeft toch voet bij stuk gehouden. Remco en Leonie hebben een uitvaartorganisatie en hij gunt ze de verdiensten. Ze zijn vertrouwde personen, ook voor de kinderen. En ze werken voor een prettig lage prijs, in dit geval. Dat heeft hij niet tegen Xaviera gezegd, want dan had ze beslist aangeboden om de uitvaartkosten te vergoeden. Op háár voorwaarden, uiteraard.

Arjan wil haar geen centimeter ruimte geven, zeker niet omdat ze geen gelegenheid onbenut laat om hem duidelijk te maken dat hij volgens haar meer over de moord op Jacky weet dan hij wil zeggen. Ze kletst met iedereen die zich daarvoor openstelt en daardoor is hij gisteren benaderd door een journalist die graag wilde weten of het klopte dat Arjan en zijn vrouw verwikkeld waren in een vechtscheiding. Hij heeft geprobeerd die man de mond te snoeren met de mededeling dat hij niets te melden had en dat hij ook niet gediend was van suggestieve berichtgeving. Toen vroeg de journalist wat er suggestief was aan wat hem via een bepaalde bron ter ore was gekomen. Wie die bepaalde bron is laat zich gemakkelijk raden.

Hij heeft Xaviera hier nog niet op aangesproken en hij weet niet zeker of hij dat later nog gaat doen. Misschien is het verstandig om eerst alles af te handelen wat met het afscheid van Jacky te maken heeft. Daarbij staat het belang van de kinderen absoluut voorop. Ze moeten zich de uitvaart van hun moeder kunnen herinneren als een respectvolle gebeurtenis en hij staat niet toe dat iemand iets doet wat de meisjes van streek kan maken. Niemand krijgt het woord, alleen de kinderen. Hij heeft ze geholpen met het samenstellen van een tekst, hij zal ze naar de microfoon begeleiden en hij blijft naast ze staan als ze spreken.

Het initiatief kwam van Floortje, maar Demi lijkt, hoe jong ze ook is, er net als haar zusje van overtuigd te zijn dat ze allebei iets moeten zeggen. Arjan betwijfelt nog steeds of het verstandig is om de kinderen het woord te geven tijdens de uitvaart van hun moeder. Ze zijn pas tien en elf en misschien blijkt dit toch veel te aangrijpend te zijn voor hen. Maar hij heeft hun het idee niet uit het hoofd kunnen praten.

Hij gaat zelf niets zeggen en hij wil voorkomen dat Xaviera aan het woord komt. Met alle respect voor haar verdriet vindt hij haar een hysterisch gedrocht dat zeker momenteel niet toerekeningsvatbaar is. Ze moet dus haar mond houden. Remco en Leonie zullen ingrijpen als ze probeert toch iets te zeggen.

Na het laatste gesprek dat hij voerde met de recherche is hem duidelijk gemaakt dat er geen reden is om hem te vervolgen. Er is op geen enkele manier aan te tonen dat hij iets met de dood van Jacky te maken heeft gehad. Hij heeft zijn mobiele telefoon en zijn computer teruggekregen. Het onderzoek gaat door, hij zal op de hoogte worden gehouden van eventuele ontwikkelingen, tenzij de politie iets ontdekt waarover ze geen mededelingen willen of kunnen doen. Arjan heeft de indruk dat er weinig vooruitgang zit in het onderzoek. Hij gaat er nog steeds van uit dat het hier om een roofmoord gaat, waarbij de dader het vertrek van de eerste klant heeft afgewacht en snel heeft gehandeld. Toch blijft hij met een vraag zitten. Waarom zou je iemand met een zwaar voorwerp bewusteloos slaan en vervolgens wurgen als je alleen een geldkistje wil meenemen? Dan kun je toch ook gemaskerd binnenlopen, desnoods degene die je probeert tegen te houden buiten westen slaan en daarna met de buit naar buiten lopen? De eerste klant kwam om halftwee, de tweede stond gepland om kwart voor drie. Een behandeling duurt op zijn minst een uur, dus er heeft hooguit een kwartier tijd gezeten tussen het vertrek van de eerste en de komst van de tweede. Was het wel mogelijk dat iemand binnen vijftien minuten onopgemerkt binnendrong en zijn slag sloeg?

Arjan wil zich dit niet afvragen. Jacky is dood, daar valt niets meer aan te veranderen. De kinderen zijn geschokt, daar moet hij aandacht aan besteden. Hij gaat vrijuit, dat is een opluchting. Een nog grotere opluchting is het besef dat de vrouw met wie hij nooit had moeten trouwen hem op geen enkele manier meer kan dwarsbomen. Dat ze weg is. Voorgoed.

Misschien mag hij het niet denken, maar hij denkt het. Hij is echt heel erg opgelucht dat hij van haar is verlost.

Hij heeft de uitslag van de DNA-test vernietigd. Behalve hij weet niemand iets van die test en hij is blij dat hij er niet over heeft gesproken. Hij wil de laatste zinnen van de uitslag snel vergeten. Het kan niet waar zijn dat '*de geteste Arjan Kleman met 100% zekerheid uitgesloten is van het biologisch vaderschap van Demi Xaviera Kleman*'. Floortje en Demi zullen altijd zijn dochters zijn, ongeacht de uitslag van een test. Die overtuiging kan hij het beste overeind houden als hij de enige is die hiervan afweet. Als niemand hem er vragen over kan stellen. Als niemand hem aan dit incident kan herinneren. En als niemand zich kan verspreken.

Hij weet het zeker: de DNA-test mag geen rol gaan spelen in zijn gezin. Hij zal er de rest van zijn leven voor waken dat hij zich gaat afvragen wie de verwekker van Demi zou kunnen zijn. Hij zal zichzelf blijven inprenten dat ze zijn sluike haar en zijn lach heeft, ook al weet hij nog zo goed dat dezelfde soort haar op toeval berust en dezelfde lach te maken heeft met kopieergedrag. Het is niet belangrijk waar de gelijkenissen tussen zijn dochters en hem vandaan komen. Het is alleen belangrijk dat ze een hechte band hebben en bij elkaar horen. Nu meer dan ooit.

Morgen is de uitvaart van Jacky. Daarna is ze echt weg.

Het boek is uit.

De boetedoening is voorbij.

29 mei

De berichtgeving over de moord op Jacky Horree was een dag voorpaginanieuws, maar ook daarna bleef er aandacht besteed worden aan het brute misdrijf dat blijkbaar veel mensen heeft geschokt. Het is me gelukt de berichtgeving op een afstandelijke manier te lezen en er verder niet mee bezig te zijn. Dat lukte vooral goed omdat ik momenteel aan twee manuscripten tegelijk werk. Ik had nooit gedacht dat het me zou lukken om daar niet van in de war te raken, maar ik heb ontdekt dat dit geen probleem is, als ik me maar stipt houd aan het schrijfschema dat ik heb opgesteld. Het was nodig om met twee verhalen tegelijk bezig te zijn, omdat ik te veel in beslag werd genomen door de plannen die Selma en ik hebben ontwikkeld. Werken aan twee manuscripten vergt concentratie en discipline. Daardoor lukt het me om afstand te nemen van de realiteit.

En van het verleden.

Ik heb het nooit eerder zo prettig gevonden om verhalen te schrijven die altijd goed aflopen.

Ik las het eerste verhaaltje dat ik ooit schreef voor aan mijn vader. Het was eigenlijk niet meer dan een column, maar mijn vader zei dat de tekst goed in balans was. Volgens hem had het een kop, een middenstuk en staart. 'Jij wordt een beroemd schrijfster,' voorspelde hij. Inmiddels is deze uitspraak eenentwintig jaar geleden, maar ik ben geen beroemd schrijfster geworden. Mijn pseudoniem is in het genre dat ik schrijf wel een bekende naam, ik word goed gelezen, vooral in de bibliotheek. Maar als je een beroemd schrijfster wil worden kun je beter iets anders schrijven dan feelgoodromans. Toch heb ik daarvoor gekozen, omdat er niet van me verwacht wordt dat ik zinnen creëer die een halve pagina beslaan, of dat ik diepgaande karakters bedenk, of dat ik lezers achterover laat slaan door adembenemende metaforen. Er wordt van me verwacht dat ik romantische verhalen bedenk die iedereen zou willen beleven, die een vast patroon hebben en altijd goed aflopen. Dat lukt me wel.

Toen mijn vader nog helder kon denken heeft hij wel eens geprobeerd om met me te praten over de reden waarom ik voor dit genre koos. Hij benadrukte iedere keer dat hij geen waardeoordeel wilde geven, maar dat hij me wilde helpen met het ontdekken van mijn drijfveren.

Ik wilde niet geholpen worden met het ontdekken van mijn drijfveren, ik wilde juist met rust gelaten worden op dit punt. Na een paar pogingen die erop uitdraaiden dat ik wegliep van het gesprek, hield hij ermee op. 'Als jij je maar gelukkig voelt,' zei hij.

Ik voelde me gelukkig vanaf het moment dat ik Roel tegen het lijf liep tot het moment dat ik mijn bruidsjurk uittrok. Die periode heb ik heel diep weggestopt, zodat niemand die meer kan aanraken. Ook ik niet. Misschien is er weer ruimte voor dat gevoel als ik een definitieve streep heb getrokken onder het verleden. Als Jacky Horree, Leonie Krefelt en Dries de Haan niet meer bestaan. Misschien lukt het me dan weer iets te voelen wat lijkt op geluk, ook al zal het niet meer zijn dan een herinnering.

En misschien kunnen een dode Jacky, Leonie en Dries bewerkstelligen dat de herinneringen die me teisteren verdwijnen.

Leonie Krefelt, de vrouw van Remco Pelgrim, is als tweede aan de beurt.

Remco heeft met zijn dronken kop gejuicht toen Roel tegen de boom aan reed. Toen Selma dat vertelde, knapte er iets in mijn hoofd. Ik had willen beginnen met Leonie, maar Selma was van mening dat we eerst Jacky moesten pakken, omdat de organisatie van deze afrekening het eenvoudigst was. 'Gemakkelijk beginnen,' zei ze. 'Dat geeft zelfvertrouwen voor de volgende stap.'

Het was inderdaad niet moeilijk om Jacky te pakken. Maar Leonie gaat ook lukken. Zeker weten.

30 mei

Het kan niet waar zijn!

Ik heb het artikel in de krant al drie keer gelezen en ik kan nog steeds niet geloven wat er staat. Als ik alles voor de vierde keer lees, dringt de inhoud van het interview dat de moeder van Jacky heeft gegeven pas goed tot me door.

Jacky Horree en Arjan Kleman woonden al een paar maanden niet meer samen en waren verwikkeld in een vechtscheiding. Volgens de moeder van Jacky was haar schoonzoon degene die alle ellende veroorzaakte. Hij schuwde geen enkel middel om haar dochter onaangenaam te treffen en heeft haar zelfs kort voordat ze werd vermoord fysiek mishandeld. Jacky's moeder kijkt wel uit om in het openbaar iets te zeggen over wie volgens haar verantwoordelijk is voor de dood van haar dochter, maar ze kan het toch niet laten om de agressieve houding van haar schoonzoon naar voren te brengen. Wie zo'n kort lontje heeft... Denk zelf maar na, is de boodschap.

Ik probeer wat ik hier lees tot me te laten doordringen. Als ik het goed begrijp hebben we Arjan Kleman niet echt getroffen met de dood van zijn vrouw, maar hem juist ergens van verlost. In plaats van hem de wanhoop nabij te laten zijn hebben we hem blij gemaakt, ook al zal hij dat waarschijnlijk niet aan de buitenwereld tonen. Hoe kon dit gebeuren? Hoe is het mogelijk dat dit aspect aan de aandacht van Selma is ontsnapt? Zij heeft de eerste afrekening voorbereid. Dan had ze toch moeten weten dat Kleman en Horree in scheiding lagen?

HOE KON DIT GEBEUREN?

'Ik kan nu niet praten,' snauwt ze. 'Ik heb bezoek.'

Ik ben opeens nieuwsgierig naar wie Selma op bezoek heeft. 'Een bekende?'

Ze geeft geen antwoord.

'Ik wil je heel snel spreken,' zeg ik. 'Bel me maar als je bezoek naar huis is.'

'Dit is niet de afspraak,' protesteert ze.

'Bel me,' gebied ik, en ik verbreek de verbinding. Leek het maar zo of hoorde ik écht angst in haar stem?

Ze kwam uit het niets. Op een dag stond ze voor mijn deur. 'Ik ben Selma van Hulst en ik denk dat wij eens samen moeten praten.'

Ik was niet van plan om haar binnen te laten. 'Kennen wij elkaar ergens van?' wilde ik weten.

'Op een bepaalde manier delen we een traumatische ervaring,' antwoordde ze.

Ik zei dat ze wat mij betrof in raadselen sprak. Toen vertelde ze dat haar zus een aantal jaren geleden was doodgereden toen ze een weg overstak en dat de dader was doorgereden.

En dat ze dit niet kon verkroppen.

Ze voegde eraan toe dat ze wist dat ik ook iemand van wie ik zielsveel hield had verloren door een ongeluk.

'Hij reed tegen een boom. Daar was niemand voor verantwoordelijk,' wist ik uit te brengen. Mijn knieën trilden, ik voelde dat mijn handen klam waren.

Toen antwoordde Selma van Hulst dat ze had gezien hoe Roel

verongelukte en dat daar wel degelijk mensen voor verantwoordelijk waren.

Ik liet haar binnen.

De krant ligt in de zwarte bak. Wég met die krant.

Remco

1

Het is goed dat ze toch de grote aula hebben genomen, ook al was Arjan ervan overtuigd dat die nauwelijks halfvol zou zitten. Remco kijkt om zich heen. De rijen stoelen stromen vol, het is mogelijk dat er niet genoeg zitplaatsen zijn. Hij probeert oogcontact te krijgen met Leonie, maar die is druk bezig met de opvang van de mensen die binnenkomen. Ze schudt handen en wijst nog lege plaatsen aan. Remco loopt snel naar de ruimte waar Arjan, de kinderen, zijn schoonmoeder en enkele ooms en tantes van Jacky wachten. Floortje en Demi zitten dicht tegen hun vader aan, ze kijken naar niemand. Als Arjan Remco ziet, probeert hij zijn arm op te heffen als begroeting, maar Demi trekt die arm snel weer naar beneden. Ze kijkt op en als ze Remco ziet staan verschijnt er een aarzelende glimlach op haar gezicht.

Natuurlijk kende hij de kinderen al langer, maar door het intensieve contact van de afgelopen week is er een sterke band ontstaan. Remco heeft medelijden met de meisjes, omdat ze voor zijn gevoel veel te jong worden geconfronteerd met een groot verlies. Zij hebben geen boodschap aan hoe Jacky zich de laatste maanden ten opzichte van hun vader gedroeg. Ze weten daar ook niets van, heeft hij gemerkt. Ze begrepen wel dat hun moeder niet veel van hun vader wilde weten, maar het is hun ontgaan wat zich precies tussen hun ouders afspeelde. Ze weten zelfs niet hoe het kwam dat hun moeder opeens een verwonding had aan haar gezicht. Hij moet Jacky nageven dat ze de kinderen in ieder geval niet bij haar strijd heeft betrokken. Als haar moeder zich nu verder ook gedeisd houdt, hoeven de meisjes niets te weten te komen.

Floortje vraagt of Remco even naast haar komt zitten.

'Heel even dan, schuif maar een stukje op. Ik moet dadelijk weer naar de aula om te kijken of alles daar goed gaat,' zegt hij.

Arjan wil weten of het erg druk is. Als hij hoort dat de aula al bijna vol zit, trekt hij zijn wenkbrauwen op.

'Oma zegt dat mama ons nog steeds kan zien,' fluistert Demi. Ze kijkt naar het plafond. 'Zou ze dáár ergens zijn? Ik vind het een beetje eng.'

Remco trekt het meisje even tegen zich aan. 'Ik denk dat oma bedoelt dat mama zó veel van je houdt dat ze altijd over je zal waken. Niemand weet of ze je nog kan zien, want als je leeft weet je niet wat dood zijn betekent.' Hij vraagt zich af of het kind iets heeft aan dit antwoord, maar hij kan zo snel niet iets anders bedenken. Hij zou willen zeggen dat de oma van Demi wel vaker uit haar nek lult, zeker na de scènes die hij heeft meegemaakt op de avonden dat de kinderen al op bed lagen. De moeder van Jacky leek een onuitputtelijke behoefte te hebben aan herrie schoppen, ongenuanceerd beschuldigen en bedreigen. Als hij Arjan was geweest had hij dat kletswijf al de eerste avond dat ze kwam opdraven duidelijk gemaakt dat ze niet welkom was. Hij zou haar beslist niet drie keer hebben binnengelaten. Volgens Leonie gaf Arjan die vrouw de ruimte om te spuien om te voorkomen dat ze het ergens anders ging doen. Toen ze vanmorgen de krant lazen ontdekten ze dat deze voorzorgsmaatregel was mislukt. 'Ik moet weer naar de aula,' zegt hij. 'Ik kom jullie over een minuut of tien halen.'

'Mijn broer zou ook iets willen zeggen,' meldt Xaviera.
Arjan heft zijn hand op.
'Alleen de kinderen krijgen het woord,' antwoordt Remco. 'Ik reken op uw respect.'

'Gelukkig kan toch iedereen zitten,' zegt Leonie. Ze stoot hem aan. 'Gaat het? Hoe is de stemming bij de familie?'
Remco doet zo onopvallend mogelijk een stapje naar achteren. 'Ik hoop dat we niet hoeven ingrijpen, die schoonmoeder begon weer te provoceren. Haar broer zou iets willen zeggen.'
Het gezicht van Leonie vertrekt. 'Mag ik je nu ook al niet meer aanraken?'
'Niet hier. Alsjeblieft, zeg!'
Hij ziet dat hij haar pijn doet.

2

'Wat een dag was dit,' verzucht Leonie. 'Ik neem twee paracetamols, want ik kan niet slapen met zo'n hoofdpijn.'

'Ik haal de tabletten wel even,' biedt Remco aan. 'Met een glas water.' Hij weet dat hij iets heeft goed te maken en hoopt dat Leonie deze poging accepteert.

Ze staat op. 'Dat kan ik zelf wel.'

Remco wil nu snel naar bed. Hij voelt zich gevloerd en denkt dat hij slaapt zodra zijn oor het kussen raakt. Maar hij is ondanks deze moeheid tevreden over de dag. Er heeft zich geen enkel incident voorgedaan, niemand heeft geprobeerd om in de aula toch het woord te nemen, het condoleancedeel is rustig verlopen en Arjan heeft het crematorium kunnen verlaten zonder nog eens door iemand van Jacky's familie te worden beticht van schuld aan haar dood. Remco was vooral bang dat de situatie zou escaleren als de gasten eenmaal vertrokken waren. Toen dat niet gebeurde, viel er een last van zijn schouders.

Ze zijn met Arjan en de kinderen naar een pannenkoekenrestaurant gegaan. De stemming was bedrukt, maar de meisjes hebben toch genoten van hun pannenkoek met fruit en ijs en slagroom. Floortje heeft er zelfs twee gegeten. Daarna zijn ze nog met Arjan en de kinderen meegegaan naar huis. Leonie moest de meisjes naar bed brengen. Toen ze terugkwam in de woonkamer vertelde ze dat Demi nog steeds naar het plafond keek en aan haar had gevraagd of ze naar mama moest zwaaien. Arjan werd kwaad en vervloekte zijn schoonmoeder.

Remco wil nu even niet aan zijn beste vriend en de kinderen denken. Hij wil in zijn hoofd ruimte maken om te kunnen nadenken over wat hem te doen staat in zijn huwelijk.

'Het hoge woord is eruit,' constateerde Leonie. 'Het werd tijd dat je eens ophield met mij een rad voor ogen te draaien.'

Remco protesteerde.

'Spreek me niet tegen, zak,' sneerde zijn vrouw.

Ze waren naar een optreden van Herman van Veen geweest. Hij was meegegaan, omdat Leonie daarop aandrong. Ze vond dat ze veel te weinig samen deden en een theaterbezoek leek haar de geschikte gelegenheid om daar iets aan te doen. Remco gaf toe en liet haar een voorstelling uitzoeken. Toen hij erachter kwam dat ze voor Herman van Veen had gekozen, terwijl ze goed weet dat hij niet van de stem van die man houdt, raakte hij geïrriteerd. Toch is hij meegegaan, om te voorkomen dat er opnieuw spanning tussen hen zou ontstaan.

De voorstelling viel mee. Er trad ook een violist op en een danseres, dus hij hoefde niet voortdurend naar de stem te luisteren waar hij rillingen van krijgt. In de pauze dronken ze wijn en knabbelden ze op zoute pinda's. Daardoor had hij in het tweede deel van de voorstelling een droge strot.

Toen ze weer buitenstonden, wilde Leonie naar de ijssalon vlak bij de schouwburg, maar die bleek al gesloten te zijn. Hij stelde voor om naar huis te gaan. En zonder dat hij erop was voorbereid stelde ze de vraag die al een hele tijd op de loer lag. 'Wil jij eigenlijk nóg geen kinderen of helemáál geen kinderen?'

Hij hield zijn adem in.

Ze keek hem aan. Vragend. Dwingend. Bang.

'Ik wil geen kinderen,' antwoordde hij.

Ze heeft sinds die avond iedere dag tegen hem gezegd dat ze door hem is beetgenomen. Ze verwijt hem dat hij toen ze trouwden niet duidelijk is geweest over het ontbreken van een kinderwens. Iedere keer als hij daartegen inbrengt dat hij toen ze trouwden nog niet wist wat hij wilde, wordt ze woest. Ze noemt hem een gluiperd en een leugenaar. De ruzies lopen steeds hoog op en ontaarden in ordinaire schreeuw- en scheldpartijen. Ook van zijn kant. Haar woede haalt iets in hem naar boven waar hij het bestaan niet van kende. Hij heeft haar al een paar keer bijna geslagen en daar schaamt hij zich voor. Maar tot nu toe eindigde iedere ruzie toch in stomende seks waar ze allebei uitgeput van in slaap vielen. Maar iedere keer als ze daarna weer wakker worden voelt hij de kilte. De teleurstelling.

Dit is niet lang vol te houden.

Hij heeft niet gemerkt dat Leonie de kamer uit ging en hij kijkt verrast op. Ze heeft zich omgekleed en ziet er prachtig uit. De lange rok die ze draagt heeft hij nog nooit gezien. Hij wijst naar de rok. 'Nieuw?'

Ze kijkt op haar horloge. 'Ja, nieuw. Ik ga.'

'Waarnaartoe?'

'Ik ga de stad in.'

'Alleen? Nu nog? Het is al negen uur.'

'Ik weet hoe laat het is, Remco. En ja, ik ga alleen. Maar ik kan je niet garanderen dat ik de hele avond alleen blijf.' Ze draait zich om en loopt naar de deur.

Hij komt overeind. 'Hela, wat is dit? Vertel je me nou dat je...?' Hij slikt. 'Wat is er aan de hand?'

'Mijn man wil mij geen moeder maken, dus ik ga me eens oriënteren op de zaaddonormarkt.'

Remco grijpt haar bij een schouder. 'Doe even normaal, Leonie. Kom op, zeg, je gedraagt je als een puber die haar zin niet krijgt.'

Met haar vlakke hand treft ze hem recht in zijn gezicht. Hij wankelt. Het volgende moment kijkt hij tegen een dichte deur aan.

Hij wrijft over de plek waar ze hem heeft geraakt. Is ze nou helemaal bedonderd? Hij loopt achter haar aan. 'Ik laat me toch niet door mijn eigen vrouw slaan?' roept hij.

Als hij de gang in komt, slaat de voordeur met een enorme klap dicht. Het hele huis trilt. 'Daar krijg je spijt van,' schreeuwt hij tegen de dichte deur.

3

'Wat fijn dat u zo snel kon komen,' begroet de vrouw hem. Ze heeft rode ogen en ook een rode neus. 'We zijn allemaal erg aangeslagen, want niemand had dit verwacht.'

Remco loopt achter de vrouw aan en stapt de woonkamer in.

'We zitten in de serre,' zegt de vrouw. 'Daar staat een grote tafel. U wil waarschijnlijk van alles opschrijven? O, u hebt een laptop. Logisch, natuurlijk.'

Remco ziet twee andere vrouwen en drie mannen in de serre rondom een grote tafel zitten. Hij stelt zich aan iedereen voor, condoleert en neemt plaats op de stoel die hem wordt aangeboden. Het is de stoel aan het hoofd van de tafel.

'Dat was vaders plaats,' snikt de vrouw die hem heeft binnengelaten.

Remco wil weer gaan staan, maar hij wordt op een rustige manier teruggeduwd door de man die rechts van hem zit. 'U zit daar heel goed,' meent de man. 'Dat is de plaats van het gezag en wij kunnen wel wat gezag gebruiken.'

'Jij misschien,' zegt de vrouw die naast hem zit.

Er zijn dagen dat hij verzeild raakt in dit soort situaties. Het gebeurt niet vaak, maar als het zover is, kan hij het niet nalaten te fantaseren over een nieuw bedrijf. Een bed and breakfast is de mogelijkheid die dan altijd in hem opkomt. Leuk mensen ontvangen, verwennen met een geweldig ontbijt, laten genieten van brandschone en gezellige kamers en na een paar dagen weer uitzwaaien om nieuwe gezichten te verwelkomen. Dan zullen er natuurlijk ook wel eens types tussen zitten die overal iets op hebben aan te merken, maar dat hoort erbij. Het kan nooit zo erg zijn als families die je met kromme tenen te woord moet staan. Remco vindt het iedere keer opnieuw onvoorstelbaar dat mensen ter gelegenheid van het sterfbed van iemand die dicht bij ze staat oude vetes beginnen uit te vechten en elkaar nietsontziend verbaal te lijf gaan.

Vandaag is het weer goed raak. De vader die begraven moet worden wordt door twee van zijn dochters en een van zijn zoons duidelijk op handen gedragen, maar de andere helft van zijn nageslacht lanceert de ene na de andere boze, gekwetste en cynische opmerking over wie hij was, wat hij was en hoe hij was. Het vijandelijke kamp laat er geen twijfel over bestaan dat er weinig goeds over de overledene te melden valt en stuurt erop aan de kosten van de begrafenis zo laag mogelijk te houden. De eenvoudigste kist is goed genoeg. Zeg nu zelf: eenmaal onder de grond vergaat hout plus inhoud, dus wat maakt het uit welk materiaal er precies is gebruikt en hoe duurzaam dat is?

'Wat betekent duurzaamheid in relatie tot eeuwig dood zijn?' vraagt een van de antivaderzonen zich hardop af. De zus die naast hem zit meent dat er aan hem een filosoof verloren is gegaan.

Remco zou de familie willen aanraden om op zoek te gaan naar een andere uitvaartonderneming, maar hij weet dat dit niet handig is. Grote kans dat de familie dan opeens heel eensgezind beledigd zal zijn en je weet nooit met wie de mensen praten of wat ze eventueel via social media over hem gaan vertellen. Tegenwoordig kan de hele wereld binnen een kwartier weten dat men je een waardeloze uitvaartondernemer vindt en voor je het weet heb je een slechte naam en kun je fluiten naar klanten. Er zit dus niets anders op dan met alle winden een beetje meewaaien en ervoor zorgen dat hij niet voor niets op de plaats van het gezag is neergezet. Een van de zonen lijkt redelijk neutraal te zijn. Remco legt uit dat het hem handig lijkt om voor een vlot verloop van deze bespreking in gesprek te gaan met één van de familieleden, zodat het gesprek overzichtelijk blijft. Die persoon kan dan namens iedereen spreken en zo nodig met de anderen overleggen. Hij stelt voor de neutrale zoon daarvoor aan te wijzen.

Iedereen zwijgt.

'Goed idee,' zegt de zoon.

'Dat is dan geregeld,' stelt Remco vast.

Hij overlegt, adviseert, stuurt, wacht af, vat samen en noteert. Hij negeert opmerkingen die te maken hebben met de losse handjes van de overledene, met zijn geldverslindende hobby's terwijl zijn vrouw op afgetrapte schoenen liep, met de verdeel-en-heerspolitiek waar hij zijn kinderen aan onderwierp en met het voorkeursbeleid dat hij voerde.

Hoe lang zit hij hier al? Dit schiet niet genoeg op. Het lukt steeds minder goed om de woorden die rondspoken in zijn hoofd te negeren.

'... ik ga me eens oriënteren op de zaaddonormarkt.'

Leonie is al twee nachten niet thuisgekomen. Waar kan ze uithangen?

'Luistert u wel?' vraagt iemand.

Hij ziet zes gezichten die hem aanstaren. 'Sorry, ik ben twee nachten in de weer geweest met mijn zieke vrouw. Ik zakte even weg. Neem me niet kwalijk, het zal niet meer gebeuren.'

'Het is goed,' zegt de neutrale zoon. 'Volgens mij hebben we nu alles wel besproken. Dus morgenochtend laat u de kaarten bezorgen?'

'Bij mijn schoonmoeder werden de kaarten nog dezelfde avond gebracht,' meldt een andere zoon.

De neutrale zoon heft zijn hand op. 'Morgenochtend is goed.'

Remco heeft zin om iemand een dreun te verkopen.

1 juni

‘Uw moeder heeft gebeld om te zeggen dat ze vandaag helaas niet kan komen,’ zegt verzorgster Marly. ‘Hartelijk gefeliciteerd met uw vader.’

Ik ben blij dat iedereen hier een naamkaartje draagt, zodat ik ze gewoon kan aanspreken. ‘Dank je wel, Marly. Papa ziet er vandaag weer fantastisch uit. Jullie zorgen geweldig goed voor hem.’

‘Dat doen we graag. Iedereen is dol op uw vader. Het is zo’n lieve man.’

Ik wil dat ze weggaat. Ze komt nu veel te dichtbij, ik wil niet dat ze mijn vader ‘een lieve man’ noemt. ‘Een aardige man’ is goed genoeg. ‘Lief’ is te intiem.

‘Meneer heeft van de medebewoners een flesje aftershave gekregen,’ gaat Marly onbekommerd verder. ‘Uit de lief-en-leedpot. Daar betaalt iedereen aan mee.’

Nu kan ik zeggen dat ik dit weet, omdat ik de financiën van mijn vader beheer en dus precies kan zien welke bedragen er maandelijks worden afgeschreven en waarvoor ze bestemd zijn. Maar ik zeg niets.

Marly loopt opeens snel naar de andere kant van de kamer. Daar spuugt een vrouw het hele tafelkleed onder. Tegenover haar zit een man die onbekommerd een wind laat.

Ik haal mijn vaders rolstoel van de handrem en draai hem in de richting van de deur. 'We gaan lekker buiten zitten, pap. Ik heb grote kokoskoeken met chocolade meegenomen, die lust jij graag. Misschien kunnen we later nog een lekkere whisky nemen.'

'Uw vader lust geen whisky meer,' roept Marly vanaf het andere eind van de kamer.

Ik duw de rolstoel de gang op.

Mijn vader is aan de tweede kokoskoek met chocolade bezig. Ik breek steeds een stukje koek af en hij opent iedere keer direct daarna zijn mond. Terwijl hij kauwt, knijpt hij zijn ogen dicht.

Ik weet niet hoe het komt dat ik opeens moet denken aan de verjaardag van mijn vader vlak nadat Joeri verdronken was. Mijn moeder was van mening dat papa gewoon jarig moest zijn en we hadden daarom zijn stoel versierd. Daar waren we die dag heel vroeg voor opgestaan en na het versieren hadden we ontbijt gemaakt. Toen mijn vader beneden kwam en de slingers zag, werd hij boos. Hij vroeg aan mijn moeder hoe ze het in haar botte hersens haalde om zich zo banaal te gedragen.

Ik vroeg wat 'banaal' betekende.

'Dat kan je moeder je het beste uitleggen,' antwoordde mijn vader. Hij voegde eraan toe dat de stoel zo snel mogelijk moest worden ontdaan van die idiote slingers en dat hij het ook niet zou accepteren als er 's avonds bezoek kwam. Toen ik later gewassen en aangekleed beneden kwam zag de stoel er weer uit als altijd. Mijn moeders gezicht maakte me duidelijk dat ik beter geen vragen kon stellen, dus ik kwam niet terug op het woord 'banaal' en later vergat ik het.

Via een vriendinnetje hoorde ik dat mijn vader een gesprek had gevoerd met de directeur van de school en dat er later gesprekken hadden plaatsgevonden tussen mijn vader en de ouders van enkele klasgenoten van Joeri. Volgens het vriendinnetje was

Joeri heel erg gepest. Ik vroeg aan mijn moeder of dit klopte. Ze werd boos en verbood me om te gaan met het meisje dat zulke leugens rondstrooide. Ik wachtte tot ik de vraag ook aan mijn vader kon stellen zonder dat mijn moeder iets in de gaten had. Hij schrok zichtbaar en kon aanvankelijk geen woord uitbrengen. Maar hij herstelde zich snel. Hij trok me naar zich toe en antwoordde dat we niets meer konden terugdraaien en Joeri ook nooit meer konden terugkrijgen, wat we ook nog te weten zouden komen. En dat ik niet mocht piekeren over wat er met mijn broertje was gebeurd. En dat ik alles wat me dwarszat aan hem kon vertellen.

De daaropvolgende jaren was de eerste juni alleen de dag waarop mijn vader jarig was, maar er werd nooit meer iets gevierd. Er werd ook nauwelijks meer over Joeri gesproken. Maar ik dacht des te meer aan hem. Later begon het tot me door te dringen dat Joeri waarschijnlijk geen hartverlamming had gekregen toen hij in het zwembad onder water dook, zoals mijn moeder beweerde. Maar vragen over de oorzaak van zijn dood werden door mijn moeder niet getolereerd en aan mijn vader durfde ik ze niet meer te stellen.

Mijn vader heeft nu twee koeken op. Ik laat hem een glas limonade drinken. Na een paar slokken duwt hij het glas weg.

'Je ziet er echt jarig uit,' zeg ik. Wat klinkt dat dom. Zou hij eigenlijk nog begrijpen wat 'jarig zijn' betekent? Zou hij nog weten hoe oud hij nu is?

Als hij me aankijkt, schrik ik van de leegte in zijn ogen. Ik doe de resterende koeken weer in mijn tas. 'Laten we maar teruggaan naar de huiskamer. Je bent moe, denk ik.'

Zijn kin zakt op zijn borst.

Ik had hem toen hij nog helder van geest was moeten vragen wat hij dacht. Ik had moeten aandringen op een gesprek over de dood van mijn broer. We hadden samen veel vaker over Joeri moeten praten. Herinneringen moeten delen. Het verdriet moeten benoemen.

En ik had hem moeten vertellen wat er met mij gebeurde.

Maar dan had ik mijn walging woorden moeten geven, en niet alleen die walging. Ook hoe ik geschonden werd.

Daar kon ik niet over praten, ook later niet tegen Roel. Tot ik op de dag dat mijn moeder drieënzeventig werd te veel dronk en alle remmen losgooide.

Het lijkt vandaag wel herfst. Er staat een stevige wind en het blijft maar regenen. Ik had laarzen moeten aantrekken in plaats van pumps met open tenen en een open hiel. Toen ik wegging, vertelde een van de verzorgsters dat er een mooie kaart was gekomen van mijn zus Benthe uit Amerika en dat mijn broer Gus een fruitmand had gestuurd. Er zat een briefje bij de mand waarop stond dat het fruit mocht worden uitgedeeld. Gus weet dat papa niet om fruit geeft en dat hij dol is op chocolade. Is het nou zo veel moeite om je vader te verrassen met een doos bonbons?

Ik trek de kraag van mijn jas wat op. Laat ik me niet druk maken over wat mijn broer doet. We hebben nooit veel contact met elkaar gehad en sinds de laatste keer dat we elkaar gezien hebben is een absolute radiostilte ingetreden. Net zoals tussen mij en mijn zus. Ik heb ze te erg gechoqueerd, te heftig geconfronteerd.

Jammer dan.

Het lijkt me een goed idee om vandaag eens lekker veel geld uit te geven aan nieuwe kleren. En aan nieuwe schoenen. En aan een nieuwe tas. Ik ga voor blauw.

Roel vond het fijn als ik blauw droeg.

3 juni

We hebben afgesproken dat ik om tien uur zou bellen. De ringtoon klinkt zes keer en ik begin me net af te vragen of Selma wel zal opnemen, als ze zich meldt. Ze begint zich direct te verontschuldigen. Het was haar echt niet bekend dat die lui in scheiding lagen. Als ze het geweten had, zou ze zeker eerst met me hebben overlegd wat we gingen doen. De contactpersoon heeft al een tijdje niet gebeld en is ook niet op bezoek geweest. Vandaar de achterstand in informatie. Maar ze verwacht elk moment weer iets van hem te horen en zo niet, dan zorgt ze er wel voor dat ze hem ergens zogenaamd toevallig tegen het lijf loopt. 'Laat dat maar aan mij over,' zegt ze.

Ik antwoord dat ik geen vertraging wil. Hoe eerder we ons plan hebben uitgevoerd, hoe beter. Het lijkt me een goed idee om zo snel mogelijk met de voorbereiding van fase twee te starten.

Selma is het met me eens. Ze wil weten of ik nog steeds achter ons plan sta.

'Jij dan niet?' vraag ik.

'Zeker weten van wel,' is het antwoord. 'Wanneer ga je bij nummer twee op bezoek?'

We hebben afgesproken dat we nooit namen noemen als we

bellen, maar ook geen data en geen tijden. Ik geef dus geen antwoord op deze vraag. 'Je hoort van me,' beloof ik en ik verbreek de verbinding.

Ik erger me rot aan die vraag.

Dit gebeurt altijd als ik contact heb gehad met Selma. Ik kan op alle mogelijke manieren proberen om mijn gedachten een andere richting op te sturen, maar Roel blijft me beheersen. Ik weet nog dat ik mijn uiterste best deed om hem niet leuk te vinden. Hij was de tuinman van mijn moeder, meer niet. Goed, ook tuinarchitect, maar daar hield het dan ook mee op. Wat moest ik met een man die voor mijn ouders werkte? Hij was alleen zo vriendelijk tegen me omdat hij goed kon verdienen aan de opdracht die mijn moeder hem had gegeven. Als ik hem ergens anders was tegengekomen, had ik hem niet zien staan.

Maar ik wist dat het anders lag.

Ik besefte dat hij iets in mij wakker maakte wat al heel lang diep had liggen slapen. Iets wat ik had willen laten slapen, omdat het te kwetsbaar was om manifest te worden. Iets wat mij weerloos kon maken.

Ik verzette me. Ik verdedigde de stelling dat ik alleen wilde zijn omdat ik niet geschikt was voor een relatie. Ik weerde alles af wat te maken had met toenadering. Ik was narrig, zelfs bot. Hooghartig. Ongenaakbaar.

Hij deed of hij het niet merkte en ging door met vriendelijk zijn, belangstelling tonen, bewonderen en positief bevestigen. Hij wilde alles weten over de boeken die ik schreef, over hoe inspiratie werkte en over de reden waarom ik voor het feelgoodgenre had gekozen. Hij zei dat hij mensen die boeken konden schrijven heel interessant vond. Hij was een vleesgeworden charmeoffensief met een lange adem. En hij veroverde me.

Ik wilde jarenlang niet worden aangeraakt en toen kwam Roel. Hij maakte het gevoel wakker dat onder alle angst verborgen lag. Hij zag me, wist wie ik was.

Niemand had hem van me mogen afnemen.

4

De kinderen hebben koekjes gebakken en die presenteren ze bij de koffie. Remco houdt niet van koekjes, maar hij eet er toch twee op.

Floortje zegt dat mama haar en Demi ook cake zou leren bakken, maar dat dit niet meer kan.

'Dan wil ik het jullie wel leren,' biedt Leonie aan. Ze vermijdt het om Remco aan te kijken.

Hij zegt dat hij dit een heel goed idee vindt.

Arjan ziet er slecht uit. Als ze samen in de keuken hamburgers bakken vertelt hij dat de recherche hem eindelijk met rust laat. Het onderzoek naar de dood van Jacky is nog niet afgerond, maar hij wordt niet meer ondervraagd.

'Wie dan wel?' wil Remco weten.

Arjan zet de afzuigkap op een hogere stand. 'Geen idee. Ik denk dat ze toch uitgaan van een roofmoord. Ze schijnen alle cliënten te hebben nagetrokken, maar kunnen alleen geen gegevens vinden van de vrouw die als laatste bij Jacky is geweest.'

'Dat is toch verdacht?' oppert Remco.

'Volgens mij ook, maar daar laten ze niets over los. Het gas moet wat lager, anders verbrandt het vlees. Ik kook meestal gewoon, hoor. Hamburgers komen alleen op tafel als er visite is.'

'Je hoeft je niet te verontschuldigen,' zegt Remco. 'Ik zou niet eens een fatsoenlijke hamburger op tafel krijgen. Hoe gaat het met de kinderen?'

'Redelijk. Floortje slaapt iedere nacht goed door, maar Demi komt regelmatig een paar keer naar me toe. Dan zegt ze dat ze droomde van Jacky. Ik denk dat die dromen vanzelf overgaan.'

'Dat denk ik ook. En hoe gaat het met jou?'

Arjan legt de hamburgers op de broodjes, schept de gebakken uien eroverheen en dekt alles af met plakken kaas. Hij kijkt Remco aan. 'Ik zeg het alleen tegen jou. Met mij is het goed. Ze had van mij niet dood hoeven gaan, maar ik voel me opgelucht. Slecht, hè?'

Demi komt de keuken in. 'Wij hebben honger!'

Remco kijkt naar Leonie, die zich bezighoudt met de meisjes. Ze is lief, denkt hij. Ze dringt zich niet aan de kinderen op, maar ze is er wel. Ze heeft goed in de gaten waar de grenzen liggen en gaat daar niet overheen. Maar wat hij nu denkt slaat nergens op. Het is een belachelijk idee dat Leonie serieus zou overwegen om hem te verlaten voor Arjan en de kinderen. Echt belachelijk. Het is goed te begrijpen dat Arjan en de meisjes zich alle aandacht graag laten aanleunen. Leonie is voor hen een vertrouwde persoon. Ze zouden zich nooit zo ontspannen gedragen als het een vreemde vrouw betrof. Het slaat dus nergens op om hier iets achter te zoeken.

'Word jij onze moeder?' vraagt Demi. Ze lijkt in de war te raken van haar eigen vraag. 'Of Nicolette?'

Floortje geeft haar zusje een duw. 'Niemand kan onze moeder worden, want dat is mama al.'

'Maar mama is dood,' protesteert Demi.

'Ze blijft onze moeder!' gilt Floortje nu.

Leonie komt tussenbeide. 'Ik ben gewoon Leonie en jullie kunnen altijd op me rekenen. Goed?' Ze probeert Floortje naar zich toe te trekken, maar die duikt weg.

Remco neemt nog een hap van zijn broodje hamburger. Het valt hem op dat Arjan voortdurend naar Leonie kijkt.

'Wat was je stil,' zegt Leonie. Zij rijdt, omdat Remco heeft gedronken. 'Vond je het niet prettig om bij Arjan en de kinderen te zijn?'

De vraag irriteert hem. 'Natuurlijk wel. Ik vind dat we in deze periode niet vaak genoeg bij ze op bezoek kunnen gaan. Arjan heeft dat heel hard nodig.'

'De kinderen ook,' zegt ze. Klopt het, klinkt haar stem nu bestraffend?

'De kinderen hebben een moeder nodig,' antwoordt hij. 'Maar die is dood. Arjan zal vader en moeder tegelijk moeten zijn.' Remco kijkt opzij en ziet dat haar gezicht een beetje betrekt. 'Ze zullen tijd nodig hebben om te rouwen en aan de nieuwe situatie te wennen,' gaat hij verder. 'Ik heb van Arjan begrepen dat hij die tijd wil nemen en dat hij niet te snel gaat samenwonen met Nicolette.'

'Waar was die eigenlijk?' vraagt Leonie.

'Arjan vertelde dat ze een paar dagen naar Parijs is met een vriendin.'

'Zo snel nadat haar vriend en zijn kinderen een drama meemaken? Lekker inlevend, zeg.'

'Arjan vertelde dat die trip al maanden geleden gepland is en dat hij er bij Nicolette op heeft aangedrongen om gewoon te gaan.'

'Ik zou dat reisje gecanceld hebben. Onbegrijpelijk vind ik het. Ook een beetje harteloos. Ik heb medelijden met de meisjes. Op hun leeftijd heb je je moeder nog hard nodig. Ik was geen grote vriendin van Jacky, maar ik hoop toch dat ze niet veel heeft moeten lijden. Alleen de gedachte al dat je beseft dat je gaat sterven en je kinderen moet achterlaten...' Leonie wijst naar het dashboardkastje. 'Zit daar een pakje papieren zakdoekjes in?'

Remco opent het kastje en reikt haar een zakdoekje aan. Ze veegt de tranen weg die over haar wangen rollen en snuit haar neus. 'Ik huil niet om Jacky,' zegt ze.

Remco aarzelt. Toch stelt hij de vraag. 'Waarom dan wel?'

'Omdat ik, wat er ook gebeuren mag, geen kinderen zal achterlaten en omdat dit betekent dat ik nooit moeder zal worden. Dat voelt niet goed, weet je.'

Remco kijkt naar buiten. 'Wil je scheiden?'

'Nee, ik wil niet scheiden. Ik wil bij jou zijn, bij jou blijven. Maar ik wil ook kinderen. Eén kind, desnoods.' De laatste drie woorden hebben een smekende ondertoon.

'Laten we het er een tijdje niet meer over hebben,' zegt hij.

5

Hij heeft de moeder al bijna een halfjaar niet gesproken. Het kwam er niet van en hij heeft zelf ook geen moeite gedaan voor contact. Op de dag dat het ongeluk vijf jaar geleden was heeft hij de hele dag lopen twijfelen of hij haar zou bellen, maar uiteindelijk heeft hij alleen bloemen op het graf gelegd. Daarna besloot hij een tijdje niet te denken aan wat er destijds plaatsvond en dat lukte totdat hij hoorde dat Jacky vermoord was. Als ze was verongelukt of opeens geleden had aan een ongeneeslijke ziekte zou het anders hebben gelegen. Dan had het hem wel aangegrepen, maar dan was er geen verband geweest. Nu wel, want nu gaat het om moord. Wat de anderen ook beweren, hij kan de gedachte nog steeds niet van zich afzetten dat hij, Arjan en Belinda schuldig zijn aan het ongeluk en dat ze daar ooit een rekening voor gepresenteerd krijgen. Zijn schuldgevoel drijft hem nog steeds naar de moeder, zoals hij haar in gedachten noemt. Alleen 'de moeder', niet 'de moeder van'. Dat komt te dichtbij, dat is te confronterend. Zij zoekt nooit contact met hém, maar ze staat er altijd voor open om met hem te praten. Ze is aardig en belangstellend. Ze luistert naar wat hij vertelt over zijn leven, over zijn plannen, over hoe hij tegen de toekomst aankijkt, zonder hem het gevoel te geven dat ze hem iets misgunt of ergens boos over is. Dat is groots van haar, daarom bewondert hij haar. Daarom blijft hij haar zien en spreken, ook al is hij na ieder gesprek een paar dagen van slag.

De vrienden begrijpen dit niet en ze willen er liever zo weinig mogelijk over horen. Arjan en Belinda volgen de lijn die Belinda heeft uitgezet, de lijn die ervan overtuigd is dat ze geen van allen de intentie hadden om een fout te maken. Het was een stompzinnig ongeluk met een onomkeerbaar desastreus gevolg. Meer niet.

Die gedachte is Remco vanaf het moment dat Belinda die woorden uitsprak en hun sommeerde deze conclusie te volgen een stap te ver geweest. Hij zou zijn vrienden beslist in hun overtuiging willen volgen, maar hij wordt daarin gedwarsboomd door zijn geweten. Het schuldgevoel heeft zich vijf jaar geleden aan hem vastgeklampt en tot nu toe is het hem niet gelukt zich ervan te bevrijden.

Ze is verrast hem te zien en zegt dat ze hem niet had verwacht. Ze nodigt hem uit om in de achtertuin te gaan zitten, omdat het daar lekker koel is. Heeft hij ook zo'n last van de warmte? Het lijkt haar lastig om met dit weer mensen thuis te moeten opbaren. Eigenlijk lijkt alles wat hij moet doen haar moeilijk. Een uitvaartbedrijf zou beslist niet haar ding zijn.

Wat praat ze veel, denkt Remco.

Hij kijkt naar haar, als ze naar binnen loopt om thee te halen en terugkomt met een groot dienblad. Ze heeft citroencake gebakken, dat lust hij toch wel? Ze is blij dat hij weer eens langskomt.

Hoe kan die vrouw blij zijn als ze hem ziet? Hoe kan ze vergeten dat hij betrokken was bij de dood van haar jongste kind? De zoon die haar allessie was, zoals ze in haar toespraak tijdens de uitvaart zei? Hij begrijpt ook nog steeds niet dat ze kon spreken tijdens die uitvaart.

Ze wil weten hoe het met het bedrijf gaat en met Leonie. Remco antwoordt dat alles heel goed gaat met zijn vrouw en met het bedrijf. Het lijkt hem niet verstandig om haar iets te vertellen over de kinderwens die hij niet wil honoreren. Zoiets zeg je niet tegen een vrouw die mede door jouw toedoen haar liefste kind heeft verloren. Dat zou onfatsoenlijk zijn.

De moeder vraagt of hij haar vraag heeft gehoord. Hij schrikt op. 'Welke vraag? Sorry, ik luisterde even niet.'

Ze raakt zijn hand aan. 'Geeft niet, je zult wel veel aan je hoofd hebben. Ik vroeg hoe het met Arjan en zijn kinderen gaat. Ik las in de krant dat verschrikkelijke bericht over de dood van zijn vrouw. Dat is toch niet te geloven! Had ze vijanden? Weten ze iets over een motief? Redt Arjan het een beetje? Met oppas en zo. Hij heeft toch een zaak, daar zal hij naartoe moeten.'

Remco denkt opnieuw dat ze erg veel praat. Zou dat door hem komen?

'Wens hem sterkte van me,' zegt ze. 'Ik heb echt met hem te doen. Jammer dat hij en de andere vrienden contact met mij vermijden. Ze weten toch dat ik jullie niets kwalijk neem? Dat heb je ze echt verteld, hè?'

'Dat heb ik ze verteld,' beaamt Remco. 'Maar ze willen wat er toen gebeurde achter zich laten. Ze waren het niet eens met mijn besluit om u op te zoeken en die mening hebben ze tot nu toe niet bijgesteld. Sorry.'

De moeder raakt zijn hand opnieuw aan. 'Geeft niets, je hoeft je daarvoor niet te verontschuldigen. Kom gerust wat vaker langs, dat waardeer ik echt.'

Hij zou zich nu wat beter moeten voelen, maar het lijkt juist of iemand zijn strot dichtknijpt.

De moeder lijkt het niet in de gaten te hebben. 'Nog een kopje thee? En neem ook nog een plak citroencake. Eet je wel genoeg? Je mag wel wat meer vlees op de botten krijgen.'

Hij wil hier weg.

6

'We zouden met een deskundige kunnen praten,' zegt Leonie. 'Ik trof een paar weken geleden tijdens een huisbezoek een vriendin van de overledene en ik had later een heel fijn gesprek met die vrouw. Ze is psycholoog en ze doet voornamelijk relatietherapieeën. Zal ik een afspraak met haar maken?'

Remco kijkt verstoord op uit de krant die hij zit te lezen. 'Relatietherapie? Is er iets mis met ons?'

'Wij hebben een verschil van mening over het krijgen van een kind, Remco.' Leonie spreekt zijn naam nadrukkelijk uit. 'Het lijkt mij een goed idee om op zoek te gaan naar de reden van dat meningsverschil.'

'Ik denk niet dat wij een psycholoog of therapie nodig hebben om te kunnen vaststellen dat jij een kind wil en ik niet.'

Leonie lijkt geïrriteerd. 'Je luistert niet naar wat ik zeg. Ik probeer je duidelijk te maken dat het me nuttig lijkt om uit te zoeken waarom we niet verder komen met dit probleem. Ik begrijp niet wat jou ervan weerhoudt om vader te willen worden. Waar je misschien bang voor bent. Waarom ik iedere keer tegen een muur op loop als ik hier met je over wil praten.'

'Is gewoon geen kinderen willen hebben niet genoeg? Kun jij

je niet beter afvragen hoe het komt dat je mijn standpunt niet accepteert?'

'Je hoeft niet te gaan schreeuwen,' verwijt Leonie hem. 'Jij gaat altijd schreeuwen als je gelijk wil krijgen.'

Remco vouwt de krant dicht. 'Sorry dat ik schreeuwde. Het gaat niet om gelijk krijgen. Ga zelf in therapie, zoek uit waarom dit tegenwoordig een levensgroot item voor je is. We zijn al bijna tien jaar samen en er was bij jou nooit sprake van een kinderwens. Zou het niet beter zijn als jij je gaat bezighouden met de vraag waarom het nu opeens zo belangrijk is?'

'Ik ben zesendertig. Wel eens van afnemende vruchtbaarheid gehoord?'

'Ja, wel eens van gehoord. Ik begrijp je probleem, maar ik kan er niets mee. We hadden het hier al veel eerder over moeten hebben. Jij moet zelf beslissen wat je wil. Doe iets om hieruit te komen. Maak een keuze waar je achter kunt staan. Maar dring mij het vaderschap niet op alsjeblieft. Ik zeg het voor de zoveelste keer: ik wil geen kinderen. Ik wil graag samen met jou oud worden, maar ik zal het begrijpen als je me verlaat en op zoek gaat naar een partner die jou wél moeder wil maken. Graag op een wat minder opzichtige manier dan die je onlangs vertoonde. En nu moet ik weg, naar de cliënt die vanmiddag belde.'

'Ik wil het er met jóú over hebben,' hoort hij Leonie nog zeggen voordat hij de deur van de woonkamer achter zich sluit.

Hij controleert zijn kostuum. Nergens pluizen, nergens vlekken? Stropdas goed gestrikt? Moet hij zich nog even scheren? Niet nodig.

Therapie, briest hij in gedachten. Lekker samen lurken aan een psychologentiet, je laten uithoren over je diepste gedachten en die toch nooit uitspreken, maar wel soppen op de aandacht die je krijgt en constateren dat je er misschien een beetje van opknapt. Laat Leonie vooral haar gang gaan. Hij past.

Het is een hoekhuis met een grote tuin. Er is nergens een sprietje onkruid te bekennen. De verf van de voordeur glanst. De perfecte uitstraling van huis en tuin zou hem bevallen als hij goed gestemd was, maar nu hindert dit hem. Hij leest nog even de notities die Leonie heeft gemaakt. De overledene is een vrouw van zesendertig jaar. Heftig! De ergernis die hij voelde ebt weg.

Vrijwel direct nadat hij heeft aangebeld wordt de deur geopend. 'Bent u van de uitvaartonderneming?' vraagt de man die in de deuropening verschijnt. 'Ik dacht dat er een mevrouw zou komen.'

Remco drukt de hand die hem wordt toegestoken en stelt zich voor. 'U hebt mijn vrouw gesproken,' legt hij uit. 'Het was inderdaad de bedoeling dat zij de uitvaart met u zou bespreken, maar ze werd opgehouden bij een cliënt. Daarom ben ik gekomen. Ik hoop dat u hiermee akkoord gaat.'

De man doet een stap opzij om Remco binnen te laten. 'Uiteraard. Ik heb me nog niet voorgesteld. Pim de Raad. Het gaat om mijn vrouw Rosita. Kom verder. Er zijn wat familieleden bij me die me graag willen steunen. Rosita's moeder, haar zus en mijn zus.'

Remco condoleert de man.

Pim de Raad houdt Remco's hand een paar seconden vast. 'Ze is pas zesendertig,' zegt hij. 'Dat klopt toch niet?' Zijn stem begeeft het.

Remco ondersteunt hem.

Leonie is ook zesendertig, denkt hij. Jacky was zesendertig. Is dat toeval?

Natuurlijk is dat toeval.

7

Iedereen praat door elkaar heen, daar moet hij iets van zeggen. Remco probeert aan Pim de Raad duidelijk te maken dat hij de weg kwijtraakt in dit gesprek, maar het enige wat Pim oppikt is dat ze allemaal wat langzamer moeten praten. Er zit voor Remco niets anders op dan voor te stellen om iedereen om beurten iets te laten vertellen. Hij voelt zich een schoolmeester.

'Het komt door de schok, we hadden niet verwacht dat we Rosita al zo snel kwijt zouden raken,' legt haar moeder uit. Ze vraagt of zij als eerste iets mag zeggen en begint daarna uitgebreid te beschrijven hoe Rosita's geboorte verliep.

Remco maakt met een onbewogen gezicht aantekeningen waar hij niets mee kan beginnen. Het zal wel moeten, maar hij hoopt dat een van de andere familieleden de vrouw snel in de rede valt. Dan maar liever een paar mensen die door elkaar praten, alles is beter dan onsmakelijk klinkende details over een tangverlossing en de opluchting over het feit dat een totaalruptuur voorkomen kon worden. Iets in hem waarschuwt hem dat hij het beste instemmend kan knikken en vooral niet moet vragen wat een totaalruptuur is.

'Ik denk niet dat meneer Pelgrim voor het organiseren van Rosita's uitvaart informatie nodig heeft over de bevalling van haar moeder,' zegt de vrouw die aan hem is voorgesteld als de zus van de overledene.

Er valt een ijzige stilte.

'Nu geen ruzie gaan maken,' kermt Pim. 'Alsjeblieft, doe dat niet!'

Zijn zus maakt sussende geluiden. 'Vertel jij maar aan meneer wat je kwijt wil.'

'We wilden minstens drie kinderen,' huilt Pim. 'Vier was ook goed geweest. Wat heeft ze misdaan om die niet te mogen krijgen?'

'Toen mijn schoonzus allerlei onderzoeken kreeg omdat ze steeds kortademig was, ontdekten de doktoren een grote longtumor met uitzaaiingen naar lever en botten,' legt Pims zus uit. 'Ze had geen enkele kans om het te overleven.' Ze wendt zich tot haar broer. 'Maar je hebt haar wel ergens heel erg blij mee gemaakt, want je bent met haar getrouwd. Dat wilde ze graag. Toch?' Ze kijkt om zich heen en lijkt te verwachten dat de anderen haar bijvallen.

Pim blijft huilen. Zijn schoonmoeder en schoonzus staren voor zich uit.

Remco richt zich op de zus van Pim. 'Ik heb begrepen dat u kiest voor een crematie,' zegt hij.

De schoonmoeder haalt diep adem door haar neus en blaast de ingeademde lucht duidelijk hoorbaar uit.

Pim droogt zijn tranen en snuit zijn neus. 'Dat hebben we samen besloten,' antwoordt hij, zonder naar iemand te kijken.

'Hoe ging het?' vraagt Leonie. 'Het was een jonge vrouw, hè?'

Remco trekt zijn stropdas los en opent de bovenste knoopjes van zijn overhemd. 'Ja, zesendertig jaar. Het was heftig.'

'Hadden ze kinderen?'

'Zover zijn ze niet gekomen,' zegt hij.

Het gebeurt gewoon, zoals seks wel vaker plaatsvindt op momenten dat je er geen rekening mee houdt. Ze hebben samen nog een glas wijn gedronken en Leonie zegt dat ze gaat douchen en dat ze daarna wil gaan slapen. Remco zet de glazen in de afwasmachine, controleert of alle deuren op slot zitten, doet de lichten uit en wast zich snel bij de wastafel. Als hij zich staat af te drogen, komt Leonie uit de douchecabine. Hij kijkt naar haar stevige borsten, haar platte buik, haar mooie schouders. Ze zegt dat hij naar haar gluurt.

Hij kust haar en een paar minuten later liggen ze op hun bed.

'Ik ben nog niet droog,' giechelt Leonie.

Zijn mond dwaalt over haar buik naar beneden.

Ze wordt superopgewonden en dat moedigt hem aan. Terwijl hij in haar stoot denkt hij een ogenblik dat ze misschien de pil niet meer slikt, en op hetzelfde moment herinnert hij zich wat de man zei die hij een paar uur eerder heeft gesproken.

'We wilden minstens drie kinderen.'

Hij gooit alle remmen los.

Ze liggen nog zwaar ademend naast elkaar.

Leonie draait zich naar hem toe en streelt zijn gezicht. 'Ik wil ook samen met jou oud worden, desnoods zonder kinderen,' zegt ze.

15 juni

Ik heb net de eerste versie van mijn manuscript naar de uitgever gestuurd, als ik mijn mobiele telefoon hoor overgaan. Op de display zie ik het nummer van mijn zus. Heb ik om twee uur 's middags zin om met mijn zus te praten, als ik net heb besloten dat ik mezelf op een lekkere koude prosecco rosé ga trakteren en later op de dag twee marsepeingebakjes zal kopen? En waarover moet ons gesprek dan gaan? We hebben elkaar niet meer gesproken sinds de dag dat zij en mijn broer mij het huis van mijn moeder uit hebben gezet. Wat kan er dringend genoeg zijn om mij te bellen?

Ik leg het mobieltje op de eettafel en ga de prosecco inschenken. Dag zus! Hoe heet je ook alweer?

Als ik terugkom in de kamer en net de eerste slok van het heerlijke roze vocht heb genomen, hoor ik het signaal dat aangeeft dat er een bericht is ingesproken. Er is dus iets aan de hand, anders had Benthe niet zo veel moeite gedaan. Ik aarzel.

Er zou iets gebeurd kunnen zijn met haar man of met een van de kinderen. Of met onze broer Gus. Ik wil het niet weten, dus ik luister het bericht niet af. Nu nog niet, in ieder geval. Wie weet straks. Later, als ik de fles heb leeggedronken en de zoete taartjes heb opgegeten. Als ik stevig beneveld ben en alles wat er eventueel tegen me gezegd gaat worden veel minder hard binnenkomt. Sommige mensen worden week en emotioneel van alcohol, maar ik niet. Ik voel me dan juist beter opgewassen tegen onaangename boodschappen, verwijten of vragen met een dubbele bodem.

Deze prosecco is goed, ik neem nog een glas voordat ik naar de bakker ga.

Het verhaal van het manuscript dat ik nog moet afronden speelt zich af in een ziekenhuis. Mijn uitgever heeft me dringend gevraagd om deze setting te gebruiken, omdat verhalen over betoverende dokters die zich laten inpakken door valse collega's en intussen geen oog hebben voor echt aardige vrouwen het nog altijd goed doen in de boekenbranche. Als de intriges maar de boventoon voeren en de hoofdpersoon maar pas op het laatst in de gaten krijgt dat ze de foute man te pakken heeft, en als alles op het laatste moment toch maar weer goed komt, is iedereen tevreden. Het verhaal moet altijd positief aflopen, of tenminste eindigen met een situatie die ruimte geeft voor hoop. Het moet wel realistisch zijn en de personen moeten de lezer kunnen aanspreken. Soms schrijf ik een einde dat alle verwachtingen tegenspreekt en voor grote onrust zorgt. Dat einde laat ik dan een paar dagen staan en ik herlees het steeds. Maar ik herschrijf het altijd weer volgens de regels van het feelgoodprincipe.

Je begrijpt niet dat hele volksstammen vrouwen verzot zijn op dit soort verhalen. Zou dat te maken hebben met de steeds harder wordende maatschappij? Met de angst voor oorlog? Zou zomaar kunnen.

Na drie glazen prosecco rosé en het eerste marsepeingebakje komt er opeens een prachtige scène in mijn hoofd tevoorschijn. Die moet ik even noteren in het kladblok van mijn telefoon. Als ik daarmee klaar ben wil ik het vierde glas inschenken.

Mijn oog valt op het tekentje dat aangeeft dat er een bericht is. Wil ik echt weten wat Benthe heeft ingesproken? Laat ik het maar snel afluisteren, dan is dat maar gebeurd.

Haar stem klinkt verkouden. 'Hé Marijn. Lang geleden dat we elkaar spraken. Ik ben gebeld door een vriendin van mama, iemand met wie ze altijd bridget. Mama is gevallen en er moet iemand komen om te helpen. De thuiszorg schijnt onderbezet te zijn, daarom wordt geadviseerd om familie in te schakelen. Ik heb vanuit Amerika weinig te bieden, Gus zit drie maanden in Thailand. Die vriendin is zelf ook niet meer de jongste, dus... ik reken erop dat jij bij mama langsgaat. Ze moet worden geholpen met wassen en aankleden en ze kan ook niet zelfstandig naar het toilet. Ik bel je later nog. Dag.'

Het marsepeingebakje komt naar boven.

16 juni

Er zijn drie nieuwe berichten ingesproken, maar ik luister ze niet af. De klok heeft net twaalf keer geslagen. Het is middernacht, een nieuwe dag begint en ik ben dronken. Tegen een uur of elf stelde ik vast dat één fles prosecco rosé niet voldoende was, dus ik heb nog een halve fles extra leeggedronken. De andere helft is voor morgenavond. Excuus: voor vanavond. Of zal ik...

Mijn zus rekent erop dat ik 'bij mama langsga'. Voor haar ligt dat een beetje moeilijk, maar zeg nu zelf: het is mogelijk om een vlucht te boeken en zelf naar 'mama' af te reizen. Benthe heeft volwassen kinderen, een man die kan koken en geen werk. Ze werd nooit de excellente chirurg die mijn vader voor ogen had, want ze maakte haar studie geneeskunde niet af omdat ze liever met de internist trouwde van wie ze college kreeg en die op zijn beurt weer niets liever wilde dan samen met Benthe naar Amerika emigreren en daar een gezin stichten. Gelukkig werd de oudste zoon van mijn ouders wel arts en specialiseerde hij zich in de plastische chirurgie. Het was wel een domper voor hen dat Gus de ene na de andere vriendin versleet en van de ene naar de andere job hopte. Soms zat hij maandenlang in het buitenland en wist niemand precies wáár. Het was niet duidelijk wat hij wilde met zijn leven, het was alleen duidelijk dat hij veel geld verdiende. En dat hij niet van indringende vragen hield. Nu blijkt hij in Thailand te zitten. Hij zal zeker geen plastische chirurgie uitvoeren in een armoedig gebied.

Thailand. Je moet er maar zin in hebben. Het interesseert me eigenlijk totaal niet waar mijn broer is. Ik heb niets met Gus en hij heeft niets met mij. Hij was degene die me de deur uit schopte de laatste keer dat we elkaar zagen, op de drieënzeventigste verjaardag van mijn moeder. Hij zei dat hij me nooit meer hoefde te zien en ook nooit meer met me wilde praten.

Laat ik eens aan iets anders denken dan aan mijn familie. Het is misschien een beter idee om een film te bekijken op Netflix. Al gaat het nergens over, het zal bewegen. Ik kan me eraan ergeren, er vernietigende kritiek op leveren. Niemand die het hoort.

Mijn moeder moet geholpen worden met wassen en aankleden en er wordt ook assistentie verwacht bij de toiletgang.

Kan ik een teiltje krijgen?

Ik doe het niet. Ik ga niet 'bij mama langs', ik steek geen poot uit om haar te helpen. Ze huurt maar een particuliere verpleegster of ze belt maar een hulpdienst. Wie haar ook aanraakt, ik zal dat niet zijn.

Nooit meer.

Zo'n halve fles slaat nergens op. Ik denk dat ik maar op de bank slaap.

8

'Er belde vandaag een vrouw die een afspraak wilde maken om te praten over de naderende dood van haar tante. Ik wist niet wat ik met dat verzoek moest beginnen, maar ik heb dus wél die afspraak gemaakt. Ze komt volgende week donderdag, omdat ik dan werk. Ze wil met een vrouw praten.' Leonie giet de aardappels af en klemt het deksel van de pan met haar duimen op zijn plaats. Ze schudt de pan.

Remco kijkt naar haar en stelt tot zijn verbazing vast dat hij opgewonden raakt van zijn vrouw die de aardappels opschudt.

'Wat kijk je nou?' vraagt ze.

'Zet die pan eens neer,' zegt hij.

Remco begrijpt niets meer van zijn reacties en acties. Hij neemt het zichzelf kwalijk dat hij zich niet beter kan beheersen. Het maakt weinig uit wat Leonie zegt of doet, hoe ze gekleed is, in welk deel van het huis ze zich bevindt. Zodra ze in de buurt is moet hij haar aanraken, haar kussen en met haar vrijen. Zelfs toen ze elkaar net kenden was hij nooit zo snel opgewonden en kon hij zich beter beheersen.

Hij vraagt zich voortdurend af of dit te maken heeft met een schuldgevoel. Valt dit gedrag te omschrijven als compensatieneuken?

Zo voelt het wel.

Hij heeft Leonie tot nu toe geen enkele keer kunnen betrappen op iets wat ook maar in de geringste mate in de buurt komt van tegenwerking of afweer. Ze reageert iedere keer opnieuw enthousiast op zijn toenadering en laat zich op alle mogelijke plekken, in alle mogelijke houdingen en op elk mogelijk tijdstip nemen. Maar zelf neemt ze geen enkel initiatief. Moet hij daar vragen over stellen?

Ze zeggen geen van beiden iets, de geluiden die ze maken blijven binnenskamers. Binnenskeukens, denkt hij.

Leonie staat gebogen over een keukenstoel, ze heeft haar schouders opgetrokken en haar handen zitten om de rand van de tafel geklemd.

De aanvankelijk trage bewegingen zijn sneller geworden. Remco wil haar geen pijn doen, maar hij begint harder in haar te stoten. En nog harder.

Ze kermt.

'Nog even, nog even.' Zegt hij dat?

Daarna zegt hij niets meer. Hij kan niet eens meer denken.

'Ik vrees dat we vandaag lauwe aardappels eten,' zegt Leonie een paar minuten later.

Ze eten zwijgend. Remco probeert iets aardigs te bedenken om tegen haar te zeggen. Iets wat vooral niet seksistisch klinkt. Dat is toch niet zo moeilijk?

Hij ruimt de vaatwasser in terwijl Leonie twee schaaltjes vult met ijs. Ze eten het ijs.

Hij begint zich onbehaaglijk te voelen. Als hij wil opstaan om de lege schaaltjes ook in de vaatwasser te zetten, duwt ze hem terug op zijn stoel. Ze zegt dat ze moeten praten.

9

Op initiatief van Belinda hebben ze een extra avond afgesproken om samen te zijn. Ze zullen elkaar treffen in haar huis.

Remco voelt zich brak en zou het liefst vroeg in bed kruipen. De afgelopen weken hebben ze bijna elke werkdag twee uitvaarten gehad en de opdrachten blijven binnenkomen. Het komt steeds vaker voor dat cliënten door collega's of vrienden op hun bedrijf zijn geattendeerd. Ze horen ook steeds vaker dat hun persoonlijke benadering en efficiënte organisatie de reden zijn voor contact. Dat is goed om te horen, maar Remco vraagt zich af of ze deze bedrijfsvoering kunnen volhouden als ze niet meer als echtpaar samen werkzaam zijn. Want dat gaat gebeuren, dat was waar Leonie nu een week geleden met hem over wilde praten. Ze zei dat ze had gedacht dat het zou lukken om zich neer te leggen bij een kinderloos leven, maar dat ze daarop terug moest komen. Dat lukt niet, was de boodschap. En dat weet ze al terwijl ze nauwelijks de tijd heeft genomen om aan het idee te wennen. En ondanks de marathonseks waar ze enthousiast in participeerde.

Hij vindt dat hij haar eerlijkheid dient te respecteren en dat hij haar niets in de weg mag leggen bij wat ze samen zullen moeten regelen. Maar hij kan er niets aan doen dat hij boos is. Nee, niet boos. Woedend.

Hij voelt zich genaaid. Daar wil hij niet met Leonie over praten, maar wel met zijn vrienden. Hij moet zien te voorkomen dat Arjan de volle aandacht krijgt. Je vrouw verliezen door de dood is natuurlijk een traumatische ervaring, maar Jacky was al bijna Arjans vrouw niet meer. En Leonie is nog altijd Remco's levende partner die hij dreigt te verliezen. Hoe stoer hij ook doet, die gedachte is verschrikkelijk. Wat moet hij doen? Laten ze dáárover praten, in plaats van over een dode heks die op tijd is opgeruimd.

Hij schaamt zich als hij dit denkt en toch denkt hij het steeds opnieuw.

Belinda ziet er slecht uit, is het eerste wat hem opvalt als hij binnenkomt. Ze begroet hem hartelijk en kijkt hem aan met een fronsende blik. 'Gaat het wel goed met jou?'

Remco maakt zich los uit haar omhelzing. 'Dat wil ik ook aan jou vragen. Wat is er aan de hand? Je lijkt wel afgevallen. Dat was toch nergens voor nodig?' Hij ziet tranen in haar ogen. 'Heb ik iets verkeerds gezegd? Ik bedoel er niets mee, als jij wil afvallen is dat uiteraard jouw zaak. Ga nou niet huilen alsjeblieft.' Het volgende moment kruipt ze tegen hem aan en kan hij niets anders doen dan zijn armen om haar heen slaan.

Hij ruikt een bekende geur. Ze gebruikt nog steeds dezelfde shampoo.

Arjan heeft al een paar keer gezegd dat hij het erg op prijs stelt dat Belinda zo begaan is met het verlies van hem en van de kinderen, maar dat het daar wat hem betreft niet de hele avond over hoeft te gaan. Hij moet verder met zijn leven en dat gaat lukken. Maar hij wil wel graag weten waarom Belinda de laatste tijd zo gespannen is. Belinda grijpt de ruimte om te praten met beide handen aan en gunt niemand meer het woord. Ze vertelt dat de dood van Jacky haar heel erg bezighoudt en dat ze daardoor vaker dan ooit nadenkt over de vraag of ze wel of niet het medisch traject in wil om zwanger te kunnen worden.

'Medisch traject?' vraagt Arjan. 'Ik dacht dat jullie je hadden neergelegd bij het feit dat er geen kinderen komen.'

Remco probeert sympathieke teksten te bedenken, maar er komt geen woord over zijn lippen. Hij luistert dus maar en kijkt nu en dan heimelijk op zijn horloge. Kan hij al weg?

'We lopen niet te koop met ons verdriet over onze kinderloosheid,' antwoordt Belinda. Haar stem klinkt koel. 'Alleen als mensen daarover belangstellende vragen stellen, vertellen we hoe het zit.'

Nu moet Remco niet zeggen dat haar kinderloosheid misschien een diepere reden heeft, maar hij zegt het toch.

'Je gaat nu toch niet wéér over onze schuld aan dat ongeluk beginnen?' snauwt Belinda. 'Allemachtig, zeg, hou je daar dan nooit eens over op? Dat boek is dicht. We gaan verder en er zullen bij ons allemaal dingen gebeuren die we liever niet willen. Zo zit het leven nu eenmaal in elkaar, man. Laat dat ongeluk toch eindelijk eens los.'

'Hoe gaat het met Leonie?' probeert Arjan het gesprek een andere richting op te sturen.

'Leonie heeft besloten dat ze op zoek gaat naar een andere partner, een die háár kinderwens wil honoreren.'

Er valt een diepe stilte.

Belinda is de eerste die weer iets zegt. 'Ik begrijp dat mijn verhaal niet interessant genoeg is om op door te gaan.' Ze wendt zich tot Remco. 'Rot voor jou, maar ik kan het goed begrijpen.'

'Ik denk dat ik maar eens opstap,' zegt Remco.

'En ik denk dat je maar eens moet blijven,' meent Belinda.

Remco probeert via oogcontact aan Arjan duidelijk te maken dat hij hulp nodig heeft. Maar Arjan merkt het niet of doet gewoon alsof hij het niet begrijpt.

Belinda meldt dat het de hoogste tijd is om goed met elkaar te praten en definitief iets af te ronden. Volgens haar zit het onderwerp van hun onderlinge strijd hun al veel te lang in de weg. Remco weet dat ze gelijk heeft, maar toch wil hij dit gesprek niet voeren. Het voelt niet goed, hij is nog niet klaar voor een definitieve afronding. Waarom eigenlijk niet? Opeens herinnert hij zich wat Leonie zei toen ze haar idee verdedigde over de noodzaak van relatietherapie.

'Ik begrijp niet wat jou ervan weerhoudt om vader te willen worden. Waar je misschien bang voor bent. Waarom ik iedere keer tegen een muur op loop als ik hier met je over wil praten.'

Zou hij zich beter voelen als hij haar vertelde wat er vijf jaar geleden is gebeurd? Zouden de anderen er echt niet met iemand over hebben gepraat?

Belinda wil iets zeggen. 'Je raakte me, Remco, met die opmerking over mijn kinderloosheid. Je bedoelde toch dat de diepere reden daarvoor te maken kan hebben met het ongeluk? Denk je echt dat ik uit schuldgevoel zelf een zwangerschap tegenhoud? Zo klonk het, namelijk.'

Remco aarzelt even, maar dan zegt hij toch dat hij dit inderdaad bedoelde.

Belinda schudt langzaam haar hoofd. 'Ik heb de indruk dat je projecteert. Kan het ook zijn dat jij het vaderschap niet durft aan te gaan omdat je denkt dat je geen kind verdient? En vind je dat zelf niet een beetje te ver gaan? Je bent een prima mens, een hardwerkende ondernemer, een leuke echtgenoot. Leonie is gek op je, en jij volgens mij ook op haar. Durf toch eens gewoon gelukkig te zijn!'

Niemand zegt iets.

Belinda is blijkbaar nog niet uitgevraagd. 'Heb je nog steeds contact met de moeder van... We zouden zijn naam nooit meer noemen, laat ik me daaraan houden. We waren dronken en baldadig en misschien hadden we dat eerlijk moeten zeggen. Maar daarmee hadden we het ongeluk niet kunnen terugdraaien en we hebben nu eenmaal besloten om te zwijgen over onze rol. Ik vind dat we het moeten afsluiten en er definitief nooit meer over moeten praten.'

'Ik ben weg,' zegt Remco.

26 juni

Mijn zus is opgehouden met bellen en berichten sturen. Ze zal onderhand wel in de gaten hebben dat ik niet te porren ben voor mantelzorg aan onze moeder. Misschien is ze zelf naar Nederland gekomen en doet ze haar nu in bad en veegt ze haar billen af. Ze heeft er momenteel zeer veranderlijk weer bij. Het lijkt wel herfst, terwijl de zomer net begonnen is.

Ik heb vanmiddag een afspraak met Leonie Krefelt, de vrouw van Remco Pelgrim. Ik heb nadrukkelijk laten weten dat ik liever met een vrouw praat dan met een man en ze heeft toegezegd dat ze me te woord zal staan.

Vanmiddag heet ik Glenda de Groot. Ik bedacht de naam toen ik op internet iets las over Glennis Grace en ontdekte dat haar voornaam eigenlijk 'Glenda' is. Glennis moest eens weten dat haar naam fungeert als inspiratiebron voor een alias.

Ik draag de oude rode regenjas die ik heb bewaard voor deze gelegenheid. Toen ik bij Jacky was droeg ik een pruik met lang blond haar en een hoed. Vandaag gebruik ik een pruik van halflang rossig haar en draag ik een bril met een rood montuur. Mocht Leonie iets over ons gesprek aan haar man vertellen en het nodig vinden een beschrijving van me te geven, dan zal hij later als hij door de politie wordt verhoord een signalement noemen dat niet direct naar mij is terug te leiden.

Ik heb met Selma afgesproken dat ik tijdens het gesprek goed om me heen kijk, zodat zij later niet voor verrassingen komt te staan. Het is ook belangrijk om uit te zoeken wanneer de man van Leonie niet in de buurt zal zijn.

Mijn bezoek zal in het kader staan van oriëntatie. Ik ben vandaag de enige nicht van mijn vijfentachtigjarige tante en die tante is terminaal ziek. Ik zal haar uitvaart moeten regelen en dat is voor mij, als alleenstaande vrouw die last heeft van allerlei angsten, een zenuwslopende taak. Ik heb weinig contact met mensen en zeker niet met mannen. Contact met mannen veroorzaakt blokkades, slapeloze nachten en maag-darmstoornissen. Mocht Leonie nieuwsgierige vragen gaan stellen over de oorzaak van deze mannenfobie, dan krijg ik ter plekke een aanval van hyperventilatie, zodat ze snel overgaat op een ander onderwerp.

Ik moet ervoor zorgen dat ze geen informatie wil hebben over de naam, het adres en andere persoonlijke gegevens van mijn zogenaamde tante. Mocht ze daar toch op aandringen en wordt het te opvallend dat ik daarop niet wil antwoorden, dan vertrek ik onder het mom van hopeloze benauwdheid en toenemende paniek.

Leonie krijgt vanmiddag een echte patiënt op bezoek. Hoe zal ze reageren?

Ik heb gecontroleerd of de pruik goed zit als mijn mobiel begint te rinkelen. Zonder op de display te kijken neem ik op. Het is Benthe. Mijn zus belt vroeg.

'Benthe. Hoe laat is het bij jullie?'

'Vroeg. Schaam jij je niet om te weigeren je eigen moeder te helpen? Ze wil absoluut niet dat ik overkom en dat zal me ook niet lukken, omdat ik hier verplichtingen heb die ik niet zomaar opzij kan zetten. Voor jou moet het een kleine moeite zijn om iets te doen. Dus schaam jij je niet?'

Ik kijk naar buiten en zie een oude vrouw langskomen die stevig gearmd loopt met een jongere vrouw. Ik krijg een wee gevoel in mijn maag. Aan de andere kant is het stil. Mijn zus wacht natuurlijk op een excuus of tenminste een verklaring. Die kan ze krijgen. 'Nee, ik schaam me niet. Wat er ook gebeurt, ik weiger mijn moeder aan te raken. Daar ben ik namelijk te vaak toe gedwongen, ook al geloven Gus en jij dit niet. Dag Benthe.' Ik verbreek de verbinding en ga op de bank zitten.

Laat de stem die ik hoor acuut ophouden! Er is geen stem, er is niemand die mij kwaad kan doen. Stil! Stop!

'Je moet mama helpen als ze in bad gaat. Mama heeft een slechte rug, ze kan niet baden zonder hulp. Laat het bad maar vast vollopen.'

Hou je smoel, kreng!

Laat me met rust, of ik maak je af!

Ik ben bijna een halfuur te vroeg en ik moet eerst rustig worden. Het telefoontje van Benthe heeft me uit mijn evenwicht gebracht, dat is niet goed. Leonie Krefelt krijgt een neurotische patiënt op bezoek, die overal bang voor is maar niet geladen mag zijn. Als ik geladen ben, kan ik de verkeerde dingen gaan zeggen en wek ik misschien argwaan. Dimmen dus. Een blokje om lopen.

Het komt goed uit dat het is gaan regenen, er zijn weinig mensen op straat. En wie nu buiten loopt, verschuilt zich onder een paraplu. Ik ook. Ik hou het scherm voor mijn gezicht en stap stevig door. Concentreren op de komende ontmoeting, geen ruimte geven aan herinneringen van een blote moeder in bad die zegt dat ik met het washandje harder tussen haar benen moet wassen. Geen beelden zien van tepels die gestreeld worden door vingertoppen en dan veranderen in dikke knoppen.

Alleen aan Leonie Krefelt denken, de vrouw van Remco Pelgrim. De Remco Pelgrim die juichte toen mijn liefste zich doodreed.

Dáár moet ik aan denken.

10

'Ik had vandaag een oriënterend gesprek met een vreemde vrouw,' zegt Leonie.

Remco zet zijn tas op een stoel. 'Ik ga eerst even douchen, want ik ruik mezelf. Vertel het me straks maar.'

We lijken een heel gewoon stel, denkt hij als hij de trap op loopt. Een man die thuiskomt, een vrouw die hem iets te vertellen heeft over wat ze heeft meegemaakt. Gesprek op vriendelijke toon, ontspannen sfeer. Niemand zou op het idee komen dat de vrouw een scheiding aan het voorbereiden is. Maar is ze dat ook echt of heeft ze zich bedacht? Nadat ze heeft aangekondigd dat ze niets voelt voor een kinderloos leven is Leonie niet meer op haar uitspraak teruggekomen. Ze wonen nog gewoon samen in hetzelfde huis, werken samen, eten samen, slapen in hetzelfde bed. Zonder seks, zonder zelfs maar het geringste lichamelijke contact. Ze kussen elkaar niet als ze weggaan of thuiskomen. Ze slagen erin samen eten te koken zonder elkaar aan te raken, zelfs als de een de ander iets aanreikt. Vanaf het moment dat Leonie vertelde hoe het er wat haar betrof voor stond zijn ze allebei meer individu dan ooit. Het lijkt iedere dag of ze hier toevallig op hetzelfde moment zijn terechtgekomen en ze even toevallig weer naar elders kunnen vertrekken met een vriendelijke zwaaibeweging als groet. Het is te bizar voor woorden.

Het hete water dat over zijn lijf stroomt zorgt ervoor dat hij ontspant. De uitvaart die hij een paar uur geleden begeleidde was heftig. Een geëmotioneerde familie moest definitief afscheid nemen van een dertienjarige jongen die was overleden aan leukemie. Aan zijn dood ging een lange periode van angst en hoop vooraf. Hij was zeven toen de ziekte zich openbaarde, werd na een beenmergtransplantatie genezen verklaard en verloor de strijd alsnog toen de leukemie terugkwam. Tijdens de huisbezoeken die Remco heeft afgelegd was hij nog in staat om een emotionele afstand te bewaren, maar vandaag kreeg hij het zelf bijna te kwaad op het moment dat de vader van de jongen het woord nam. Toen brak het verdriet in de hele aula door en greep het iedereen die daar zat stevig vast. Later vroeg iemand die zich voorstelde als de oom van de overleden jongen aan Remco of hij zelf kinderen had. Na Remco's antwoord zei hij dat je volgens hem beter geen kinderen kon hebben om een uitvaart als deze te kunnen organiseren en begeleiden. En dat het verlies van een kind alle vormen van verlies te boven ging.

Er blijft weer te veel water staan in de douchebak, de afvoer moet nodig worden nagekeken. Hij stapt de cabine uit en droogt zich af. Nu niet denken aan de uitgemergelde jongen in de kist. Dat is leed waar hij niets aan kan doen en waar hij niets mee te maken heeft. Niemand is erbij gebaat als hij zich hiermee bezighoudt. Hij heeft genoeg aan zijn eigen verdriet, ook al komt dat niet in de buurt van wat hij vandaag heeft meegemaakt.

Leonie heeft een glas wijn voor hem ingeschonken. 'Ik heb een maaltijdsalade gemaakt, zal ik een stokbrood in de oven leggen?'

Remco antwoordt dat hij stokbrood een goed idee vindt. Zijn ogen volgen haar bewegingen. Alles aan haar is vertrouwd, alles hoort bij hem, alles voelt dierbaar aan. Dat is zo geweest vanaf de dag dat hij haar ontmoette. Hij zag haar binnenkomen toen hij samen met Belinda op een feest was. Dat is binnenkort alweer twaalf jaar geleden. Ze keken elkaar aan en er gebeurde iets, ook met haar. Hoe vaak hebben ze dat al niet aan elkaar verteld? Hij slikt de brok in zijn keel weg en neemt een flinke slok wijn.

'Zware dag gehad?' vraagt Leonie.

'Je zou me nog iets vertellen over die vrouw. Wat was er vreemd aan haar?'

Leonie denkt even na. 'Misschien is "vreemd" niet het juiste woord. Ik vond haar eigenlijk een beetje eng.'

'Zag ze er dan eng uit?'

'Ze zag eruit alsof ze niet zichzelf was.' Leonie staart voor zich uit. 'Dat was het! Volgens mij droeg ze een pruik en was de bril op haar neus overbodig. Ze had ook een vreemde naam. Glenda. Haar achternaam was 'De Groot'. Heb jij de naam 'Glenda' ooit eerder gehoord?'

'Glenda is de echte voornaam van Glennis Grace,' zegt Remco. 'Hoe kom ik dáár nou weer bij?' vraagt hij zich hardop af. 'Ergens gelezen, denk ik. Maar dat doet er niet toe. Denk je dat die naam fake was?'

'Het zou me niets verbazen. Ik heb de naam al gegoogeld, maar dat leverde weinig op. Ik vond op Facebook een aantal vrouwen met die naam, maar geen van hen leek op de vrouw die bij me was.'

'Voor wie kwam ze een uitvaart bespreken?'

'Voor een tante die nog niet dood is, wel terminaal ziek. En ze wilde alleen met een vrouw praten, omdat mannen haar angstig maken.'

'Een tante die nog niet dood is,' herhaalt Remco. 'Zei ze ook waarom ze nu al kwam?'

Leonie legt het stokbrood in de oven. 'Als ik het goed begrepen heb had dat iets te maken met het niet kunnen omgaan met stressvolle situaties. Ze had voorbereidingstijd nodig.'

'Het klinkt mij allemaal niet zozeer eng in de oren, maar eerder tamelijk gestoord. Heeft ze nog iets met je afgesproken?'

'Ze zei dat haar tante zelf ook nog een keer zou komen praten.'

'Die terminale tante? Dus die kan zelf ook nog praten? Raar verhaal.'

Leonie controleert het stokbrood in de oven. 'Nog even. Ik wil graag dat je erbij bent als die tante komt. Ik weet niet precies hoe het komt, maar die vrouw gaf me een onbehaaglijk gevoel. Misschien is die tante nog erger gestoord.'

'Goed, natuurlijk. Misschien komt er helemaal geen tante, maar dat zien we wel. Die salade ziet er lekker uit. Ik heb trek.'

Leonie opent de oven, trekt een ovenwant aan en haalt het stokbrood eruit.

Remco kijkt naar haar rug. 'Ik zou willen dat je je bedenkt wat die scheiding betreft,' zegt hij.

Ze keert zich om. 'Ik wil niet scheiden. Ik denk dat ik zelfs zou kunnen leven met de gedachte dat ik nooit moeder zal worden. Maar ik moet weten waarom dat niet gebeurt. Wat jou tegenhoudt.'

Ze staan een meter van elkaar af, hij kan haar gemakkelijk aanraken. Er flitst een beeld langs Remco's ogen. Hij ziet bloed en een verwrongen gezicht. Hij rilt.

'Er staat iets tussen ons in wat voor mij niet te hanteren is, laat staan te bevechten,' zegt Leonie.

Nu wordt het beeld aangevuld met stemmen. Ze roepen van alles door elkaar, maar één zin overheerst. *'Dit blijft onder ons.'*

De afspraak was vol te houden, moest zelfs worden volgehouden om te voorkomen dat de herinnering te beklemmend werd. Niet praten over wat er is gebeurd hielp tot nu toe om zelfs te kunnen denken dat het niet meer was dan een slechte droom. En dromen zijn niet echt.

Hij kijkt naar de vrouw van wie hij zielsveel houdt en die hij niet kwijt wil raken. Ze is het beste maatje dat hij zich kan wensen, de mooiste mens die hij kent. Ze is altijd oprecht en verdient het om ook oprecht behandeld te worden. En wat vooral belangrijk is: er zou een last van zijn schouders vallen als hij de herinnering en het schuldgevoel met haar deelt. Dat heeft hij nooit eerder zo sterk gevoeld als nu.

Hij weet dat ze alle drie hebben gezworen er nooit met iemand over te praten, ook niet met hun partner. Die belofte zullen Arjan en Belinda zeker zijn nagekomen en het is Remco vijf jaar gelukt geen spelbreker te zijn. Maar nu kan hij niet langer zwijgen, omdat zijn huwelijk wankelt. En omdat hij niet wil dat het omvalt.

Hij loopt naar haar toe en trekt haar tegen zich aan. 'Ik zal het je vertellen.'

28 juni

Nadat ik op bezoek ben geweest bij Leonie Krefelt probeer ik tevergeefs Selma te bereiken. Iedere keer als ik haar bel, krijg ik de voicemail.

Er is weer een bericht ingesproken door Benthe. Ik wis het zonder het te hebben afgeluisterd. Ga je vrienden in Amerika maar lastigvallen met jankverhalen over je tijdelijk gehandicapte moeder, zus. Het zal wel meevallen met haar hulpbehoevendheid. Ze heeft een prima conditie, dat weet jij ook wel. Ze tennist drie keer per week, gaat iedere dinsdag en vrijdag naar de sportschool, eet al jaren heel gezonde voeding, is slank maar gespierd, en ze loopt jou en mij er waarschijnlijk uit als we een sprintje zouden trekken. Niemand gelooft dat ze al bijna vierenzeventig is, zeker niet als je haar gezicht ziet. De facelifts en de botox hebben hun werk gedaan, het resultaat is verbluffend. Ik denk dat mensen die haar voor het eerst zien denken dat ze hooguit zestig is. Misschien zouden ze een ander beeld van haar krijgen als ze haar naakt zien, maar daar wil ik niet aan denken. De gedachte aan een naakte moeder veroorzaakt bij mij een niet te stuiten aandrang om ter plekke alles uit te kotsen wat er in mijn maag zit. Ik kan het niet anders noemen, 'spugen' zou een veel te mooi woord zijn.

De vraag om hulp zal, zoals gewoonlijk, wel weer een vraag om aandacht zijn. Beter gezegd: een eis. Ik weet nog goed hoe mijn vaders gezicht soms betrok als mijn moeder hem niet met rust liet. Ik heb hem nooit hardop horen zeggen dat ze moest ophouden, hij beheerste zich als zijn kinderen in de buurt waren. Maar in de maanden nadat Joeri was verdronken hoorde ik soms, als ik geacht werd al te slapen, beneden opgewonden stemmen en kon ik uit de toon en het volume opmaken dat mijn ouders ruzie hadden. Als ik het in bed niet kon uithouden ging ik op de bovenste trede van de trap zitten, sloeg mijn armen om mijn knieën en probeerde erachter te komen wat ze tegen elkaar zeiden. En schreeuwden. Maar ik ving alleen flarden van zinnen en woorden op. En een naam, altijd dezelfde naam. Ze maakten altijd ruzie over Joeri. Op een avond ontdekte mijn vader dat ik daar zat. Hij mopperde dat ik veel te koud was geworden en de volgende dag ziek zou kunnen zijn en bracht me weer naar bed. Toen ik vroeg waarom ze zo vaak boos waren op elkaar antwoordde hij dat ze eigenlijk verdrietig waren en dat ze alleen boos léken. Hij verbood me om nog een keer boven aan de trap te gaan zitten en na die avond kwam hij de meeste dagen dat hij moest werken pas thuis als ik al sliep.

Mijn moeder besteedde in de maanden na Joeri's dood nauwelijks aandacht aan mij, tot ze plotseling wilde dat ik iedere dag na school meteen naar huis kwam. Ze bakte koekjes met me, ging samen met me zwemmen en fietsen en vertelde dat het belangrijk was om je lichamelijke conditie optimaal te houden. Ze zei dat je als vrouw altijd goed voor je lijf moest zorgen, omdat je met een mooi lichaam lang aantrekkelijk bleef en aantrekkelijkheid een voorwaarde was om een man te kunnen krijgen. Ik was verbaasd door haar onverwachte aandacht, maar ook gevleid. Tegen vriendinnetjes schepte ik op over mijn sportieve moeder die er altijd mooi uitzag. Ik vond haar de mooiste moeder van de wereld.

Ik was bijna acht toen ik haar op een middag aantrof in bad. Ze kermde van de pijn in haar rug en zei dat het warme water de beste ontspanning was, waar geen pijnstiller tegenop kon. Ze vroeg me haar rug te wassen en daarna haar borsten.

Ik was een argeloos kind dat haar moeder graag wilde helpen en ik ging ervan uit dat de pijn in haar rug minder snel voorbijging dan ze gedacht had. Daarom vond ik het niet vreemd dat ik na die eerste keer mijn moeder bijna elke dag als ik thuiskwam uit school in bad aantrof en ik haar moest wassen. Eerst haar rug, daarna haar borsten en ook nog tussen haar benen. Ik aarzelde, zonder te begrijpen waar die aarzeling vandaan kwam. Ze zei dat er niets aan de hand was, dat het heel normaal was als een dochter haar moeder die rugpijn had hielp met baden. En toen ze me vroeg om niet aan mijn vader te vertellen dat ze zo vaak in bad zat, beloofde ik haar dat. Het was ons geheim, zei ze.

Ik was er trots op dat ik samen met mijn moeder een geheim had.

Net als ik weer wil ophangen, neemt Selma op. Ze verontschuldigt zich voor het feit dat ze een paar dagen zo slecht bereikbaar is geweest. Ze moest allerlei onderzoeken ondergaan in het ziekenhuis en dat nam veel tijd in beslag.

'Wat voor onderzoeken?' wil ik weten.

'Wat mijn huisarts opeens nodig vond, maar niets bijzonders,' is het vage antwoord. 'Vertel eens, heb je nog leuke dingen gedaan?'

Dit is een goede vraag, helemaal volgens onze afspraak.

'Ik ben bij de zaak geweest die je adviseerde,' zeg ik. 'Zag er goed uit. Ik trof de bedrijfsleidster, een aardige vrouw. Ze werkt altijd op vrijdag.'

'Ga je nog eens terug?' vraagt Selma.

'Voorlopig niet. Maar mocht jij gaan, doe haar dan mijn hartelijke groeten en zeg tegen haar dat ze me fijn geholpen heeft.' Ik denk even na. Is dit goed genoeg gecodeerd?

'Ik denk dat ik vrijdag even langsga,' besluit Selma. 'Bel je nog wel.'

Niemand die dit gesprek eventueel later beluistert zal uit deze woorden kunnen opmaken dat Leonie Krefelt op 3 juli dit aardse bestaan gaat verlaten.

Ik werp me de rest van de week op mijn manuscript. Het is een verhaal vol intriges en deze keer voer ik een echte slechterik op. Een ladykiller bij wie elk normbesef ontbreekt. Maar hij valt over ongeveer tien hoofdstukken door de mand en dan wordt hij onder literair tromgeroffel afgevoerd. Nou ja, literair... Het is maar wat je onder dat woord verstaat. Ik ga dit verhaal zo zoetsappig laten aflopen dat bij kritische tegenstanders van dit genre de vullingen bijna uit hun kiezen zullen vallen. Maar de liefhebbers zullen smullen. Zolang de groep liefhebbers groeit, wat volgens de uitgever beslist het geval is, blijf ik financieel overeind. Ik heb niemand nodig.

Ik heb niemand nodig.

Ik heb niemand nodig.

In de krant staat een groot artikel over onopgeloste moorden die de afgelopen vijftien jaar in Nederland zijn gepleegd. Bij een paar zaken werden er wel verdachten opgepakt, maar die moesten wegens gebrek aan bewijs worden vrijgelaten. In de laatste vijf regels staat de meest recente moord vermeld, dat is de moord op Jacky Horree. Tot nu toe tast de politie volledig in het duister over de identiteit van de moordenaar. Maar het onderzoek wordt voorlopig nog niet afgesloten.

Dit betekent dat haar man dus vrijuit gaat. Het is niet anders.

Er ligt een prachtig boeket bloemen op Roels graf. Ik pak het op en kijk of er een kaartje aan zit. Geen kaartje. Zijn moeder zal geen los boeket neerleggen, die gebruikt altijd een grafvaas. Er ligt een vaas achter de steen, die vul ik met water en ik zet de bloemen erin. Meestal verwijder ik wat ik niet zelf heb meegebracht, maar ik heb het gevoel dat deze bloemen er met een goede intentie zijn neergelegd.

Er zit stof op de steen, ik maak hem schoon. Mijn vingers strelen de letters die zijn naam vormen. Als we samen waren gebleven, hadden we nu waarschijnlijk kinderen gehad. Roel wilde drie kinderen, ik dacht aan twee. Daar waren we wel uit gekomen.

Ik zou aan hem willen vertellen dat we zijn begonnen met wraak nemen en welke rol ik daarbij vervul. Maar als ik woorden zoek om het uit te leggen, vind ik niet de juiste tekst. Ergens in mijn brein verzet zich iets, ergens verlamt me iets.

Het besef valt me aan, ik moet even gaan zitten. De marmeren rand die om het graf ligt is een goede zitplaats. Mijn ogen kunnen de letters van Roels naam niet loslaten.

Ik weet dat hij nooit zou hebben ingestemd met waar ik mee bezig ben. Hij zou het ten stelligste hebben verworpen. Hij zou alleen het idee al geminacht hebben.

Het duurt een tijdje voordat ik in de gaten krijg wat er gaande is. Ik ben eerst nog geneigd te denken dat hier iemand anders zit, dat ik niet de persoon ben met wie dit gebeurt.

Maar ik ben het wel degelijk. Ik zit op deze rand en ik kan niet ophouden met huilen.

11

De bekentenis heeft niet het opgeluchte gevoel opgeleverd dat Remco had verwacht. Het lijkt of hij het er niet met zichzelf over eens kan worden dat praten een goed besluit was. Maar het is gebeurd en het heeft in ieder geval een sympathieke reactie van Leonie opgeleverd.

Ze luisterde heel aandachtig, stelde geen vragen, liet geen afkeer zien, gaf hem alle ruimte die hij nodig had. Toen hij stopte met praten zaten ze een paar minuten stil tegenover elkaar, zonder elkaar aan te kijken. Leonie was de eerste die iets zei. 'Wat verschrikkelijk dat je hiermee hebt rondgelopen. Had het me maar eerder verteld.'

Hij legde uit dat hij een afspraak had gemaakt met zijn vrienden en nu zijn belofte brak om er met niemand anders dan met de leden van hun groep over te praten.

Ze antwoordde dat dit in haar beleving een foute afspraak was, vooral omdat er geen sprake was van aantoonbare schuld. Van een fout, en fouten worden nu eenmaal gemaakt. Fouten kunnen soms faliekant verkeerd uitpakken en verstrekkende gevolgen hebben. Maar zolang er geen sprake was van opzet, is schuld uitgesloten. Aan dat antwoord probeert hij zich nog steeds vast te houden. Het was een foute afspraak die ze niet met elkaar hadden moeten maken en er was geen sprake van aantoonbare schuld.

Toch is hij nog steeds niet opgelucht.

De dag nadat Remco zijn bekentenis deed, stelde Leonie de vraag die te verwachten was. 'Is je schuldgevoel de reden dat je geen vader wil worden? Vind je dat je het vaderschap niet verdient?' Sinds die vraag weet hij niet meer wat hij met zichzelf moet beginnen. Het ene moment denkt hij dat dit de kern is van zijn besluit, aan de andere kant twijfelt hij. Maar wat zit er dan achter die twijfel? Als hij niets had verteld, was alles duidelijker geweest. Overzichtelijker. Veiliger.

Remco heeft de hele middag achter de computer gezeten om de administratie bij te werken. Hij is moe en begint slaperig te worden, dus het wordt tijd om af te sluiten en naar huis te gaan. Toch wil hij liever niet naar huis, maar hij weet dat Leonie hem verwacht. Vanmorgen vertelde ze dat ze Arjan en de meisjes heeft uitgenodigd om vanavond pasta te komen eten. De meisjes mochten kiezen wat voor soort pasta en met kip of met gehakt.

Hij heeft geen zin in pasta, maar hij wil Arjan wel zien. Misschien kan hij zijn vriend het beste vertellen dat hij Leonie heeft ingelicht. Misschien lucht dat juist op.

Op de bedrijfstelefoon komt een gesprek binnen. Geen pasta, denkt hij. Geen gesprek met Arjan. Er zal weer gewerkt moeten worden vanavond. Hij neemt op.

'Met mij,' zegt Leonie. 'Kun je alsjeblieft direct naar huis komen? Ik ben zo bang. Niet vragen waarom, kom alsjeblieft.'

'Ik ben al onderweg,' zegt hij.

12

Ze heeft Arjan en de meisjes gevraagd om een uurtje later te komen, meldt Leonie. Dat kwam goed uit, want Floortje had na schooltijd nog een repetitie voor de musical waarin ze een van de hoofdrollen heeft. Ze zullen er tegen zeven uur zijn.

Remco wil zich graag eerst omkleden, maar hij weet niet of Leonie dat vervelend vindt. Ze verplaatst de vaas met bloemen die op de eettafel staat zonder dat daar een reden voor lijkt te zijn en zet hem daarna weer terug. En ze vermijdt het om hem aan te kijken.

Hij loopt op haar af en pakt haar vast. 'Wat ben je nerveus. Is er iets gebeurd?'

Ze haalt haar schouders op. 'Misschien zie ik gewoon spoken.'

Hij duwt haar op een stoel. 'Vertel maar wat er aan de hand is.'

Ze trekt aan haar vingers. 'Ik had de hele dag het gevoel dat iemand me in de gaten hield. Toen ik boodschappen deed, leek het of steeds dezelfde vrouw achter me stond of vlak in de buurt, maar toen ik weer buiten was zag ik haar niet meer. Ik zei tegen mezelf dat ik me niet zo moest aanstellen en reed naar de stomerij. Toen ik daarvandaan kwam, leek het of ik steeds voor dezelfde auto reed. Het was er een met getint glas en ik kon niet goed zien of er een man of een vrouw achter het stuur zat. Toen ik stopte bij de bakker reed de auto verder en daarna heb ik hem niet meer gezien.' Ze kijkt hem nu aan. 'Ik ben naar huis gegaan en ik dacht dat ik het me allemaal had verbeeld. Maar een paar uur later werd ik twee keer achter elkaar gebeld door een afgeschermd nummer en toen ik opnam zei niemand iets. Dat vond ik pas echt eng, begrijp je dat?'

'Dat is vervelend en ik kan me voorstellen dat je het eng vond, na wat er al eerder op de dag aan de hand was. Maar was er wel iets aan de hand, denk je? We hebben het al een paar maanden heel druk, jij rent maar door, misschien moet je het toch eens een paar weken wat rustiger aan doen. De spanningen tussen ons putten je ook uit, denk ik.'

'Jou niet?'

'Mij ook, maar ik heb niet het gevoel dat ik word achtervolgd. En het lijkt me beter dat dit ook niet gaat gebeuren.'

'Ik wil die spanningen niet,' zegt Leonie. 'Ik word er gestrest van. Denk je dat ik het me verbeeldde dat er mensen achter me aan zaten?'

Remco pakt haar handen vast. 'Ik denk dat het toeval was en dat jij het verkeerd inschatte.'

'Maar die telefoontjes dan?'

'Dat lijkt mij een of andere klojo te zijn geweest die te beroerd was om fatsoenlijk te zeggen dat hij tot twee keer toe het verkeerde nummer had gekozen. Je hebt van die runderen, dat weet je toch wel?'

Leonie kijkt naar hun handen. 'Ik vind het fijn dat je me weer aanraakt.'

Hij trekt haar naar zich toe. Ze is even gulzig als hij.

Hij duwt haar achterover, tegen de tafel aan. Ze trekt hem boven op zich. Hij begint haar uit te kleden.

'Het is bijna halfzeven,' giechelt ze.

'We redden het binnen een kwartier,' zegt hij.

30 juni

Sinds ik bij het graf ben geweest is Roel bij me. Dat gebeurde ook de eerste twee jaar na zijn dood, dan leek het iedere keer als ik hem had bezocht of hij in de buurt was. Daarna was het gevoel weg en ging ik minder vaak naar het kerkhof en ten slotte kwam ik er alleen nog op of omstreeks zijn sterfdag. Nu ga ik weer vaker, omdat ik daar momenteel behoefte aan heb.

Een week voordat we zouden trouwen begon Roel opeens te praten over de dood. Ik moest er aanvankelijk om lachen, maar hij was serieus. Hij vertelde dat hij begraven wilde worden en dat hij een marmeren grijze grafsteen wilde hebben met daarop alleen zijn naam, geboortedatum en sterfdatum. Ik moest plechtig beloven dat ik ervoor zou zorgen dat zijn wensen zouden worden ingewilligd.

Ik probeerde mijn stem luchtig te laten klinken toen ik antwoordde dat ik misschien veel eerder dood zou gaan dan hij.

'Dat gebeurt niet,' zei hij. 'Beloof het.'

'Alleen als we daarna over iets leuks gaan praten,' eiste ik.

Hij stak zijn hand op. 'Deal.'

Negen dagen later vroeg zijn moeder aan me of ik het goedvond dat ze Roel zouden begraven. Op dat moment stond ik mezelf niet toe me te herinneren wat ik Roel had beloofd. Ik kon me alleen maar afvragen waarom iemand me vroeg of ze hem in de grond mochten stoppen. Ik heb me ook niet bemoeid met de grafsteen en Roel heeft de keuze voor een marmeren grijze steen met daarop alleen zijn naam, zijn geboortedatum en sterfdatum niet aan mij te danken.

Het is goed dat ik hem voel. Ik heb het nodig, al weet ik niet precies waarom. Door zijn aanwezigheid ben ik beter gestemd dan anders. Ik denk en beweeg lichter, ik heb meer energie. Het verhaal waar ik mee bezig ben is luchtiger van toon dan het vorige. Het is nu en dan zelfs grappig. Niet te grappig, er moet natuurlijk wel gewantrouwd en teleurgesteld worden. En afgezien. Ik ga het slotakkoord positief maken, zodat de lezer stuitert op zijn stoel. En dat gebeurt allemaal doordat ik Roel weer terug heb. Doordat ik mijn gevoel weer kan aanraken.

'Wat hang je hier opeens weer veel rond,' zei mijn moeder. 'Komt het door die tuinman?'

'Hij is niet zomaar een tuinman, hij is tuinarchitect.' Ik hoorde hoe berispend ik was.

Mijn moeder bekeek me van top tot teen. 'Tja.'

Ik werd woest. 'Wat tja? Wat bedoel je daarmee?'

Ze bekeek me opnieuw. 'Erg veel doe je niet aan je uiterlijk, dat zul je toch zelf ook wel in de gaten hebben? Ik kan je uittekenen in die spijkerbroek en dat shirt en dat vale jasje. Je hebt niet gestudeerd, dus je zult geen academicus achter je aan krijgen, lijkt me. Een tuinman zal meer kans maken. Pardon, tuinarchitect. Er zit misschien ook een mooi verhaal voor je in. Meisje uit een vooraanstaand milieu valt op een middenstander, maar zijn familie vindt haar te deftig. Of zoiets.'

Ik draaide me om en liep het tuinpad weer af. 'Doe papa de groeten, ik bel hem nog wel.' Het antwoord dat ik kreeg was een voordeur die achter mijn rug werd dichtgeslagen.

'Ruzie?' informeerde Roel.

Ik schrok, want ik had hem niet zien aankomen.

'Niet van me schrikken, dat is nergens voor nodig. Ik ga even lunchen. Ga je mee?'

Ik aarzelde.

Hij maakte een uitnodigend gebaar. 'Laat me u een lift geven, dame.'

Ik keek naar hem. Alles aan hem oogde ontspannen. Blij. Tevreden. Vanzelfsprekend zelfverzekerd.

'Hoe doe je dat: zo zelfverzekerd zijn?' vroeg ik.

Hij lachte breed. 'Allemaal schijn, ik word juist heel onzeker van jou.'

'Van mij? Waarom?'

'Omdat ik je leuk vind.'

'Ik ben helemaal niet leuk. Ik ben kil, ik zie nergens de lol van in, ik begraaf mezelf in stompzinnige verhalen. Je kijkt niet goed.'

Hij stond voor me en raakte met een vingertop mijn wang aan. 'Ik kijk heel goed en ik zie achter dat schild een lieve meid die het waard is om veroverd te worden. Dus help me maar een beetje.'

Op dat moment viel ik als een blok voor hem.

Na de dood van Joeri en na wat ik verder had ondergaan, stond mijn gevoel op non-actief. Ik had een enorme expertise opgebouwd in overleven zonder gehinderd te worden door emoties. Eigenlijk leefde ik niet echt, ik bestond alleen. Ik functioneerde in een permanente emotionele slaapstand.

En Roel wekte me.

Mijn vader zei dat hij het zo fijn vond om me weer te horen lachen. Hij wilde foto's van me maken, omdat ik volgens hem mooier was dan ooit. En hij sloot Roel in zijn hart.

Mijn moeder deed vriendelijk tegen mijn lief. Als er aan een bezoek aan mijn ouders niet te ontkomen viel, benaderde ze hem net niet neerbuigend. Roel kon nooit van me afblijven en als hij me weer eens knuffelde, keek mijn moeder weg. Maar als ik met zijn arm om mijn schouder en tegen hem aan geklemd het tuinpad af liep, voelde ik haar ogen in mijn rug branden.

'Soms lijkt het alsof je moeder een beetje jaloers op ons is,' zei Roel.

'Kijk,' zeg ik tegen het graf, 'rode rozen en rode gerbera's. Daar hou je toch zo van?' Ik leg het boeket voorzichtig neer en sluit mijn ogen.

Ook in mijn herinnering is hij nog altijd mooi.

Hij heeft nog steeds een gezicht.

2 juli

Er is iets merkwaardigs aan de hand. Ik vind opeens overal artikelen over mensen die door een geweldsdelict om het leven zijn gekomen. Bij drie artikelen is sprake van moord op een moeder met jonge kinderen. Ik voel me niet goed als ik die verhalen lees.

Dit wil ik niet. Op deze manier gaat alles mis. Er moet iets veranderen, maar als ik bedenk wat, word ik helemáál misselijk.

Roel kan nog niet weg. Later zal het wel moeten, maar nu wil ik dat hij blijft. Ik kan me voorstellen dat men me een halvezool zou vinden als ik hier iets over zei, maar ik zeg niets. Tegen niemand. Want niemand zal begrijpen dat ik hem echt om me heen voel en door zijn aanwezigheid minder eenzaam ben. Maar ook minder daadkrachtig, minder sterk. Ik moet oppassen dat ik geen medelijden ga krijgen met Jacky Horree, of met haar kinderen. Dat soort ongein kan ik nu niet gebruiken.

Morgen gaan we verder met waar we mee zijn begonnen. Twijfel, terugdeinzen en uitstel zijn niet aan de orde. Ik kan het Roel-gevoel beter een paar dagen niet toelaten. Sorry, lief, ik schuif je voor korte tijd opzij.

De manier waarop Selma mijn naam uitspreekt, direct nadat ik heb opgenomen, voorspelt weinig goeds. Ze meldt dat ze morgen niet kan doen wat we hebben afgesproken, omdat ze ongelukkig ten val is gekomen toen ze de laatste tree van een trap miste. Ze loopt nu niet, ze hinkt op één been.

Ik probeer haar op te beuren en zeg dat wat we hebben afgesproken ook later kan gebeuren en dat ze zich wat mij betreft nergens druk om hoeft te maken. Dat valt verkeerd, daar laat haar reactie geen twijfel over bestaan. Ik blijf kalm en laat haar uitrazen. Ik denk aan Roel. Die zou me nu adviseren om alles wat Selma zegt het ene oor in en het andere uit te laten gaan.

Ik hoor aan haar stem dat ze opgefokt is. Wat kan daarvan de oorzaak zijn? Als ik dat vraag, is het een paar seconden stil aan de andere kant.

'We hebben een afspraak en daar moeten we ons aan houden,' antwoordt Selma. 'Als we gaan schuiven met data lopen we het risico dat het fout gaat. Geen uitstel dus, hooguit voor één keer de rollen herverdelen.'

Ik zeg dat ik niet begrijp wat ze bedoelt.

Ze snauwt dat ik niet moet doen of ik malle Eppie ben.

'Ik begrijp het echt niet, Selma.'

'Morgen ga jij,' meldt ze. 'De volgende keer ga ik weer.'

Ik wil protesteren, maar ze heeft de verbinding verbroken.

De afspraak is: op 3 juli wordt Leonie Krefelt uitgeschakeld. Selma zou naar het kantoor gaan waar ze werkt, als de tante over wie ik heb gesproken. Ze zou dezelfde methode toepassen als die bij Jacky Horree is gebruikt: bewusteloos slaan met het massief stenen beeldje dat ze bij zich zou hebben en daarna wurgen. Het zou, net als bij Jacky, hooguit tien minuten duren.

Ze gaat niet en ze eist dat ik haar plaats inneem. Maar dat was niet de afspraak.

Ze zei dat ze had gezien hoe Roel verongelukte en dat daar wel degelijk mensen voor verantwoordelijk waren.

Mijn handen zochten steun bij de deurpost.

'Het was geen ongeluk,' beweerde ze.

Ik liet haar binnen.

Ze noemde de namen van de twee mannen en de vrouw en vertelde dat ze tegenover een van die mannen woonde en dat haar huis ongeveer honderd meter van mijn ouderlijk huis verwijderd was. Dat ze in haar tuin wat onkruid uit de grond trok toen ze een man in jacquet op een scooter aan de overkant zag naderen. Dat de twee mannen en de vrouw net uit een auto waren gestapt en tamelijk luidruchtig waren. Dat ze op de scooter af renden en dat de man in jacquet waarschijnlijk nooit had verwacht dat die lui hem zouden dwingen om uit te wijken. Dat hij toen in volle vaart tegen een boom knalde en de drie wegrenden, de tuin in, het huis in.

Dat ze zelf aan de grond genageld bleef staan, en pas in staat was om naar binnen te gaan toen ze in de verte sirenes hoorde. En dat ze later in de middag, toen de verongelukte man en zijn scooter waren afgevoerd, naar het huis aan de overkant was gegaan maar daar niemand meer thuis trof. Dat ze de volgende dag voor drie maanden naar haar broer in Canada zou gaan en ze ervan uitging dat de drie zich zouden melden bij de politie. Dat haar huis in die tijd te koop stond en verkocht was toen ze terugkwam. Dat ze het verschrikkelijke ongeluk van haar netvlies wilde hebben en daarom geen moeite deed om te achterhalen of die lui hun verantwoordelijkheid hadden genomen. Dat dit haar verschrikkelijk speet en dat ze toen haar liefste zus ook door de schuld van iemand anders verongelukte en van de dader elk spoor bleef ontbreken, toevallig iemand sprak die haar vertelde dat de verloofde van de verongelukte man nog steeds totaal van de wereld was door het ongeluk. Het deed er niet toe van wie ze dat hoorde en mij interesseerde het ook niet. Wat ik hoorde was dat er drie mensen schuldig waren aan Roels dood en dus verantwoordelijk voor mijn verlies. Dat die mensen gewoon verder waren gegaan met leven, terwijl ik me dood voelde.

'Ik kan nog steeds naar de politie gaan en vertellen wat ik toen heb gezien,' zei Selma. 'En wat gebeurt er dan? Dan krijgen ze hooguit een taakstraf. Ik los de afrekening liever zelf op, samen met jou.'

Ik was perplex. 'Dat meen je niet,' stamelde ik.

Selma kwam vlak voor me staan. 'Luister goed. Ik ben zevenenzestig, ik ben niet gezond, ik word niet oud. Ik heb veel onrecht meegemaakt in mijn leven en ik wil tenminste met één onrecht goed afrekenen. Met de moordenaar van mijn zus valt niets af te rekenen, daarom moet ik me op een andere manier wreken. De moordenaars van jouw lief zijn bekend. Dus zeg maar of je instapt.'

Als ze drie weken eerder was gekomen had ik getwijfeld. Maar ze kwam op het moment dat ik zelf meer dan ooit behoefte had aan afrekenen. 'Ik stap in,' zei ik.

Ik kende haar niet, maar ze was natuurlijk ook geen naaste buur. Mijn ouders hadden nooit contact met de buren, behalve het groeten als de vuilcontainers aan de weg werden gezet. Maar het grote huis waar wij woonden met de enorme tuin en de dichte coniferenhaag die de tuin aan ieders zicht onttrok waren ook niet echt uitnodigend. Mijn ouderlijk huis staat op het grootste stuk grond aan een doorgaande weg en heeft de meeste kubieke meters inhoud van alle huizen in de omgeving. Selma heeft me verteld dat iedereen die in de buurt woonde ons huis 'dat huis van die rijke chirurg' noemde. De meeste mensen wisten niet eens hoe we heetten.

Toen ze me vertelde dat ze had gezien wat er met Roel was gebeurd, kon ik dat nauwelijks verdragen. Maar later wende ik aan het idee dat zij hem heeft gezien tijdens de laatste momenten dat hij leefde. Toen werd dat een gedachte die me troostte.

Ze neemt direct op. 'Ja?'

Ik haal diep adem. 'We hebben afgesproken dat ik het voorbereidende werk doe en jij het uitvoerende. Dat blijft zo.'

Ze verbreekt direct de verbinding.

Er is iets veranderd. Roel is weg.

13

Remco heeft Arjan ontvoerd uit zijn winkel, omdat hij wil praten. Ze hebben Theo beloofd dat ze in het dichtstbijzijnde café gaan zitten, zodat Arjan snel terug kan als het onverwacht druk wordt.

Arjan vertelt dat het vandaag de eerste rustige dag is na twee hectische weken. Er verschijnen de laatste tijd steeds meer nieuwe klanten in de winkel en hij denkt dat dit te maken heeft met de sluiting van de dierenspeciaalzaak die aan de andere kant van het winkelcentrum gevestigd was.

'Mazzel voor je dus, dat die ermee opgehouden is,' constateert Remco. 'Hoe gaat het verder met jou en de meisjes?'

'Wisselend,' is het antwoord. 'Met mij gaat het wel goed, maar de kinderen hebben het moeilijk. Het begint tot ze door te dringen dat ze hun moeder nooit meer zullen zien en ze reageren hun verdriet natuurlijk af.'

'Op jou?'

'Meer op Nicolette. Ik heb de indruk dat ze haar kwalijk nemen dat zij wél leeft en Jacky niet meer. Vooral Floortje is nogal afstandelijk en ik moet bijna iedere dag beloven dat Nicolette niet bij ons komt wonen.'

'Heftig, zeg. Wat wil jij?'

'Ik wil niets liever dan met haar samenwonen, maar ik ben voorzichtig. De meisjes gaan nu voor.'

'En hoe stelt Nicolette zich op?'

'Die begrijpt het goed. Ze is er regelmatig, maar ze dringt zich niet op. Demi is toegankelijker voor haar. Toch hebben we afgesproken dat Nicolette daar niet te veel op ingaat, om te voorkomen dat er ruis ontstaat tussen de meisjes. Er is ook goed nieuws. Ik heb vrijwel zeker mijn huis verkocht aan een jong stel dat er geen problemen mee heeft dat daar iemand is vermoord.'

'Nog een mazzel voor je. Waar hangt het nog van af? Financiën?'

'Ja, ik hoor begin volgende week of ze de hypotheek rondkrijgen. *We keep our fingers crossed.* Maar we praten weer alleen over mij en mijn gezin. We lijken wel twee babbelende meiden. Jij wilde praten, dus vertel.'

Remco neemt een grote slok bier. 'Het is nogal verwarrend. Of misschien ook niet.'

'Dat is duidelijk.' Arjan glimlacht. 'Nu nog een keer, maar dan graag een antwoord waar ik iets van begrijp.'

Remco friemelt aan zijn bierviltje. 'Ik heb aan Leonie verteld wat er vijf jaar geleden gebeurd is.'

Er valt een diepe stilte.

'Waarom?' wil Arjan weten.

'Omdat het nodig was. Omdat ik me begon te realiseren dat ik geen kinderen wil vanuit schuldbesef.'

'Maar wij waren niet echt schuldig, dat weet jij ook wel. Het is logisch dat we ons een beetje schuldig voelen, maar dat moeten we wel binnen de juiste proporties houden. Laten we er geen emotioneel circus van maken.'

'Je vindt dat ik overdrijf,' stelt Remco vast.

Er valt weer een stilte.

'In zekere zin vind ik dat inderdaad,' geeft Arjan toe. Hij lijkt even na te denken voor hij verdergaat. 'Ik vraag me af of jouw weerstand tegen het vaderschap niet een andere reden heeft.'

'En welke reden mag dat dan wel zijn?'

'Daar zul je zelf over moeten nadenken.'

Remco breekt het bierviltje in twee stukken. 'Ga je nu de psycholoog uithangen? Over meidenpraat gesproken!'

Arjan bestelt nog een koffie. 'Ik probeer niet de psycholoog uit te hangen, ik probeer een goed gesprek met je te hebben. Je bent mijn beste vriend, ik vertrouw je en ik hoop dat dat wederzijds is. Daar ga ik van uit, als ik eerlijk ben. Dus om de vraag nog duidelijker te maken: wil je geen vader worden of wil je het wel, maar niet samen met Leonie?'

Remco staart zijn vriend aan.

'Misschien moet je daar dieper over nadenken,' voegt Arjan eraan toe. De ober zet een tweede kop koffie voor hem neer en vraagt of Remco nog iets wil drinken.

Remco bedankt.

'Ik zou, als ik jou was, niet aan Belinda vertellen dat je Leonie hebt ingelicht,' adviseert Arjan.

Remco's bierviltje bestaat nu uit zes stukken.

'Zeg eens wat,' dringt Arjan aan.

'Weet jij zeker dat je niets met de dood van je vrouw te maken hebt?' vraagt Remco.

Arjan drinkt zijn kopje leeg en staat op. 'Ik reken wel af.'

'Eigen schuld,' mompelt Remco.

14

Hij heeft het tweede pilsje niet opgedronken en loopt doelloos rond in het winkelcentrum. Het gesprek met Arjan zit hem dwars, en vooral de laatste vraag die hij zelf stelde. Dat was onder de gordel, hij weet het. Waarom deed hij dat?

Remco denkt dat hij nu het beste terug kan gaan naar de winkel van Arjan om zijn excuses aan te bieden. De opmerking die hij maakte moet zo snel mogelijk de wereld weer uit en hij moet beter nadenken voor hij iets zegt. Minder snel beledigd zijn. Zich meer bezighouden met wat hij zelf doet en denkt. En voelt.

De vraag die Arjan stelde laat hem niet los.

'Wil je geen vader worden of wil je het wel, maar niet samen met Leonie?'

Wat een rotvraag is dat. Maar het is vooral zwaar bezopen dat hij op deze vraag geen passend antwoord heeft.

Zijn auto rijdt als uit zichzelf de richting uit die Remco niet wil nemen. Hij heeft vandaag niets bij de moeder te zoeken, ze is echt de laatste persoon die iets voor hem kan betekenen. Hij mag die vrouw niet lastigvallen, ze heeft al genoeg te verwerken. Het was haar zoon die verongelukte, haar jongste kind. Haar lieveling. En alle spijt van de wereld kan haar verlies niet ongedaan maken. 'Snap dat toch eens, zak,' briest hij tegen zichzelf.

Haar auto staat op de oprit, maar in het huis is niemand te bekennen. Hij stapt uit en tuurt door het raam van de woonkamer. Misschien is ze op de fiets boodschappen gaan doen? Of ze slaapt, dat doen oudere mensen wel 's middags. Maar zo oud is ze toch nog niet? Het maakt ook niet uit, ze is weg. Slapend of fietsend of misschien zich ergens verbergend omdat ze hem zag aankomen. Ze zegt altijd wel dat ze het fijn vindt dat hij nog steeds komt, maar meent ze dat?

Hij stapt weer in zijn auto en start de motor. Snel wegwezen! Opeens voelt deze straat, dit huis, de vrouw die er woont niet goed.

Dit is een vreemde middag. Eerst beledigt hij zijn beste vriend, daarna wordt hij naar het huis van de moeder gedirigeerd en nu staat hij bij het graf van de man die nog had moeten leven.

Links en rechts van de steen staan grafvazen, gevuld met bloemen. Verse bloemen.

Hij had ook iets moeten meenemen.

Moe, zo verschrikkelijk moe. Even op het voeteneinde van de steen zitten. Remco kijkt om zich heen. Niemand kan hem betrappen.

Hij streelt over de steen en tuurt naar de letters en de cijfers in het marmer. 'Misschien wordt het tijd om het af te sluiten,' zegt hij. 'Het spijt me meer dan ik in woorden kan uitdrukken. Maar het is gebeurd en ik moet verder. Mijn leven begint op een puinhoop te lijken, dat wil ik niet. Vind je het goed dat ik verderga?'

Het graf zwijgt. Maar het is geen onaangenaam zwijgen.

Hij staat op. 'Dag...' Verder komt hij niet.

Als hij weer in zijn auto zit, besluit hij om langs de zaak te rijden. Leonie doet vandaag de administratie. Voor vanavond staat een huisbezoek gepland, dat gaat hij doen. Ze hebben afgesproken dat hij kookt, maar hij kan nog wel even zijn gezicht laten zien. En iets aardigs zeggen.

Er zijn overal blauwe zwaailichten. Er staat een ambulance voor de deur. Even verderop twee politieauto's.

Remco parkeert de auto snel op de enige nog lege parkeerplaats en stapt uit. Iemand wijst in zijn richting. Hij begint te rennen.

Een agent houdt hem tegen. 'U kunt niet naar binnen, meneer.'

'Dat is mijn bedrijf, mijn vrouw is daar. Ik móét naar binnen.'

Er komt nog een agent bij.

'Dat is mijn bedrijf, ik moet naar binnen,' herhaalt Remco.

De agenten kijken elkaar aan.

'Wat is er gebeurd? Zég iets!'

'Er is iemand overvallen,' antwoordt de agent die hem nog steeds vasthoudt. 'De schoonmaker vond haar. Er is sprake van zwaar lichamelijk letsel, u kunt echt niet naar binnen. Het slachtoffer kan elk moment naar het ziekenhuis worden vervoerd.'

'Is ze dood?' schreeuwt hij bijna. Hij snikt. 'Ze is dood, hè? Dat kan niet waar zijn.'

De andere agent raakt zijn arm aan. 'Mijn collega zei het al; er is sprake van zwaar lichamelijk letsel. Hoofdletsel. Maar ze is niet dood.'

Het volgende moment ziet Remco twee ambulancebroeders, geassisteerd door twee agenten, een brancard naar buiten rijden waar iemand op ligt. Is dat Leonie? Iemand houdt een grote plastic zak in de lucht waar een slang uit komt. De persoon op de brancard is helemaal ingepakt in witte lakens. 'Is dat mijn vrouw?' kan hij nog uitbrengen. Daarna zakt hij door zijn knieën.

'We rijden achter de ambulance aan naar het ziekenhuis,' hoort hij iemand zeggen. Hij weet niet welke agent het is, het doet er ook niet toe. Het enige wat ertoe doet is dat ze nog leeft en dat ze moet blijven leven. Dat ze helemaal moet herstellen. Dat ze altijd bij hem moet blijven.

Dat hij ervoor moet zorgen dat ze moeder wordt.

4 juli

Het is voorpaginanieuws. Er wordt met grote koppen aangekondigd dat gistermiddag een vrouw ternauwernood aan de dood is ontsnapt, doordat haar belager werd gestoord toen hij haar molesteerde.

Opvallend, dat er direct van wordt uitgegaan dat de dader een man was.

De vrouw is vervoerd naar het ziekenhuis, ze ligt in coma maar haar toestand is stabiel.

Het gaat om Leonie Krefelt, ook al wordt er geen naam genoemd. Het slachtoffer is mede-eigenaar van een uitvaartcentrum, dus dat kan niet missen. Verder is alles mis aan dit bericht.

Ik moet met Selma praten en niet per telefoon. Ik wil weten wat er is misgegaan en wat ze van plan is. Krefelt is opgenomen in het ziekenhuis, er wordt niet gesproken over levensgevaar, dus de kans bestaat dat ze uit haar coma ontwaakt. Heeft ze Selma goed genoeg gezien om een signalement te kunnen geven? Selma zal toch wel een goede vermomming hebben gebruikt?

Ik heb wel eens ergens gelezen dat mensen die in coma zijn geraakt door ernstig lichamelijk letsel zich achteraf niets meer herinneren van de periode die aan het letsel voorafging. In het gunstigste geval zou dat kunnen betekenen dat Leonie haar belager niet kan beschrijven. Maar als dat wél het geval is?

Ik krijg visioenen van een diepgaand rechercheonderzoek, DNA-profielen. Misschien herinnert Leonie zich niet het gezicht van Selma, maar het is goed mogelijk dat ze nog wel weet dat er een vrouw kwam praten over de uitvaartmogelijkheden voor haar tante en dat er daarna een compositietekening op de televisie verschijnt. Was dan de vermomming die ik gebruikt heb afdoende?

Ik zie overal Roels ogen die misprijzend naar me kijken.

Ik had nooit moeten zeggen dat ik instapte.

Vreemd eigenlijk, dat ik me nog niet eerder heb afgevraagd of de reden waarom Selma het uitvoerende deel van ons plan in eigen hand wilde houden wel klopt. Vanaf ons eerste contact heeft ze benadrukt dat zij degene moest zijn die de drie personen waar het om ging zou uitschakelen. Ik moest het voorwerk doen, zij deed het vuile werk. Dat eiste ze, omdat ze alleen dan de haat die ze koesterde tegen de moordenaar van haar zus zou kunnen loslaten.

Als ik er nu dieper over nadenk, vraag ik me af waarom ze zo veel risico's zou nemen om af te rekenen met mensen met wie ze persoonlijk niets te maken heeft. Waarom ze juist deze drie heeft gekozen.

Waarom ze mij heeft gekozen.

Klopt dat wel? En zo niet, wat klopt er dan niet?

De vanzelfsprekendheid van onze afspraak is momenteel ver te zoeken. Als ik eerlijk ben tegen mezelf, voel ik me al niet echt goed sinds ik de deur uitstapte bij Jacky Horree.

Spreekt nu mijn geweten?

Heb ik een geweten? Dat zou betekenen dat ik gevoelens heb, in dit geval voor een slachtoffer dat ik haat, omdat zij kon doorgaan terwijl alles voor mij stopte. En omdat ze samen was met een van de moordenaars van mijn lief.

Ik loop rond met verkrampte schouders en voortdurend gebalde vuisten. Mijn nekspieren doen pijn. Ik heb het de hele dag koud.

Ik moet met Selma praten.

5 juli

Ze valt bijna naar binnen en sluit de deur snel achter zich.

'Ook goedemorgen,' begroet ik haar.

'Het is jouw schuld,' begint ze. 'Als jij was gegaan zou het niet mislukt zijn. Je wist dat ik slecht liep en toch liet je me barsten.'

Ik kijk naar haar benen. 'Toen je binnenstapte was er niets te zien van gehink op één been. Je bent snel genezen.'

'Ik heb een injectie gekregen van mijn huisarts. Een smerige injectie, maar wel een doeltreffende. Ik wist niet dat dat mogelijk was, daarom vroeg ik aan jou om voor één keer mijn plaats in te nemen. En zie wat het heeft gebracht.'

Ik nodig haar uit om me te volgen naar de woonkamer. Ze gaat op de bank zitten. Ik plof neer in een van de fauteuils. 'Wat heeft het volgens jou gebracht, Selma?'

'Extra en onnodig risico. Die vrouw ligt nu in coma, maar uit een coma kun je ontwaken. Dan gaan haar vragen gesteld worden en herinnert zij zich jouw bezoek en later de komst van jouw zogenaamde tante. Ze reageerde heel afwachtend toen ik me voorstelde. Terughoudend, dat was ze. Heel terughoudend. Ik had direct het idee dat ze me niet vertrouwde.'

'Het is goed mogelijk dat ze zich juist niets meer herinnert van wat voorafging aan het coma. Dat heb ik pas nog ergens gelezen. Mensen die door een ongeluk buiten westen raken schijnen zich als ze weer bijkomen niets meer te kunnen herinneren van wat er gebeurde vóór de bewusteloosheid. Die herinnering is dan volledig gewist.'

In Selma's tas begint haar mobiel te rinkelen. Ze haalt hem tevoorschijn. Er zit een breed stuk knalgele tape over de display geplakt. Ze ziet dat ik daarnaar kijk. 'Ik laat dat ding overal slingeren en door de tape kan ik hem beter terugvinden,' legt ze uit. Ze tuurt naar de display. 'Ik moet die gele streep wat smaller maken, nu zie ik net niet wie er belt. Nou ja, ze bellen maar terug.' Ze stopt de mobiel weer in haar tas. 'Waar waren we? Je zei iets over bewusteloosheid en geheugenverlies, maar het lijkt me toch te link. We moeten niets wagen.'

'Hoezo?' Ik voel dat mijn handen weer koud zijn.

Selma kijkt me geërgerd aan. 'Jij denkt echt nergens over na, hè? Misschien maakt het jou niets uit, maar mij wel. Ik wil in de laatste maanden van mijn leven niet worden ontmaskerd en ik wil al helemaal niet worden opgesloten.'

Ik staar haar aan. 'Laatste maanden van je leven?'

'Laatste maanden van mijn leven,' herhaalt ze. 'De tijd begint te dringen, Marijn. Ik wil de klus geklaard hebben en rustig mijn hoofd kunnen neerleggen.'

Ik moet een paar keer slikken. 'Dat spijt me voor je. Ik had niet in de gaten dat...'

'Zit er maar niet over in, ik heb het aanvaard. Nogmaals: ik wil dit afmaken. Doe je nog mee?'

'Wat moet ik doen?'

'Zien dat je in het ziekenhuis komt. Ik kan er wel achter komen waar ze ligt en als jij dan op een onbewaakt ogenblik naar binnen sluipt, is de kans groot dat je haar alsnog kunt uitschakelen.'

Ik heb een droge keel. 'Hoe?' Waarschijnlijk heeft ze me niet verstaan.

'Zo snel mogelijk, het liefst zo clean mogelijk. Lucht in de infuusslang spuiten bijvoorbeeld. Ik geef je een lege injectiespuit mee. Smoren met een kussen is ook effectief, maar duurt misschien te lang. Bloedvergieten is te link, je moet gewoon het ziekenhuis weer uit kunnen wandelen. Wat denk je zelf?'

'Dat kan ik niet,' zeg ik.

Selma buigt zich naar me toe. 'Vergeet niet dat door toedoen van drie bezopen vrienden jouw trouwdag nooit kwam en jij de belangrijkste man van de wereld kwijtraakte. Dat is onvergeeflijk, toch?'

Ik ga rechtop zitten. 'Dat is onvergeeflijk.'

'Juist. En het zal ook onvergeeflijk zijn als ik in de problemen kom vanwege jouw tegenwerking. Dat gaat gebeuren als je nu niet doet wat ik zeg. Nee, nu geen vragen, ik leg het je later uit. Daar kun je op rekenen. Je gaat eerst zo snel mogelijk naar dat ziekenhuis, voordat die trut opeens haar ogen opent. Ik zorg ervoor dat je vandaag nog weet waar je precies moet zijn. Actie Krefelt was dikke pech, maar we laten ons niet kisten. We kisten anderen, zo is het toch?'

'We kisten anderen,' herhaal ik.

15

Belinda heeft een grote bos bloemen bij zich, want volgens haar kunnen mooie bloemen een troost zijn.

Typisch Belinda om zoiets te zeggen. Ze kust hem op de mond.

Arjan komt even later aan. Hij heeft een grote tas vol boodschappen bij zich en kondigt aan dat hij gaat koken.

Remco heeft Arjan als eerste gebeld toen hij in het ziekenhuis arriveerde. Die reageerde geschrokken en deed of er niets tussen hen was gebeurd. Remco probeerde een excuus te formuleren, maar Arjan viel hem direct in de rede. Niet nodig, zoiets kon gebeuren, was de boodschap. Zand erover.

Remco zou het liefst dag en nacht in het ziekenhuis zijn, maar iedereen die hij tot nu toe heeft gesproken zegt dat dit geen enkel nut heeft. Leonie ligt in een diep coma, ze weet niet of hij er wel of niet is en ze wordt uitstekend verzorgd. Als hij niet bij haar in de buurt is heeft hij regelmatig contact met de verpleging en niemand zegt dat hij te vaak belt of overbodige vragen stelt. Ook al belt hij te vaak en stelt hij overbodige vragen.

Hij had niet eerst lullig moeten gaan doen tegen Arjan en hij had zeker niet naar de moeder moeten gaan. Als hij eerder bij het bedrijf was aangekomen zou de overvaller geen kans hebben gehad. Belinda zegt dat hij daar niet zeker van kan zijn. Voor hetzelfde geld hadden Leonie en hij nu allebei op de intensive care gelegen.

Typische opmerking van Belinda, die lult vaker uit haar nek.

Hij heeft al een paar dagen weinig gegeten. Soms een boterham, soms een paar crackers. Het eten smaakt hem niet, er zit voortdurend een prop in zijn keel die hij niet weg krijgt. Drinken gaat des te beter. En hij wordt niet dronken, ook al zoiets vreemds.

Arjan vraagt of Remco zin heeft in een vleesgerecht of een visgerecht.

Kan iemand hem vertellen waar hij zin in heeft?

'Ik blijf me maar afvragen wat er gebeurd kan zijn,' peinst Belinda. 'Is er de laatste tijd iets gebeurd wat je niet vertrouwde?'

Remco herinnert zich dat Leonie iets vertelde over een vrouw die informatie wilde hebben over de toekomstige uitvaart van haar terminale tante. Leonie heeft haar naam genoemd, maar die kan hij zich niet meer herinneren.

'Misschien staat die naam in de agenda,' oppert Belinda.

Remco sluit zijn ogen. Er was nog wat, denkt hij. Leonies gevoel dat ze gevolgd werd. En iemand die had opgebeld zonder iets te zeggen. Hoe zat dat precies? 'Er was nog wat,' zegt hij. 'Maar mijn geheugen is één grote zeef.'

'Dat komt door de stress,' meent Belinda. 'Ben je al verhoord door de politie?'

Remco moet weer diep nadenken. 'Er stelde iemand vragen in het ziekenhuis op de avond dat Leonie daar net lag. Ik kan me niet eens herinneren of het een man of een vrouw was.'

Arjan reikt hem een glas wijn aan. 'Deze wijn is heerlijk, proef maar eens. Ik denk dat de politie nog wel meer vragen gaat stellen. Kun je dat aan? Lukt het wel om te slapen?'

Remco haalt zijn schouders op.

'Je werkt momenteel toch niet, hè?' vraagt Belinda.

Remco schudt zijn hoofd. 'Ik heb een bericht op het antwoordapparaat gezet. We zijn de komende drie weken niet beschikbaar. Misschien is Leonie wel nooit meer...' Zijn stem breekt.

Belinda wiegt hem in haar armen. Ze ruikt lekker en voelt zacht aan. Maar hij wil haar niet, hij wil zijn eigen vrouw. Ligt die ooit nog tegen hem aan?

Arjan en Belinda praten op zachte toon met elkaar. Remco wil weten waar ze het over hebben.

'Belinda denkt volgens mij veel te ver,' licht Arjan toe. 'Ze denkt dat het geen toeval is dat binnen korte tijd twee vrouwen die getrouwd zijn met mannen uit dezelfde vriendenkring worden aangevallen.'

Remco merkt dat zijn handen trillen. Hij klemt ze over elkaar, maar hij kan ze niet stilhouden. 'Dat is ook in mij opgekomen,' zegt hij.

'Je moet eten,' beslist Arjan. 'Ik maak een vleesschotel.'

16

Remco zit naast Arjan en probeert te begrijpen wat de arts vertelt. Hij heeft al gegoogeld op 'coma' en daardoor weet hij dat dit een toestand is van diepe bewusteloosheid als gevolg van bijvoorbeeld hersenletsel. Hij weet ook dat iemand die in coma ligt medicijnen per infuus krijgt toegediend om de druk van de hersenen te verlagen en de zwelling van de hersenen te beperken. En dat het mogelijk is om een patiënt ademhalingsondersteuning te geven met behulp van een beademingsmachine. Verder heeft hij niet willen lezen, omdat hij dit niet durfde. Wie weet welke rampen er nog in het verschiet kunnen liggen, daar hoeft hij nog even niets van te weten.

De persoon die Leonie te grazen heeft genomen heeft haar stevig geraakt en moet daarbij een zwaar voorwerp hebben gebruikt. De arts benadrukt een paar keer dat de situatie ernstig is en zorgelijk.

Zorgelijk? Waar heeft die vent het over? Remco kijkt Arjan aan.

'Begrijp je het?' vraagt Arjan.

Remco haalt diep adem. 'Wat moet ik begrijpen? Gaat ze dood? Zal ze gehandicapt zijn als ze bijkomt?'

De arts kucht een paar keer. 'De gevolgen zijn moeilijk te

voorspellen, ze verschillen per persoon. Als de patiënt binnen een aantal uren of een paar dagen ontwaakt zijn er meestal nauwelijks gevolgen. Dat ligt anders als het coma langer aanhoudt.'

'Ze ligt daar nu al meer dan een week,' stelt Remco vast. 'Het gaat dus niet goed komen?'

'Het is moeilijk te voorspellen,' antwoordt de arts. 'Ik zei al dat de situatie zorgelijk is. Hoe eerder uw vrouw ontwaakt, des te meer kans er is op beperkte schade.'

'Schade,' herhaalt Remco. 'Schade. Verdomme! Ze moet volledig herstellen, zodat we kunnen doorgaan met ons leven. Ze wil moeder worden en ik heb al te lang gewacht met haar een kind te gunnen. Ze moet wakker worden!'

Arjan grijpt zijn hand vast.

De dokter zwijgt.

Ze staan naast het bed waar Leonie in ligt. Haar hoofd is verpakt in verband, ze is omgeven door apparaten. Overal zijn slangen.

'Ze lijkt helemaal niet meer op mijn meisje,' zegt Remco. Verder komt hij niet.

De rechercheur heeft zich voorgesteld, maar Remco is zijn naam alweer kwijt. Wat doet het er ook toe hoe die snuiter heet? Waarom is hij hier eigenlijk? Laat hem achter de dader aan gaan, dan doet hij nog iets nuttigs. Hij is blij dat Arjan bij hem is, die zal wel onthouden wat er allemaal gezegd wordt.

Remco vertelt opnieuw wat hij zich herinnert van de afgelopen tijd. De eerste dagen na de aanval op Leonie wist hij niets meer van wat er was gebeurd, maar nu lukt het beter om wat ze tegen hem zei terug te halen. Hij kan alleen nog steeds niet op de naam komen van de vrouw die informatie kwam vragen voor de toekomstige uitvaart van haar terminale tante. En in de agenda staat geen naam vermeld.

De rechercheur heeft vandaag veel belangstelling voor Remco's vriendenkring. Hij wil ook met Belinda praten en Arjan biedt aan haar te bellen en te vragen of ze kan komen. Hij loopt naar de gang om het gesprek te voeren en komt een minuut later terug. Ze komt eraan, is de boodschap.

Remco krijgt een onbehaaglijk gevoel in zijn maagstreek. Hij zoekt oogcontact met Arjan, maar die kijkt weg.

De rechercheur is ervan op de hoogte dat recent de vrouw van Arjan door een geweldsdelict om het leven is gekomen en hij wil weten of de vrienden een verband zien met de aanslag op het leven van Leonie.

Remco voelt zijn nagels tegen zijn handpalmen drukken. Dat doet pijn, hij opent zijn handen en beweegt zijn vingers een paar keer.

De rechercheur ziet het, maar reageert er niet op.

'Volgens mij puur toeval,' antwoordt Arjan. Zijn gezicht verraadt irritatie als hij de suggestie van de rechercheur tegenspreekt, maar die laat zich daardoor niet misleiden.

Hij wil weten hoe lang ze al met elkaar omgaan en of er ooit iets gebeurd is wat consequenties zou kunnen hebben.

Remco staart naar de grond. Hij voelt dat Arjan hem aanstoot.

Hij gaat snel rechtop zitten. 'We kennen elkaar al sinds de eerste dag dat we naar de middelbare school gingen. Natuurlijk hebben we samen al heel wat meegemaakt, maar niets wat ons kan worden nagedragen. Het was puur toeval, ik zou niet weten wie het op de levens van onze vrouwen kan hebben voorzien. Denk je soms dat we lid zijn van een of andere criminele organisatie?'

'Daar komt Belinda aan,' roept Arjan. Hij springt van zijn stoel en loopt snel naar de deur. 'Ik laat haar wel binnen.'

Ze wachten zwijgend. In de gang zijn stemmen, maar ze kunnen niet verstaan wat er wordt gezegd. Belinda en Arjan komen binnen.

Remco hoopt dat ze hem niet wéér op de mond kust, hij zou het niet kunnen verdragen.

Ze kust hem op zijn wang. 'Komt goed,' fluistert ze.

13 juli

De intensive care ligt op de eerste verdieping. Je wandelt er gewoon naartoe, niemand houdt je tegen. Onvoorstelbaar, dat je ondanks alle dreiging van extremisme in de wereld gewoon een ziekenhuis kunt binnenwandelen. Als er ergens sprake is van kwetsbare posities, is het toch wel in zo'n gebouw. Ik zou nu zonder problemen om me heen kunnen gaan schieten en een hele afdeling kunnen uitroeien. Het lijkt ook een fluitje van een cent om een bepaalde patiënt het laatste zetje te geven. Selma heeft me verteld waar ze ligt. Daar kwam ze ook al zo gemakkelijk achter. Gewoon even bellen naar het ziekenhuis en vragen naar welke kamer ze een kaart kon sturen voor Leonie Krefelt. Echt ongelooflijk.

Er zit een lege injectiespuit in mijn zak. Maar word ik wel toegelaten als ik niet kan aantonen dat ik familie ben? De pruik die ik draag kriebelt. De bril zakt steeds van mijn neus. De opvulling van mijn bh, waardoor het lijkt alsof ik grote borsten heb, zit me in de weg.

Wat doe ik hier? Waarom heb ik me laten dwingen om hiernaartoe te gaan?

Ik wil hier niet zijn. Maar als ik eraan denk dat Leonie Krefelt misschien wakker wordt, krijg ik bijna geen lucht.

Ik had Selma nooit binnen moeten laten. Mijn leven was veel overzichtelijker gebleven als ik niet had geweten dat de dood van Roel geen ongeluk was. Nu ik dat weet wordt mijn verlies minder goed beheersbaar. Het voegt niets toe, ik raak steeds meer kwijt.

Ik kan nog rechtsomkeert maken.

Halverwege de gang waar ik doorheen moet zit een vrouw met een meisje op schoot. Het kind ligt tegen haar aan geleund en huilt. De vrouw geeft haar kusjes. 'Stil maar, stil maar,' sust ze. 'Jij bent mama's lieveling.'

Mijn benen weigeren dienst.

'Mama heeft weer erge pijn in haar rug,' was het signaal dat ik vreesde. Mijn moeder maakte na die zin iedere keer met een handgebaar duidelijk dat ik naar boven moest om het bad te laten vollopen. Niet te heet, wel lekker warm. Drie keer knijpen in de fles met badschuim en het water stevig met de handen opkloppen tot de hele bovenkant uit schuim bestond. Pas daarna roepen dat ze kon komen.

Ze eiste dat ik haar uitkleedde en haar kleren netjes opvouwde. Dat kon ze zelf niet, daarvoor was de rugpijn te hevig. Het verbaasde me dat die pijn als een duveltje uit een doosje tevoorschijn kon komen. Mijn moeder stond vrijwel dagelijks op de tennisbaan en vaak zag ik haar in haar tenniskleding uit de auto stappen. Dan zwaaide ze haar benen naast de bestuurdersstoel, dook daarna op de achterbank om haar tas en racket te pakken en liep kaarsrecht met soepele bewegingen naar de voordeur. Een kwartier later kon de pijn in de rug er van het ene op het andere moment voor zorgen dat ze dringend in een warm bad moest gaan zitten.

Iets in mij zei dat het niet klopte wat ik deed. Als ik op haar bevel met het washandje over haar borsten streek en haar tepels zag zwellen, kneep ik mijn ogen dicht. Ik zorgde ervoor dat het schuim vooral de zwarte bos haar tussen haar benen bedekte. Ik vond dat haar afgrijselijk om te zien en ik vroeg me af of ik dat ook zou krijgen als ik groot was. Ik keek de andere kant op als de handen van mijn moeder onder water verdwenen en probeerde niet te horen dat haar ademhaling versnelde en ze vreemde geluiden maakte. En iedere keer moest ik beloven dat ik niet aan papa zou vertellen dat mama zo vaak in bad ging. 'Dat vindt hij verspilling van water,' zei ze. 'Het is ons geheim.'

Op een nacht werd ik wakker en ontdekte dat ik in bed had geplast. Ik sloop met het beddengoed naar de wasmachine. Ik voelde me hopeloos eenzaam en verlangde verschrikkelijk naar Joeri.

Ik had niet gehoord dat er iemand naar beneden kwam en ik gaf een gil van schrik toen er plotseling een hand op mijn schouder werd gelegd. Mijn moeder trok me dicht tegen zich aan. 'Luister, meisje, luister goed,' fluisterde ze. 'Als jij doet wat mama wil, dan word je mama's lieveling.'

Ik wurmde me los.

Ik heb geen gang gezien, geen uitgang, ik weet niet wie ik ben tegengekomen. Ik sta opeens buiten.

Zoek iemand anders, Selma. Wat je ook van me maakt, geen moordenaar.

14 juli

'Ik ben te lang niet geweest,' zeg ik tegen mijn vader. Hij houdt zijn ogen gesloten en haalt rustig adem.

'Je vader is de afgelopen nacht nogal aan het rommelen geweest,' vertelt de verzorgster die in de woonkamer is. 'Daarom is hij vandaag een beetje duf. Goed dat je komt. Is het mogelijk dat hij een paar nieuwe overhemden krijgt? Ze slijten nogal, omdat we ze zo vaak moeten wassen.'

Ik sta op en zeg dat ik even in de kledingkast van mijn vader ga kijken om te zien hoeveel overhemden ik het beste kan kopen.

Er hangen nieuwe foto's op het prikbord boven zijn bed. Ik bekijk ze. Twee foto's van Benthe op de tennisbaan. Ik slik een paar keer. Een foto van mijn neef. Benthes oudste kind is een mooie man geworden. Ik reken uit hoe oud hij nu is. Vierentwintig. Hij lijkt op Joeri. Er hangt ook een foto van mijn nichtjes. Die zijn nu achttien en twintig. Ze hebben een koele blik in hun ogen. Zo kunnen mijn moeder en Benthe ook kijken. En vlak mij niet uit.

Ik heb mijn neef en nichten niet meer gezien sinds de dag dat ik zou trouwen en Benthe zag ik voor het laatst op de drieënzeventigste verjaardag van onze moeder. Ze was samen met onze broer Gus gekomen, en ze heeft mij toen samen met hem de deur uit gezet. Gus dreigde nog me aan te klagen wegens laster. Mijn moeder riep dat ik altijd al een leugenachtig kind was geweest.

Ik haal de foto's van Benthe van het prikbord. De foto's van haar kinderen laat ik met rust, die zijn geen partij. Het zal mijn vader niet opvallen dat die foto's daar hangen en mocht hij het zien, dan weet hij niet wie het zijn. Hij weet van niemand meer wie het is, ik vermoed dat hij ook niet meer weet wie hij zelf is. Wat een trieste afloop van een dienstbaar en intellectueel hoogstaand leven. Vijf jaar geleden gaf hij nog supervisie aan jonge chirurgen en nu zit er een slab onder zijn kin als iemand hem te eten geeft. Desondanks moeten zijn overhemden veel te vaak gewassen worden.

Ik kijk weer naar de foto's van Benthe. Ze is een dikkere versie van onze moeder. Zou ze ook al een vaste klant zijn van de plastisch chirurg? Ik verscheur de foto's en daarna duik ik in de kledingkast van mijn vader en stel vast dat er minstens zes nieuwe overhemden moeten komen. De twee zomervesten die er hangen zijn ook behoorlijk vaal geworden. Zouden ze die met een bleekwasmiddel wassen? Ik ga een grote fles Robijn Color kopen en dan zeg ik tegen de verzorgers dat ze de kleren van mijn vader alleen daarmee mogen behandelen.

Mijn vader is wakker. Zijn ogen lichten even op als hij me ziet. Herkent hij me nu of verbeeld ik me dat maar? Hoop ik misschien tegen beter weten in?

'We vinden allemaal dat het beter gaat met je vader,' meldt de verzorgster.

Ik weet niet wat ik hiervan moet denken. Zit er opeens vooruitgang in zijn dementerende brein? Is vooruitgang dan mogelijk?

De verzorgster wijst naar buiten. 'Kijk, meneer Bentink van Heemstede, een poes. U houdt toch zo van poezen?'

Mijn vader wijst nu ook naar buiten. Hij straalt.

Sinds wanneer houdt hij van poezen? Wat hebben we allemaal nog meer gemist?

De verzorgster vertelt dat de poes in een van de andere huisjes woont, maar regelmatig komt buurten. En dat ze dan niet weg te slaan is van mijn vaders schoot.

Ik vond het heerlijk als mijn vader thuis was, want dan mocht ik op zijn schoot klimmen. Er bestond geen fijner gevoel dan zijn armen om me heen en mijn wang tegen zijn wang.

'Hou eens op met dat geflikflooi,' zei mijn moeder als het haar te lang duurde. Ik kon erop rekenen dat ze extra vaak in bad wilde na zo'n opmerking.

Ze begon erop aan te dringen dat ik met het washandje heel hard tussen haar benen wreef. Ze lag wijdbeens in bad, haar armen steunden op de badrand. Ze rolde met haar ogen en maakte rare geluiden. Ik probeerde niet te kijken en vooral niet te luisteren. Na afloop voelde ik me vies, maar ik begreep niet goed waarom. En iedere keer als het gebeurde moest ik zweren niets tegen mijn vader te zeggen vanwege de verspilling van het water.

Mijn vader wiegt zachtjes met zijn hoofd. Hij heeft zijn ogen weer gesloten. Ik geef hem een kus op zijn voorhoofd en voel opeens twee handen mijn hoofd naar beneden trekken.

Hij kust me zachtjes op mijn wang.

'Volgens mij houdt hij heel veel van je,' zegt de verzorgster.

17

Remco zoekt overal informatie over coma's. Op internet zijn de links niet te tellen en hij merkt dat hij van slag raakt door wat hij leest. Vooral de ervaringsverhalen van mensen die een traumatisch hersenletsel hebben opgelopen hakken erin. Het wordt hem steeds meer duidelijk dat Leonie nu snel wakker moet worden, omdat de kans op psychische en fysieke invaliditeit na een langdurig coma niet te vermijden lijkt.

Hij wil net ophouden met lezen, als hij op het verhaal stuit van een vrouw die vijf weken in coma lag nadat ze als fietser door een motor was aangereden en met haar hoofd op het wegdek terechtkwam. Ze werd na anderhalve maand in het ziekenhuis te hebben gelegen overgeplaatst naar een revalidatiecentrum en daar heeft ze negen maanden gerevalideerd. Met goed resultaat, leest hij. De vrouw is inmiddels weer volledig arbeidsgeschikt, ze moet alleen anti-epileptica gebruiken en heeft soms wat moeite met oriëntatie en inprenting. Dat betekent dat ze altijd een notitieblok bij zich heeft, zowel tijdens haar werk als daarbuiten. Daar valt goed mee te leven, is de conclusie.

Remco leest het verslag voor de tweede keer. Vijf weken coma, daarna wakker geworden en weer arbeidsgeschikt verklaard. Het is dus mogelijk dat het goed afloopt. Wat maakt het uit dat je de rest van je leven medicijnen moet slikken en misschien wat meer moeite dan voorheen hebt met oriënteren en onthouden? Hij zal Leonie helpen waar dat nodig is, hij laat haar nooit in de steek.

Leonie is nu twee weken niet te wekken, wordt intraveneus gevoed, maar ademt inmiddels zelfstandig. Dat is al progressie, nu nog wakker worden. Nog drie weken de tijd, zo voelt het.

Hij heeft drie uur naast het bed gezeten en vrijwel de hele tijd naar haar gezicht gekeken. Het is hem niet gelukt om in de vrouw die in dat bed lag Leonie terug te vinden. Ze lijkt alleen een beetje op haar, maar ze is niet wie ze was. Er is een deel van haar verdwenen. Die gedachte is verschrikkelijk, Remco wil dit niet denken en toch denkt hij het. Hij verzet zich ertegen, neemt het zichzelf kwalijk, wordt boos.

Is haar geest vertrokken? Zit hij tegen beter weten in op een wonder te hopen? Komt wat weg is nooit meer terug? Er zijn nog geen vijf weken verstreken, het kan nog goed komen. Het moet goed komen. Het moet, het moet, het moet! Verdomme!

In de hal van het ziekenhuis staat een vrouw met een kind. Het kind zwaait naar hem. Hij heft aarzelend zijn hand op en kijkt achterom. Niemand. Ze zwaait echt naar hém.

De vrouw lacht. 'Ze vindt zwaaien opeens het leukste wat er is. Ze verzint elke week iets anders,' legt ze uit.

Remco knikt en loopt verder. Hij ziet het uitdrukkingsloze gezicht van Leonie voor zich. Niet aan denken.

Iemand roept zijn naam. Hij draait zich om. Het is Arjan. 'Ik wilde even langs Leonie, jij komt er zeker net vandaan? Dan ga ik morgen wel of overmorgen. Zullen we ergens iets gaan drinken?'

Remco wil weigeren, maar Arjan heeft al beslist waar ze naartoe gaan: naar het café schuin tegenover het ziekenhuis. Op het terras is geen plaats, maar binnen zit niemand.

Arjan haalt twee pilsjes bij de bar en gaat tegenover hem zitten. 'De rechercheur die laatst bij je was en met ons wilde praten is weer bij me geweest,' zegt hij. 'Hij was aanvankelijk vriendelijk, maar in de loop van het gesprek raakte hij behoorlijk geïrriteerd.'

'Zei je iets waardoor hij geïrriteerd raakte?' vraagt Remco.

Arjan maakt een snuivend geluid. 'Ik denk dat het kwam door wat ik níét zei. Ik had sterk de indruk dat hij zijn mening aan me wilde opdringen.'

'Wat bedoel je daarmee?'

'Wat ik zeg. Ze zijn er volgens mij bij de politie van overtuigd dat wat met Jacky en Leonie is gebeurd geen toeval is. Hij suggereerde nog net niet dat wij iets te verbergen hebben.'

'We kunnen ook gewoon vertellen wat er is gebeurd,' antwoordt Remco.

20 juli

'We gaan verder met de volgende,' zegt Selma. 'Je had gelijk, zolang Krefelt in coma ligt, kan er niets gebeuren. Het is te link om iets te ondernemen in dat ziekenhuis. We wachten dus even af hoe de situatie zich ontwikkelt. Het is heel goed mogelijk dat ze niet ontwaakt of pas over maanden of jaren. Dan is er niet veel meer over van haar brein.'

Ze maakt een nerveuze indruk en ik twijfel of ik daar vragen over moet stellen. Later misschien. Op dit moment houdt een andere vraag me vooral bezig. 'Wie bedoel je met "we"?'

'Jij en ik natuurlijk. Wie anders?'

'De laatste keer dat ik je sprak zei je dat het onvergeeflijk zou zijn als jij in de problemen kwam vanwege mijn tegenwerking. Je leek er sterk van overtuigd te zijn dat dit zou gebeuren als ik niet deed wat je zei. Klopt het dat er nog iemand anders is betrokken bij waar wij mee bezig zijn?'

'Hoe kom je erbij? Wie zou dat moeten zijn?'

'Vertel het maar.'

'Niemand.'

Ik zie dat haar mondhoeken bewegen en wijs naar haar mond. 'Wat is dat voor zenuwtrekje?'

Ze wordt boos. 'Hou op, zeg. Doe normaal. Ik doe dit allemaal voor jou.'

'Ik dacht dat je het vooral deed om de dood van je zus te wreken.'

Haar ogen staan donker.

'Je kent mij nauwelijks, Selma. Je beweert dat je van iemand hebt gehoord dat ik stuk was van verdriet en je vond het noodzakelijk om aan mij bekend te maken dat mijn verloofde niet zomaar een ongeluk heeft gehad. Daarna bood je aan om de partners van de mensen die schuldig zijn aan zijn dood uit de weg te ruimen.'

'Daar heb je niet tegen geprotesteerd,' zegt Selma. 'Je was zelfs bereid om het noodzakelijke voorwerk te doen. Is dat opeens veranderd?'

Ik zwijg.

'We gaan van koers veranderen,' meldt Selma. 'De politie is niet gek, voor je het weet staan ze ons op te wachten als we in de buurt komen van de derde partner. We gaan dus de volgende keer geen partner maar een dader pakken, en we nemen de vrouw van dat vriendenstel. Belinda Keesom. Ze werkt in een schoenenzaak, dus je kunt heel gemakkelijk uitvogelen op welke dagen en op welke tijden. En op welke uren ze eventueel alleen in die winkel staat. Maar misschien is het handig om niet alleen te gaan. Kun je iemand meenemen? Een vriendin misschien?'

'Ik heb geen vriendin.'

'Doe niet zo raar, iedereen heeft wel een vriendin. Of een vriend.'

'Ik zou met mijn vader kunnen gaan. Hij zit in een tehuis en ik ben zijn zaakwaarnemer.'

'Goed idee. Schoenen kopen voor je demente vader.'

'Ik zei niet dat hij dement is.'

Selma knippert met haar ogen. 'Niet? Nou ja, ik neem blijkbaar direct aan dat hij dement is. Waarom zou hij anders in een tehuis zitten?'

'Hij zou ook verlamd kunnen zijn of zoiets.'

Selma is duidelijk geïrriteerd. 'Zeg, houden we dit? Ga je nu opeens overal een punt van maken? Is hij dement of verlamd? Of gewoon kierewiet?'

'Hij is dement. Sorry dat ik zo lullig doe.' Ik ben er niet zeker van dat ik dit meen, maar het lijkt me toch het juiste antwoord. Ik moet eens goed nadenken over waar ik mee bezig ben, dat is me in ieder geval wel duidelijk. Er is iets wat me niet bevalt, maar ik kan daar momenteel de vinger niet op leggen. Dat 'we' klopt volgens mij niet.

'Hoe ziet die Belinda Keesom eruit?' vraag ik.

'Ze is klein en tenger, een Indisch type.'

'En als er in die winkel meer Indische types rondlopen?'

'Dan let je goed op of iemand haar aanspreekt, maar vaak dragen verkoopsters in die zaken een naambordje. Je kunt zelf toch ook wel iets verzinnen om erachter te komen wie Belinda is? Hoe verzin je anders al die boekjes die je schrijft?' Selma staat op. 'Ik moet straks voor controle naar het ziekenhuis en mijn dochter brengt me. Het is dus beter als je nu weggaat. Ga zaterdag maar naar die schoenenzaak, op zaterdag moeten de meeste verkoopsters werken.' Ze loopt voor me uit naar de voordeur. 'Niet inzitten over Krefelt, die ligt daar voorlopig goed en vormt geen risico zolang ze slaapt. Ik hoor wel van je wat je te weten bent gekomen.'

Het volgende moment sta ik buiten. Ik had nog willen zeggen dat ik niet inzit over Krefelt, maar wel over iets anders. Want hoe weet Selma dat ik 'boekjes' schrijf?

22 juli

Ik heb de hele dag geschreven. Mijn maag rammelt en ik sterf van de dorst. Niet verstandig, Bentink, om jezelf zo te verwaarlozen. Er ligt een gevuld stokbrood in de koelkast waarop als uiterste consumeerdatum 20 juli vermeld staat. Ik denk niet dat ik doodga als ik het vandaag nog opeet. Een koude rosé lijkt me niet handig op zo'n lege maag, die neem ik later wel. Vanmiddag heb ik mijn mobiel verschillende keren horen overgaan, maar ik heb niet opgenomen. Er staan twee gemiste oproepen vermeld en één nieuw bericht.

Haar stem klinkt gejaagd. Ze hijgt een beetje. Ze noemt niet haar naam, maar ik hoor direct dat het Selma is. 'Ik ben even weg, ik moet uit beeld. Heb bezoek gehad van de politie. Voelt niet goed. Meld me wel als ik terug ben. Ga niet in op anonieme berichten. Wees voorzichtig.'

Daarna een klik.

Ik luister het bericht opnieuw af. Bezoek gehad van de politie?

Dit moet ze me beter uitleggen, dus ik bel terug. Er wordt gemeld dat dit nummer geen bereik heeft.

Ik heb het hele stokbrood opgegeten zonder iets te proeven. De rosé laat ik staan, eerst maar een paar koppen sterke koffie. Ik luister het bericht voor de derde keer af.

Ze is niet alleen gejaagd, er klinkt ook schrik door in haar stem. Of is het angst?

'Heb bezoek gehad van de politie. Voelt niet goed.'

Ik ga gewoon naar haar toe, ze kan best nog thuis zijn.

Haar auto staat voor de deur. Zie je wel, die is helemaal niet weg. Maar waarom stuurt ze me zulke vreemde berichten? Ik kijk om me heen. Het is stil op straat. De meeste mensen zitten natuurlijk naar het journaal te kijken. Dat is prima, ik heb het gevoel dat ik beter zo onopgemerkt mogelijk kan blijven, zelfs al gebruik ik voor dit bezoek een vermomming waardoor ik mezelf niet eens herkende toen ik in de spiegel keek. Ik twijfelde eerst over een vermomming, maar ik heb toch besloten om toe te geven aan deze impuls. Selma heeft bezoek gehad van de politie. Wie weet wie ik hier nog meer aantref.

Ik loop snel naar de voordeur en bel aan. Er komt iemand aan. Selma is wel thuis, waarom stuurt ze dan van die vreemde berichten? Als ze de deur opent zal ik direct zeggen dat ik het ben, voor het geval dat ze me niet herkent.

Er verschijnt een vrouw in de deuropening. Ze lijkt op Isa Hoes.

'Hallo,' zegt de vrouw.

Ik groet ook en vraag of Selma er is.

'Had je iets met haar afgesproken?'

Ik denk snel na. 'Ik zou deze week even koffie komen drinken,' is het eerste wat me te binnen schiet.

'Ik ben Julianne, haar dochter,' zegt de vrouw.

'Ik ben Isa,' verzin ik ter plekke. Hoe heet ik verder? Geen Hoes, natuurlijk. 'De Hoop. Isa de Hoop.'

'Waar ken je mijn moeder van?'

'Van toen we nog in dezelfde straat woonden.'

'Heb je ook in deze straat gewoond?' Julianne maakt een uitnodigend gebaar. 'Kom even binnen. Mijn moeder is er niet. Eerlijk gezegd weet ik niet waar ze uithangt. Ik kreeg een berichtje dat ze een paar weken wegging en het verzoek om de planten en de post te verzorgen. Ze meldt zich wel weer.'

Ik stap de gang in. 'Maak je je dan niet ongerust?'

Julianne biedt me koffie aan, maar ik bedank. We staan in de gang en ik vind dit een ongemakkelijke situatie. Julianne lijkt nergens last van te hebben. 'Je vroeg of ik me ongerust maak. Nee hoor, ik ben er onderhand wel aan gewend dat ze soms even moet bijtanken.'

'Heeft dat met haar gezondheid te maken?'

Julianne lijkt verbaasd te zijn door mijn vraag. 'Gezondheid? Met mijn moeders gezondheid is gelukkig niets mis. Ze heeft het soms nodig om even helemaal alleen te zijn sinds mijn broer...'

Ik wacht op wat ze verder gaat zeggen.

'Je weet waarschijnlijk wel dat mijn broer vijf jaar geleden is verongelukt.'

Heb ik het al die tijd verkeerd begrepen? Ze had het toch steeds over haar zus? 'Ik dacht dat haar zus was verongelukt.'

'Mijn moeder heeft geen zus,' zegt Julianne.

Belinda

I

Belinda kan het onbehaaglijke gevoel niet van zich afzetten. Sinds ze opnieuw met Arjan en Remco heeft gesproken is ze van slag. Wat heeft Remco bezield om eerst alles aan Leonie te vertellen en daarna ook nog met de politie te praten? Nu komt alles weer bovendrijven, terwijl de tijd zo mooi zijn werk had gedaan. Het is vijf jaar geleden en hun levens zijn verdergegaan. Dat is normaal, je kunt niet steeds achterom blijven kijken naar iets waaraan niets meer te veranderen valt. Ze hebben alle drie een grote fout gemaakt en daar zullen ze hun hele leven spijt van hebben. Ze zullen ook nooit meer een dergelijke fout maken. Maar nu is het klaar, vindt ze. Remco had zijn mond moeten houden.

Dries is drie dagen geleden naar Italië vertrokken. Hij rijdt samen met een collega met wie hij het goed kan vinden en dan zijn die drie weken goed uit te houden. Vorig jaar moest hij vaak samenwerken met iemand die alleen maar mopperde en toen heeft hij een paar keer tegen Belinda gezegd dat hij er serieus over dacht om ander werk te zoeken. Op een stadsbus, bijvoorbeeld. Maar Dries is een geboren touringcarchauffeur, die gaat volgens haar dood op een stadsbus. Ze heeft hem daarom niet gesteund bij zijn plannen en nu hij deze zomer weer veel samenwerkt met zijn favoriete collega hoort ze hem ook niet meer over solliciteren. Ze vindt drie weken wel een lange tijd om alleen te zijn, zeker nu ze zich zo rot voelt. Aan de andere kant is het misschien juist goed dat Dries er nu niet is, hij zou misschien vragen gaan stellen die ze niet kan en wil beantwoorden. Hij weet niet wat er vijf jaar geleden is gebeurd en dat wil ze zo houden. Hij weet ook niet dat Remco en zij een tijdje wat met elkaar hebben gehad, totdat Remco Leonie tegenkwam en hij voor háár koos. Daarover heeft ze tegen iedereen luchtig gedaan en ze heeft verkondigd dat het nooit echt serieus was geweest tussen haar en Remco. Ze heeft de vrijage spielerei genoemd, oefenen voor het grote werk. Vrijheid, blijheid. Niet lang daarna kwam ze Dries tegen en heeft ze zich in een relatie met hem gestort. En toen hij haar drie maanden na hun kennismaking ten huwelijk vroeg, heeft ze direct ja gezegd. Ze dacht dat een huwelijk zou helpen om wat ze nog steeds voor Remco voelde te laten verdwijnen. Maar het verdween niet echt, het werd naar de achtergrond verplaatst. En sinds Leonie in coma ligt, is het terug. Ofschoon Remco op geen enkele toenaderingspoging reageert, ondanks zijn loslippigheid. Dat gevoel helpt ook mee aan haar momenteel wankele evenwicht. En daar kan ze met niemand over praten.

Ze heeft tegen de mannen gezegd dat ze volgens haar allemaal maar snel moeten vergeten dat Remco aan de politie heeft verteld wat er vijf jaar geleden is gebeurd. Iedereen zal begrijpen dat geen van hen daadwerkelijk iets ten laste kan worden gelegd. Het was een ongeluk en het blijft een ongeluk. Meer was het niet! Arjan beaamde dit, Remco keek moeilijk. Dat heeft ze genegeerd. Ze is niet van plan om hem op welke manier dan ook iets in de weg te leggen. Ze wil juist dichter bij hem komen. Maar ze moet voorzichtig zijn, zeker zolang Leonie nog leeft. Ze zal Remco steunen in de overtuiging dat zijn vrouw weer wakker wordt en helemaal herstelt, ook al gelooft ze dat niet. Hij vertelt steeds wat hij leest op internet over coma's en hij klampt zich vast aan een paar succesverhalen. Belinda leest ook en ze heeft ontdekt dat hoe langer het coma duurt, hoe meer kans er is op blijvend hersenletsel. Leonie is nu al vier weken niet te wekken, dat voorspelt niet veel goeds.

Ze wil het niet denken, maar soms gaan haar gedachten hun eigen gang en betrapt ze zich op de fantasie over een toekomst met Remco. Ze herinnert zich nog zo goed hoe het was om met hem te vrijen. Daar heeft haar seksleven met Dries niet naast gelegen. Was ze die keer dat ze ontdekte dat ze na een wilde nacht was vergeten de pil te slikken maar niet naar de dokter gegaan. Had ze die morning-afterpil maar niet genomen. Dan was er geen Leonie geweest en later geen Dries. Dan had zij nu samen met Remco een eigen bedrijf gehad in plaats van een dienstverband bij een schoenenwinkel. Maar het kan nog, als Leonie niet meer wakker wordt. Niet meteen, ze zal geduld moeten hebben. Toch krijgt ze de man die ze wil hebben. Ooit.

Ze heeft vlak voor sluitingstijd besloten om nog even langs het ziekenhuis te gaan. Misschien is Remco daar ook. Misschien wil hij samen iets gaan eten.

Achter haar rijdt een bumperklever. Ze gaat een paar keer boven op haar rem staan, maar de bestuurder houdt er niet mee op. Belinda probeert in haar achteruitkijkspiegel te zien wie er achter het stuur zit. Een man. Of een vrouw met heel kort haar. Ze kijkt weer naar de weg en kan net op tijd remmen. Nu zat ze zelf nota bene bijna op de auto die voor háár rijdt.

Ze hijgt van schrik.

De auto die achter haar zat is een zijstraat ingereden.

Het is druk op de parkeerplaats bij het ziekenhuis. Ze moet drie keer rondrijden voordat ze een plaats vindt. Haar maag borrelt.

Leonie ligt nog steeds onbeweeglijk in bed. Ze gaat steeds minder op de vrouw lijken die ze was en steeds meer op een levende dode. Wanneer zouden de doktoren met Remco gaan praten over het verwijderen van het voedings- en vochtinfuus? Dat gaat natuurlijk een keer gebeuren. Dan zal Belinda huilen, net als Remco en Arjan. Vrienden delen zulke emoties en zij zal geen spelbreker zijn.

Vrienden geven elkaar troost en troost kent vele vormen.

2

Ze zijn het met elkaar eens dat ze in deze periode vaker bij elkaar moeten komen. Vanavond zijn de mannen bij haar.

Belinda controleert of ze alles heeft gekocht. Bier, witte wijn, oude kaas, leverworst, augurken, zilveruitjes, chips en dipsauzen. Alles is er.

Ze weet dat Remco graag een borrel drinkt naast zijn bier, daarom heeft ze ook een fles jonge jenever in de vriezer gelegd. Als het haar lukt hem te veel te laten drinken, kan ze hem het logeerbed aanbieden. Verder ziet ze dan wel wat er gebeurt. Het moet subtiel gaan, hij mag zich nergens toe gedwongen voelen. Ze is nog steeds zijn beste vriendin en ze zal hem laten zien wat dat betekent.

Arjan arriveert een kwartier te vroeg. Hij ziet er moe uit en zegt dat hij inderdaad wel eens fitter is geweest. 'Het is de combinatie van een drukke zaak en de zorg voor twee kinderen,' legt hij uit. 'Maar ik klaag niet, want ik ben blij dat ik de meisjes bij me heb.'

'Denk jij dat degene die Jacky heeft vermoord en Leonie heeft geprobeerd te vermoorden iets wilde afrekenen?' vraagt Belinda. Ze bedenkt op hetzelfde moment dat ze dit helemaal niet wil weten. Maar waarom vraagt ze het dan?

'Waarom vraag je dat?' wil Arjan weten.

'Laat maar, het heeft me allemaal meer aangegrepen dan ik aanvankelijk in de gaten had. Ik had ook het idee dat de politie daar met al die vragen heel erg op aanstuurde. Had jij dat niet?'

Arjan zegt dat hij zin heeft in koffie.

'Je praat eroverheen,' stelt Belinda vast.

'Wie zou onze partners iets willen doen, Belin, en met welke reden? Om dat ongeluk? Zij waren er toch niet bij betrokken?'

'Misschien wil iemand óns straffen.' Denkt ze dat echt? Ja, ontdekt ze nu, dat denkt ze.

'Wie zou ons willen straffen?'

Ze kijkt Arjan strak aan. 'Zijn moeder?'

'Heeft Remco daar iets over gezegd?'

'Ik spreek Remco de laatste tijd nauwelijks. Hij is slecht bereikbaar en ik weet niet hoe ik me moet opstellen.'

'Ik denk dat je hem niet op zijn mond moet kussen.'

Belinda staart Arjan aan. 'Pardon?'

'Hij heeft me verteld dat je dat deed en dat hij het niet fijn vond. Hij is momenteel erg kwetsbaar, ik zou daar als ik jou was rekening mee houden.' Arjan loopt naar het raam. 'Daar komt hij aan. Bij hem vergeleken zie ik eruit als een jonge god.' Hij loopt naar de gang.

Belinda heeft zin om te vloeken.

Remco wilde direct aan het bier.

Belinda heeft besloten om de jenever voorlopig nog buiten beeld te houden en staat nu de kaas te snijden. Ze probeert met opeengeklemde lippen de blokjes allemaal even groot te maken.

Opeens staat Remco naast haar. Hij raakt de hand aan waarmee ze snijdt. Ze kijkt op. 'Heb je gehoord wat ik net aan Arjan vertelde? Nee? Dat dacht ik al. Ik vertelde dat ik de zus van…

de zus tegenkwam. En van haar hoorde ik dat de moeder nogal plotseling op vakantie was gegaan.'

'Wij moeten niet met die familie bezig willen zijn, Remco.'

'Maar vind jij dit dan niet beangstigend? Eerst wordt Jacky vermoord, dan Leonie bijna, en opeens is de moeder nergens meer te vinden. Dat zou toch best iets met elkaar te maken kunnen hebben? Je weet dat ik aan de politie heb verteld wat er vijf jaar geleden is gebeurd. Zouden die lui met de moeder zijn gaan praten en is ze daarna gevlucht?'

'Volgens mij heeft niemand gezegd dat ze is gevlucht of nergens is te vinden, alleen dat ze tamelijk plotseling op vakantie is gegaan. Ik vind dat niet vreemd. Je leest te veel thrillers.'

'Ik lees nooit thrillers. Ik lees helemaal niets, behalve de krant. Ik vertrouw dit niet.'

Hij staat nu heel dicht naast haar en het windt haar op. Hij ruikt nog steeds bekend.

Remco doet een stap opzij. 'Misschien denk ik inderdaad te ver. Ik ben niet op mijn best, wie kan me dat kwalijk nemen? Ander onderwerp. Mag ik je een heel persoonlijke vraag stellen? Zou jij bij Dries weggaan als blijkt dat het medisch traject ook geen soelaas biedt?'

Belinda laat het mes vallen. Ze bukt zich snel om het op te rapen. 'Waar komt die vraag opeens vandaan?' Ze vraagt zich af of ze te verstaan is.

'Ik blijf maar denken dat er niets gebeurd zou zijn als ik niet voor Leonies kinderwens was gaan liggen. Ik denk dat je een vrouw daardoor wanhopig kunt maken en dat ze daarom niet op tijd heeft gemerkt dat degene die haar neersloeg iets van plan was.'

Belinda legt het mes neer en gaat voor hem staan. 'Doe dit niet, val jezelf niet lastig met dat soort verwijten. Geloof me, het is niet jouw schuld dat Leonie is neergeslagen. Ja, ongewenste kinderloosheid doet pijn. Maar je wordt er echt niet zo wanhopig van dat alles wat er om je heen gebeurt je ontgaat. Dit heeft absoluut niets met jouw weigering te maken. Hoor je me? Absoluut niets.'

Remco doet een stap naar achteren. 'Volgens mij komt iemand bloemen bezorgen,' zegt hij.

3

Remco en Arjan wilden weten van wie de bloemen kwamen en wat er op het kaartje stond. Ze geloofden niet dat Dries ze had gestuurd.

Arjan beweerde dat Belinda's man veel te nuchter is voor dit soort romantische uitspattingen. Hij bedoelde natuurlijk dat hij Dries saai vindt.

Remco drong erop aan dat ze het haar beste vrienden eerlijk zou vertellen als ze een geheime relatie had. Hij onderstreepte meerdere keren dat ze hun mond zouden houden en dat ze haar niet zouden veroordelen. Ook al probeerde hij het allemaal op een luchtige toon te zeggen, ze hoorde de afkeuring in zijn stem. Of was het jaloezie?

Toen ze een geheime relatie bleef ontkennen begon Remco te beweren dat de bloemen waarschijnlijk door Dries waren gestuurd, omdat hij iets had goed te maken. Hij bleef erop aandringen dat Belinda zou vertellen wat haar onschuldig lijkende echtgenoot had uitgevreten. Maar ze hoorde in zijn stem het ongeloof over de mogelijkheid dat Dries iets had uitgehaald.

Doordat er zo veel aandacht werd besteed aan de bloemen, hebben ze het niet meer gehad over de mogelijke reden van het molest tegen Jacky en Leonie. Als iemand iets zei wat in die richting ging, greep een van de anderen direct in.

Belinda is blij dat de mannen zeiden dat ze het niet laat wilden maken. Arjan stapte als eerste op. Remco dronk nog een kop sterke koffie en vertrok toen ook. Vlak voordat hij de voordeur achter zich dichttrok, vroeg hij aan Belinda of ze er wel eens aan dacht hoe het zou zijn geweest als hij Leonie niet had leren kennen. Toen heeft ze geantwoord dat hij dan volgens haar wel een andere vrouw was tegengekomen.

Later kwamen de tranen.

Ze heeft het boeket in een emmer in de bijkeuken gezet. De lacherige sfeer die ontstond toen Remco met het boeket binnenkwam stoorde Belinda. Daarom besloot ze niet direct te kijken van wie de bloemen kwamen. Van Dries waarschijnlijk. Haar man is veel verliefder op haar dan zij op hem, maar daarover doet ze geen mededelingen, ook niet tegen haar beste vrienden.

Juist niet tegen haar beste vrienden en zeker niet tegen Remco.

Deze avond had anders moeten aflopen en toch ook weer niet. Ze wordt gek van haar eigen getwijfel, van haar onzekerheid en van haar besluiteloosheid.

Waarom zou ze Remco nu niet gewoon bellen? Iets in haar zegt dat hij dan komt. Ze pakt haar mobiel en legt hem weer neer.

De bloemen komen van een zaak in het centrum. Ze koopt er in het voorjaar altijd violen, die ze in de bakken bij de voordeur zet.

Er zit een kaartje bij de bloemen. Belinda leest wat erop staat. *Sterkte voor later.*

Ze draait het kaartje om. De achterkant is leeg. Sterkte voor later, waar gaat dit over? Ze zoekt tussen de bloemen naar een aanwijzing door wie ze zijn gestuurd. Niets.

Ze draait het kaartje nog een keer om. Er staat echt niets op de achterkant.

Ze krijgt kippenvel op haar armen.

4 augustus

Ik ben alweer drie keer bij mijn vader op bezoek geweest. Ik ga iedere keer minstens een uur met hem wandelen. Als je met mijn vader wandelt is hij niet slaperig. Hij kijkt om zich heen, wijst naar vogels die langsvliegen en steekt zijn hand op tegen iedereen die we tegenkomen. Als ik iets tegen hem zeg, kijkt hij me blij aan. Maar er komt nooit een woord uit zijn mond.

Het lukt momenteel niet om aan het nieuwe manuscript te werken. Alles wat ik schrijf wordt dezelfde dag nog gewist. Ik krijg het niet voor elkaar om vrouwen in de overgang totaal ondersteboven te laten raken door de ontmoeting met een jeugdliefde. Het is ook niet mogelijk om misverstanden te creëren waarvan je al vanaf een kilometer afstand de oplossing ziet naderen. Ik kan alleen maar beledigende en uiterst krenkende dialogen bedenken die niemand wil lezen. Dat komt doordat ik boos ben.

Ik voel me verraden.

Toen de dochter van Selma me vertelde dat haar moeder geen zus had, wist ik niet wat ik moest zeggen. Ik begreep het niet goed, ik koos ervoor te denken dat die Julianne zich vergiste. Ze zag mijn verwarring en duwde me in de richting van de woonkamer. 'Nee, niet tegensputteren,' gebood ze. 'Ik weet niet wat er nu gebeurt, maar ik weet wel zeker dat ik je niet zo verward naar buiten laat gaan.'

In de woonkamer nodigde ze me uit om naast haar op de bank te komen zitten.

'Hoe kom je erbij dat mijn moeder een zus heeft?' vroeg ze.

Ik was blij dat ik zat. 'Dat heeft ze me verteld.'

'Wat heeft ze nog meer verteld?'

'Dat die zus is overleden doordat ze geschept is door een auto, dat de bestuurder van die auto is doorgereden en nooit is gevonden.'

Julianne klemde haar handen om haar hoofd en boog zich voorover. '*Oh my god*,' kreunde ze.

'Ze heeft me ook verteld dat ze terminaal ziek is.' Die mededeling kon nog wel, meende ik. Maar over het ongeluk van Roel ging ik niets zeggen.

Julianne staarde me aan. 'Terminaal ziek? Allemachtig! En ik maar denken dat het redelijk goed met haar gaat.'

'Ze is dus niet ziek en ze heeft geen zus die is doodgereden,' stelde ik vast.

Julianne veegde een traan weg die over haar wang rolde. 'Nee, het was mijn broer. Mijn jongere broer, ik heb nog twee oudere broers. Die wonen in Canada.' Ze slikte een paar keer. 'Mijn broertje was haar lieveling. Ze was veel te beschermend naar hem toe en dat vond hij hinderlijk. Ze bleef hem behandelen als een kind, zelfs toen hij de dertig al was gepasseerd. Daar kregen ze regelmatig ruzie over. Zei je nou dat je hier in de straat hebt gewoond?'

'Ik vergiste me, dat gold voor iemand anders. Ik ken je moeder uit de supermarkt hier om de hoek. Daar kwamen we elkaar steeds tegen en dan maakten we een praatje. Ze vroeg me een keer op de koffie en sindsdien kom ik regelmatig bij haar.' De leugen kwam spontaan in me op en verraste me.

'Ze heeft me nooit iets over je verteld,' zei Julianne.

'Kan zijn,' mompelde ik. 'Wat is er met je broer gebeurd?'

De vraag overviel haar, ze moest weer een paar keer slikken. 'Hij was met drie vrienden aan het stappen. Ze besloten ergens midden op de avond om naar een andere kroeg te gaan. Toen ze een zebrapad naderden, begon mijn broer opeens te rennen. Er kwam net een auto aan en die kon niet meer op tijd stoppen. Mijn broer was op slag dood. Het gebeurde vijf jaar geleden.'

Nu moest ik eerst slikken voordat ik weer iets kon zeggen. 'En die vrienden? Mankeerden zij niets?'

'Nee, maar ze waren er wel helemaal kapot van. Vol zelfverwijten, omdat ze hem niet hadden tegengehouden. Logisch, maar onterecht. Een van hen heeft daarna contact gehouden met mijn moeder. De anderen lieten niets meer van zich horen.'

'Verweet je moeder ze iets?'

'Eerst wel, maar mijn broers en ik hebben haar dat uit het hoofd gepraat. Er viel hun niets te verwijten. Echt niet.' Ze snoot even haar neus.

'Mijn broer hield van uitdagingen,' ging ze daarna verder. 'Hij nam vaak risico's, zakelijk en persoonlijk. We maanden hem om voorzichtiger te zijn, maar hij lachte alle raadgevingen altijd weg. Dan zei hij dat hij later, als hij oud was, zeker wilde weten dat hij alles uit het leven had gehaald wat eruit te halen viel.'

Het was even stil tussen ons.

'Ik denk dat ze die zus heeft verzonnen om niet over mijn broer te hoeven praten,' opperde Julianne.

Ik aarzelde of ik de vraag zou stellen die op mijn lippen brandde. Maar ik deed het toch. 'Ken je die vrienden? Weet je hoe ze heten?'

Ze veegde een traan weg. 'Ja. Ze heten Arjan, Remco en Belinda. Remco is degene die nog steeds komt.'

Op dat moment begon de kamer te draaien.

Ik denk elk uur van de dag aan dit gesprek en hoe vaker ik Julinnes woorden in gedachten herhaal, hoe meer ik verdwaald raak in de conclusies die ik trek. Ik hoorde later nog dat Selma al twintig jaar in hetzelfde huis woont, en dat ze nooit een van de buren van mijn ouders is geweest.

Ze heeft niet gezien dat Roel het ongeluk kreeg, want ze woonde niet op de plek waar ze beweerde gewoond te hebben. Maar ze heeft niet alleen niets gezien, ze heeft ook gelogen over de toedracht van Roels ongeluk. Ze heeft mij wijsgemaakt dat daar drie mensen verantwoordelijk voor waren en ik heb haar geloofd. Alles was beter dan te moeten erkennen dat hij gewoon te hard heeft gereden op zijn scooter met de opgevoerde motor en waarschijnlijk ergens voor heeft moeten uitwijken. Misschien voor een kat. Hij kan ook verrast zijn door een insect dat in zijn oog vloog. Alles kan, maar er waren zeker niet drie vrienden verantwoordelijk voor het ongeluk van Roel. Er waren drie vrienden getuige van het ongeluk van hun vriend en de moeder van het slachtoffer heeft het laten voorkomen alsof ze niemand iets verweet.

Maar hoe kwam ze bij mij terecht? Hoe kon ze iets weten van wat mij is overkomen? En waarom wilde ze mij betrekken bij haar wraakacties?

Waarom wilde ik daarbij betrokken worden?

Als ik denk aan wat Jacky Horree en Leonie Krefelt is overkomen krijg ik het benauwd. In mijn hoofd heerst chaos. Ik word rustig van wandelen met mijn vader, ook al zegt hij niets.

Ik werd altijd rustig als mijn vader in de buurt was. Want dan voelde ik me veilig.

9 augustus

'Ik neem je mee naar het park,' zeg ik tegen mijn vader. 'Het is lekker weer. Niet te warm, weinig wind en geen bewolking. Begrijp je me, papa?'

We lopen langs een supermarkt. Mijn vader zwaait naar een jongetje dat net voorbijkomt. Hij draait zijn hoofd, om het kind na te kijken. Ik buig me voorover en ontmoet zijn lege blik.

Het maakt vandaag niet uit of hij iets begrijpt van wat ik zeg, het enige wat telt is dat ik bij hem kan zijn. In het park vind ik een bank die een eindje van het voetpad af staat. Ik parkeer de rolstoel naast de bank, zet hem op de handrem en ga ook zitten.

Mijn vader slurpt aan het rietje in het flesje chocomelk. En hij eet gretig de plak cake op die ik hem heb aangereikt.

Ergens in de buurt zijn stemmen. Boze stemmen. Iemand begint zelfs te schreeuwen.

Ik kijk om me heen. Waar komt dit vandaan? En hoe kan ik het laten ophouden? Er zijn blijkbaar mensen achter de struik die recht tegenover de bank staat waar ik zit. Ik wil die mensen niet afluisteren. Dat is niet beleefd, heb ik geleerd.

Sommige gebeurtenissen uit het verleden heb ik verdrongen en als ik eraan dreigde terug te denken zorgde ik voor voldoende afleiding. Het lukte dan altijd om die herinneringen niet toe te laten. Maar vandaag lukt dat niet.

Ik werd wakker van boze stemmen in de buurt, maar ik wist niet waar ze precies vandaan kwamen. Ik glipte uit bed en sloop naar de overloop. De stemmen kwamen uit de slaapkamer van mijn ouders.

Ik wist dat het ongepast was om gesprekken van andere mensen af te luisteren, dat had mijn moeder me vaak genoeg verteld. Meisjes uit mijn milieu deden zoiets niet. Als je toevallig iets hoorde wat niet voor jouw oren bestemd was, ging je snel ergens anders heen. Ik ging niet terug naar bed, ik liep juist naar de slaapkamerdeur die half openstond en spitste mijn oren.

'Ik dacht dat je het aantrekkelijk zou vinden,' hoorde ik mijn moeder zeggen. 'De vrouwen van mijn bridgeclub doen het allemaal.'

'Wat een hoogstaande gespreksonderwerpen hebben jullie op die bridgeclub,' snauwde mijn vader. 'Hoe dan ook, ik word er niet warm van.'

'Waarvan dan wél, Marc? Wat moet ik in vredesnaam doen om jouw interesse in mij weer te laten opleven? We hadden het ooit zo goed, waarom is daar niets meer van over? Ik heb behoeftes, is dat zo gek?'

'Verdomme, Agneta, bied je niet zo schaamteloos aan. Ik wil niet meer, wanneer wordt dat je eens duidelijk? Ik stel voor dat ik voortaan in de logeerkamer slaap.'

'Loop maar weg, dat kun je goed. Weglopen en me dingen verwijten waar ik niets aan kan doen. Nee, spreek me niet tegen. Ik had volgens jou toch beter op Joeri moeten letten? Als ik me meer om hem had bekommerd zou het toch niet gebeurd zijn? Ik ben toch geen goede moeder? Ik denk toch altijd alleen maar aan mezelf?' Ik hoorde haar een lading lucht opsnuiven. 'Heb ik die twee laatste kinderen soms in mijn eentje verwekt? Moest ik niet helemaal alleen voor alle gebroken nachten opdraaien? Jij bent er nooit, Marc. En als je er bent, heb je alleen aandacht voor je lievelingetje Marijn, ook al wil je daar nooit op worden aangesproken. Wat zit jou toch zo dwars dat je me niet meer kunt aanraken? Is het soms omdat ik niet meer zo strak ben als vroeger? Of windt je kleine meid je alleen nog op?'

'Doe niet zo krankzinnig,' schreeuwde mijn vader. Het volgende moment stond hij voor mijn neus. Ik schrok. Hij nam me bij mijn arm en duwde me in de richting van mijn slaapkamer. Voordat ik daar naar binnen ging, keek ik nog even om en zag mijn moeder in de deuropening van de slaapkamer van mijn ouders staan. Ze was naakt, maar er was nog iets. Ik staarde naar de kale plek tussen haar benen. Daarna keek ik weer naar haar gezicht en wist niet hoe snel ik in bed moest komen.

Ik lag nog uren wakker en luisterde naar de stilte in huis. Iedere keer als ik het beeld van de kale plek tussen mijn moeders benen voor me zag, kneep ik mijn ogen stevig dicht. Maar ik bleef het zien.

De volgende dag werd ik door een klasgenootje uitgenodigd op haar verjaardagsfeestje, dat een week later zou plaatsvinden. Ik was een van de drie meisjes die mee mochten naar de Efteling. Verrast en nog meer verbluft rende ik naar huis.

Mijn moeder was boven. Niet in bad, smeekte ik, laat haar nu niet in bad zitten. Ze riep dat ze in haar slaapkamer was en dat ik naar boven moest komen. Ze droeg haar zijden peignoir en rook naar net gedoucht. Ik begon meteen te vertellen dat ik was uitgenodigd om mee te gaan naar de Efteling en struikelde over mijn woorden.

'Zo, zo,' zei mijn moeder. 'De Efteling. Toe maar! Dan ben je een hele dag weg. Kun je wel zo lang van huis?'

Ik knikte heftig.

'En heb jij zo'n feestje verdiend? Nee, hè? Kinderen die aan de deur luisteren naar wat hun ouders met elkaar bespreken verdienen geen dagje Efteling.'

Mijn adem stokte. Ik wilde huilen, schreeuwen, gillen. Maar ik bleef doodstil staan.

'Je kunt het wel verdienen,' glimlachte mijn moeder.

Mijn hart bonkte in mijn borstkas. Ze wil in bad, dacht ik. Dat moet dan maar.

Mijn moeder trok haar peignoir uit en ging op de rand van haar bed zitten. Ze wenkte me. Daarna ging ze liggen en spreidde haar benen. Ze wenkte me met een vinger. 'Op je knieën,' zei ze.

Ik zakte door mijn knieën. 'Wil je niet in bad?' vroeg ik.

'Ik wil wat alle vrouwen willen.' Ze wees naar de onderkant van haar buik. 'Als jij niet zo belachelijk veel had gewogen toen je werd geboren was ik strak genoeg gebleven om... Ach, daar snap jij toch niets van. Wil je naar de Efteling?' Ze spreidde met de vingers van haar linkerhand de kale spleet tussen haar benen en trok met haar rechterhand mijn hoofd naar beneden. 'Likken,' gebood ze.

Ik sloeg haar handen weg en sprong overeind. 'Nee,' schreeuwde ik, 'dat doe ik niet. Dat is vies. Ik vertel het aan papa.'

Ze vloog overeind. 'Luister goed naar me, papa's kindje. Als jij het waagt om maar één woord over mij tegen je vader te zeggen, zorg ik ervoor dat niet alleen jouw papa je niet meer wil zien, maar iedereen aan wie ik vertel dat je een lelijke leugenaar bent. Ik schop je persoonlijk naar een internaat, begrepen? Kom hier!'

Ik zei niets tegen mijn vader.

Ik mocht niet mee naar de Efteling, want ik had niet onmiddellijk gehoorzaamd.

Daarna vernielde ik mijn moeders antieke glasservies.

Ik voel dat mijn vader naar me kijkt. Zijn handen liggen op zijn schoot. Het zijn oude, maar nog steeds mooie handen.

'Weet je nog dat ik het glasservies vernielde?' vraag ik aan hem.

Hij sluit zijn ogen.

4

'Ik heb bloemen voor je aangenomen,' roept de buurvrouw vanuit haar slaapkamerraam. 'Wacht even, ik kom naar beneden.'

Wéér bloemen? Misschien zijn ze verkeerd bezorgd en heeft de buurvrouw dat niet in de gaten gehad. Maar de bloemen zijn wel degelijk voor Belinda bestemd. Nadat ze de buurvrouw heeft bedankt, loopt ze snel naar binnen. Met trillende handen maakt ze het papier los dat om het boeket zit. Aan een van de stengels bungelt een kaartje.

Sterkte voor binnenkort.

Arjan heeft het erg druk in de winkel en kan niet praten. Remco neemt meteen op. Hij is op kantoor, vertelt hij. Er moet toch gewerkt worden, ook al staat zijn hoofd er niet naar. Is er iets?

Belinda heeft het gevoel dat ze zich te druk maakt om die bloemen. Wat Remco meemaakt is veel erger, ze moet niet zo overdrijven. Daarom probeert ze wat er is gebeurd zo luchtig mogelijk te vertellen.

'Ik kom nu naar je toe,' zegt Remco. 'Ben je thuis of op je werk?'

'Thuis, ik werk nooit op dinsdag.'

Hij komt. Dat is goed.

Ze omhelzen elkaar en Belinda heeft de indruk dat hij haar langer vasthoudt dan anders. Ze zou uren tegen hem aan kunnen liggen. Remco wil de kaartjes zien die bij de bloemen zaten. Hij leest wat erop staat. 'Heb je enig idee wie hierachter zit?' wil hij weten. 'Is er iemand die iets met je wil?'

Belinda haalt haar schouders op.

Hij gaat op de bank zitten. 'Het kan gestuurd zijn door iemand die je op stang wil jagen. Heb je ruzie gehad met een klant? Nee? Weet je ook zeker dat er niet iemand is die aandacht zoekt? Een collega of zo?' Hij bekijkt de kaartjes nog een keer. 'Dit voelt niet goed,' zegt hij. 'We kunnen de rechercheur bellen die het onderzoek van Leonie leidt. Laten we dat maar doen.'

Belinda aarzelt.

'Dit klopt niet, Belin. Laten we onze kop niet in het zand steken. Er gebeuren vreemde dingen en ik denk dat het met ons als vriendengroep te maken heeft. Denk aan wat er is gebeurd met Jacky en Leonie. Jacky ontving vreemde berichten, Leonie kreeg bezoek van iemand die ze niet vertrouwde. We namen het te licht op. Nu krijg jij opeens twee keer bloemen en vreemde wensen. Ik moet er niet aan denken dat een van ons ook iets overkomt. Dat jij het bent.'

'Heb jij een telefoonnummer van die rechercheur?' vraagt Belinda.

Terwijl ze wachten op de rechercheur, maakt Belinda een sandwich voor Remco. Hij heeft verteld dat hij de hele dag nog niets heeft gegeten en dat dit vaker voorkomt. De zalmsnippers die bestemd waren voor de pastaschotel die ze vanavond wilde maken worden besmeerd met roomkaas en daarna bestrooid met verse bieslook.

'Dat ziet er lekker uit,' zegt Remco. 'Ik merk nu pas dat ik enorme trek heb.'

'Je moet beter voor jezelf zorgen,' moppert Belinda.

'Ik ben een man voor wie gezorgd moet worden. Echt waar, ik vergeet gewoon iets te eten. Ben ik verwend?'

Ze kijkt toe als hij de sandwich eet. De man voor wie gezorgd moet worden geniet zichtbaar. Het voelt heel vertrouwd om hem hier te hebben, maar ze is op haar hoede. Ze weet niet wat er precies gaande is tussen hen, of er wel iets gaande is. En ze weet vooral niet of ze zich daarmee bezig moet houden.

'Hoe reageerde die rechercheur eigenlijk toen jij vertelde wat er met... wat er toen gebeurd is?' vraagt ze.

Remco pakt het servet dat naast zijn bord ligt en veegt zijn mond af. 'Weet je, Belin, ik vind dat we moeten ophouden met spastisch doen. Hij heette Jan Jaap, hij was onze vriend, en hij is voor onze ogen doodgereden. We waren allemaal dronken en baldadig en hij, zoals gewoonlijk, net een beetje baldadiger dan wij.' Remco legt het servet weer neer. 'Hij was de O van de club, weet je nog wel? Jij hebt onze benamingen zelf bedacht.'

Belinda is blij dat ze zit, omdat de verwijzing naar de benamingen haar raakt. De herinnering vliegt haar aan en maakt haar onzeker.

Ze vond dat de vriendenclub een naam moest hebben, omdat het niet zomaar een club was. 'We zijn een soort familie,' beweerde ze. 'En families hebben een naam.'

De mannen lachten haar voorstel weg, maar ze hield voet bij stuk.

'Geef zus haar zin,' bromde Arjan.

'Hou op, zeg!' riep Remco.

'Jij ligt altijd dwars,' beschuldigde ze hem. 'Jij bent dus de D.'

'Wat heb je nu weer bedacht?' vroeg Arjan. 'Krijgen we een titel die uit letters bestaat?'

Belinda probeerde geheimzinnig te kijken en werd uitgelachen.

'Wij zijn de D.O.B.U.-vrienden,' meldde ze. 'De dwarse, de overmoedige, de bedachtzame en de uitdagende, dat zijn wij.'
'Ik sta wel mooi vooraan,' stelde Remco vast.

'Jij vond het interessant dat de D van *dwarse* vooraan stond, weet je dat nog?' Belinda heeft haar stem weer in bedwang.

'Dat weet ik nog, en ik weet ook nog dat de O voor *overmoedige* stond. Dat was hij, Belin, dat was altijd zijn charme. Toen hij riep dat hij nog gemakkelijk dat zebrapad kon nemen hebben wij hem opgejut en geroepen dat hij dat niet durfde. Dat was fout, onvergeeflijk fout. Dom, ontzettend dom. Dronken gebral en verstand op nul.' Remco moet een paar keer slikken voor hij verder kan gaan. 'Ik zou alles wat ik bezit afgeven als ik het terug kon draaien, maar dat kan ik niet. Wat ik wel kan doen en wat ik de rest van mijn leven niet zal vergeten is ervoor zorgen dat ik nooit meer zo'n fout maak. Dat heb ik allemaal aan die rechercheur verteld en hij zei dat hij het begreep.' Hij schraapt zijn keel. 'Maar ik praat voortaan niet meer over "hem", maar gewoon over Jan Jaap. Zo heette hij en hij heeft er recht op om bij zijn naam genoemd te worden. Ik hoop dat jij dat ook gaat doen.'

'Ik zal het proberen,' belooft Belinda.

Remco staat op en trekt haar overeind. Hij slaat zijn armen om haar heen en drukt haar tegen zich aan.

Er wordt gebeld, hoort ze.

Hij laat haar los. 'Dat zal de recherche zijn.'

12 augustus

Ik heb een mail gestuurd naar mijn uitgever en hem verteld dat ik door privéomstandigheden voorlopig geen nieuw manuscript kan leveren. Hij mailde terug met de vraag wat 'voorlopig' inhield en daarop heb ik geantwoord dat ik minstens drie maanden rust nodig had. Daarna wenste hij me sterkte en meldde dat hij mijn volgende titel tot nader order zou uitstellen.

Ik heb rust nodig en vrijheid, ik wil ruimte hebben om na te denken.

Ik moet weer stabiel worden.

Selma heeft niets meer van zich laten horen en ik weet niet wat ik daarvan moet denken. Ik ga niet meer naar haar huis en ik ben blij dat ik goed vermomd was toen ik daar Selma's dochter trof. Want ergens in mijn hoofd zit een waarschuwend stemmetje dat me maant voorzichtig te zijn. Dat is er omdat ik het plotselinge vertrek van Selma niet vertrouw, maar ook omdat ik haar steeds weer hoor zeggen dat ze bezoek had gehad van de politie. Zou ze zijn ondergedoken? En is het mogelijk dat haar dochter daar meer van weet? Weet die dochter veel meer dan wenselijk is?

Ik heb totaal niet gehoord wat er tijdens het achtuurjournaal verteld werd. De stem van de nieuwslezer was er wel, maar wat hij zei is niet tot me doorgedrongen. Ik pak de afstandsbediening om de televisie uit te schakelen maar zie dan een woord in vette letters op het scherm verschijnen.

POLITIEBERICHT.

Een goed articulerende stem laat weten dat de politie op zoek is naar een vrouw die sinds 22 juli wordt vermist. Links in beeld verschijnt een foto. Ik klem mijn vingers om de afstandsbediening.

Dat is Selma.

Ik heb de klok eerst negen keer horen slaan en een paar minuten geleden tien keer. Dat betekent dat ik al bijna twee uur op deze stoel zit te kijken naar beelden zonder geluid, want dat heb ik uitgezet. Ik geloof dat het een politiefilm is, maar ik kan me niet concentreren op het verhaal. Ik zie personen lopen en soms rennen, maar ik blijf ook de foto zien van de vrouw die wordt vermist. Wat kan er in vredesnaam met Selma zijn gebeurd? Ze is in ieder geval niet ergens ondergedoken met medeweten van haar dochter, want dan was er geen opsporingsbericht geweest.

Ik realiseer me dat ik het zoemende geluid ergens achter me al een paar keer heb gehoord en herken het als het signaal dat er een appje is binnengekomen. Ik zie dat het bericht van Selma komt.

Ik ben als vermist opgegeven. Maak je niet bezorgd, het gaat goed met me. Blijf voorlopig nog buiten beeld. Laat je weten wanneer we elkaar weer kunnen zien.

Ik wis direct het bericht.

Mijn vader zit hand in hand met een vrouw aan tafel. Ik heb deze vrouw nog nooit in de huiskamer gezien. Er komt een man binnen met een grote vaas bloemen, die hij op tafel zet. 'Ik ben Alvar Sneijder, de zoon van mevrouw Sneijder,' zegt hij terwijl hij naar de vrouw wijst. 'Geen familie van de beroemde voetballer.'

Hij heeft dezelfde kleur ogen als Roel. Even blauw.

Ik kijk weg.

Hij vindt Marijn een prachtige naam en mijn achternaam klinkt adellijk, beweert hij. Er zit een schertsende toon in zijn stem, maar dat stoort me niet. Ik moet er eerder een beetje om lachen.

Alvar kan blijkbaar niet tegen stilte, want hij blijft maar kletsen. Hij herhaalt een paar keer dat hij zo blij is dat zijn moeder in deze kleinschalige woonvorm terechtkon, omdat hij tamelijk naargeestige beelden op zijn netvlies heeft staan van het huis waar de zus van zijn moeder tot haar dood is verpleegd. Dat was een steriele grootschalige zorgfabriek en in alle opzichten een hoop ellende.

Ik kijk toe terwijl hij zijn moeder helpt met een gebakje eten. Hij is teder en lief. Hij vertelt dat hij het enige kind is van zijn moeder, dat ze nooit getrouwd is geweest en hij niet weet wie zijn vader is. 'Een voorbijganger, volgens mijn moeder,' grinnikt hij. 'Ze was bijna veertig en wilde een kind. Mijn moeder heeft haar hele leven precies gedaan waar ze zin in had.' Hij veegt een stukje taart van zijn moeders kin. 'En nu valt ze blijkbaar op jouw vader. Vind je dat vervelend? Heb je nog een moeder die dit beter niet kan zien?'

'Mijn moeder komt hier zelden,' antwoord ik. 'En mocht ze dit zien, dan zal het haar koud laten.'

Alvar kijkt me aan. 'Wat jammer. Neem jij de honneurs waar?'

'Ja, en ik vind het prima dat jouw moeder en hij elkaar leuk vinden. Niks mis mee, toch?'

Ik probeer niet naar zijn ogen te kijken, maar ik doe het nu toch. Hij heeft ook een mooie mond.

'Leuk om je te leren kennen, Marijn,' zegt hij.

13 augustus

Weer bijna een dag voorbij waarop ik niets heb uitgevoerd en alleen heb zitten denken. Ik vind het jammer dat ik het bericht van Selma zo snel heb gewist. Nu probeer ik steeds de woorden terug te halen, maar dat lukt niet helemaal. Het was een poging om me gerust te stellen, meen ik. Of wil ik dat denken?

Ik pieker over wat er aan de hand kan zijn. Ik probeer ook duidelijk te krijgen hoe het mogelijk is dat ik in deze situatie verzeild ben geraakt. Mijn leven was een jaar geleden nog overzichtelijk. Ik leefde erg teruggetrokken en schreef boeken met flinterdunne verhalen waarvoor ik nauwelijks research hoefde te doen. Mijn enige sociale contact was dat met de verzorgsters van mijn vader. Ik voerde met niemand echte gesprekken, de enige met wie ik sprak was mijn dode verloofde en dat was uiteraard eenrichtingsverkeer. En toen stond Selma opeens voor mijn deur en vanaf die dag heb ik me laten meeslepen in een wraakplan dat aanvankelijk goed voelde. Nu niet meer. Komt dat doordat Roel nergens meer te voelen is? Heeft hij me definitief losgelaten? Is hij verontwaardigd? Ik zou alles wat ik denk en waar ik over twijfel aan iemand willen voorleggen. Maar ik heb niemand meer bij wie ik terechtkan. De enige persoon die ik zou vertrouwen zit tegenwoordig de hele dag hand in hand volslagen dement maar niettemin gelukkig te zijn met een vrouw die hij niet kent. Een bewust ongehuwde moeder die een prachtige carrière heeft gehad in het onderwijs en die in haar eentje een zoon heeft opgevoed. Dat heeft Alvar me gisteren allemaal verteld, toen we ruim een uur samen hebben staan praten bij mijn auto. Ik kon niet genoeg krijgen van zijn verhalen en ik wilde vooral horen wat voor moeder ze was geweest. Ik wilde naar de ogen kijken die een degelijke en veilige jeugd onderstreepten. Ogen die ik herkende.

Ik heb vijf jaar lang niet naar een andere man gekeken. Roel was altijd dichtbij, hoorde bij me, kon door niemand vervangen worden. En nu kijk ik opeens naar Alvar Sneijder, die geen familie is van de beroemde voetballer. Hij is gescheiden en heeft een dochter die hij twee weekenden per maand ziet. En hij heeft tegen me gezegd dat hij het leuk zou vinden om eens samen met me ergens te gaan eten.

Ik wil dat Roel me laat weten dat dit goed is, maar Roel is echt weg. En ik ben niet alleen een vrouw die zomaar een date zou kunnen hebben, ik ben ook en vooral een vrouw die medeplichtig is aan de moord op een moeder van twee kinderen en een poging tot moord op een vrouw die haar uitermate vriendelijk heeft behandeld. En dat is allemaal gebeurd omdat ik me liet leiden door haat.

Op de dag dat mijn moeder drieënzeventig werd is de trein gaan rijden. Mijn zus had beslist dat mijn broer, zij en ik dit samen met onze moeder moesten vieren. Het zou de eerste keer zijn dat onze vader er niet bij was en Benthe was twee weken naar huis gekomen om onze moeder te steunen. Ze had een tafel besproken in een gerenommeerd restaurant en we zouden om vier uur 's middags eerst een aperitief nemen in ons ouderlijk huis. Ik bleef me tot twee dagen voor de verjaardag verzetten, maar ging uiteindelijk toch overstag. De druk die Benthe op me uitoefende was te overheersend.

Ik sprak met mezelf af dat ik gewoon zou vertrekken als er iets gebeurde wat ik met geen mogelijkheid zou kunnen accepteren.

Mijn moeder bekeek me van top tot teen en bood me haar wang aan voor een kus. Het lukte mijn mond alleen om een felicitatie uit te spreken.

Benthe reikte me een glas champagne aan en vroeg of ik zin had in taart. Ik had zin om naar buiten te rennen en ik heb er nog altijd spijt van dat ik dit niet heb gedaan.

Gus informeerde hoeveel 'boekjes' ik inmiddels had geschreven en wat me dat nou opleverde.

'Genoeg om van te leven,' zei ik.

Mijn moeder wees naar het shirt dat ik droeg. 'Zeeman? Vögele? Of een C&A'tje?'

'Internet,' antwoordde ik. 'Het heeft negenenzeventig euro gekost. Beetje veel voor de winkels die jij zo goed schijnt te kennen.'

'De stand is één-één!' riep Gus. 'Dat kan nog gezellig worden.'

Ik heb me die middag meerdere keren voorgenomen me in te houden en me niet door mijn moeder te laten verleiden om mee te doen met haar treiterspel. Ik hoopte dat mijn broer en zus de aandacht zouden afleiden van de spanning die er was. Mijn hoop was vooral op Benthe gericht, maar die had het te druk met taart delen, champagne inschenken en toastjes serveren. Ik vroeg me af of iemand later nog zin zou hebben om uit eten te gaan.

Hoe we op het onderwerp terechtkwamen, weet ik niet meer. Gus vertelde opeens dat hij al een paar leuke vrouwen had ontmoet via een datingsite. Uiteraard was dat een site voor hoger opgeleiden, meende mijn moeder. Ze keek naar mij toen ze dit zei.

Ik had niet moeten reageren, maar ik deed het wel. Het kwam

door de blik in haar ogen. De blik die me van mijn achtste tot mijn dertiende kon dwingen om haar ter wille te zijn. Die me weerloos maakte.

Die me vernederde.

Ik ontweek haar blik niet. 'Je bedoelt dat ik beter een site kan zoeken voor het klootjesvolk?'

'Nou, nou,' suste Benthe.

'Zoiets,' bevestigde mijn moeder. 'Het zou toch moeten lukken om een nieuwe tuinman te vinden? O nee, een tuinarchitect. Zoek er dan wel eentje die geen scooter heeft.'

'Niet doen, mama,' smeekte Benthe bijna. 'Daar doe je haar pijn mee. Dat hoeft toch niet?'

'Ze kan niet anders,' zei ik.

Gus wilde weten wat ik daarmee bedoelde.

Ik haalde diep adem. 'Wat ik al zei, ze kan niet anders. Geestelijk pijn doen, treiteren, dwingen.' Er viel een diepe stilte. 'Misbruiken,' voegde ik toe. Toen was de beer los.

Op de drieënzeventigste verjaardag van mijn moeder heb ik op een niet mis te verstane manier mijn hart gelucht, terwijl mijn broer en zus me met open mond aangaapten. Ze zagen er totaal niet meer hoogopgeleid uit.

Ik wilde niet schreeuwen, maar mijn stem leidde een eigen leven. En die stem gooide alles eruit wat me overkomen was. De geheime baden die wegens verspilling van water niet aan mijn vader bekend mochten worden gemaakt. Het wrijven over tepels en tussen benen. 'Harder, harder,' gilde ik en daarna hoorde ik mezelf het geluid nabootsen van een naderend hoogtepunt. Mijn ogen signaleerden afschuw, ik zag dat mijn broer zijn handen ophief, maar niemand kon me tegenhouden. Mijn woordenstroom leek op een tornado die je treft als je geen dekking hebt gezocht. Ik hijgde, ik brulde, ik verpletterde. Ze moesten het weten, ze zouden weten wat er met mij was gebeurd. Niet één keer, maar dagen achter elkaar, als ik uit school kwam. Ik kokhalsde toen ik details prijsgaf over de misselijkmakende likpartijen waarmee ik gunsten moest verdienen, die zomaar weer konden worden ingetrokken. Over de bedreigingen die ik over me heen kreeg voor het geval ik het ooit aan iemand zou vertellen. Over mijn angst en mijn eenzaamheid. Mijn weerstand, mijn kwetsbaarheid. Over het gevoel dat er nooit een einde aan zou komen. En over het moment dat ik begreep dat ik kon weigeren, een paar weken nadat ik dertien jaar was geworden.

Ik voelde dat ik rustiger werd toen ik op dit punt was aanbeland. Ik schreeuwde niet meer, maar ik bleef de aandacht opeisen en stond niemand toe me in de rede te vallen toen ik vertelde wat daarna kwam. De bevriezing van mijn gevoel, de weerstand tegen aangeraakt worden, de vlucht in verhalen lezen en schrijven. De opluchting toen ik de liefde tegenkwam in de gedaante van een man die elke gelegenheid aanpakte om me te veroveren en te ontdooien. De leegte die overbleef na zijn dood.

Toen ik zweeg, verwachtte ik begrip. Maar wat ik kreeg waren strakke gezichten en ogen die afschuw uitstraalden.

Gus stond op en wenkte Benthe. Ze grepen me vast en duwden me naar de gang. Mijn moeder riep dat ze trots was op haar kinderen die het lef hadden om de leugenaar die zij gebaard had uit haar huis te verwijderen. Ik wilde het nog beter uitleggen aan mijn broer en zus, maar ik werd zonder pardon naar buiten gekieperd.

Twee maanden later stond Selma voor mijn deur en vertelde ze me dat het ongeluk van Roel geen ongeluk was geweest. De omvang van mijn woede heeft toen elke vorm van helder nadenken tenietgedaan.

Het is al donker, en ik zit hier maar. Mijn mobiel ligt op de bank. Zou Alvar al gebeld hebben? Ik vraag me af of ik dit écht denk.

Er is een bericht, zie ik.

Ik vertrek voor onbepaalde tijd naar het buitenland. Je moeder weet waar ik ben.

Dit kan niet kloppen.

5

Er zijn geen nieuwe bloemen meer bezorgd. Er is wel een opsporingsbericht verspreid en sinds Belinda de foto van Selma van Hulst heeft gezien, denkt ze steeds aan die vrouw. De moeder van Jan Jaap was ooit een vertrouwde figuur voor de vrienden. Ze was gastvrij, hartelijk en belangstellend, ze heeft heel wat pannen soep voor hen gemaakt en hartige taarten gebakken. Belinda vond haar geestig en ad rem, ze kon beter met háár praten dan met haar eigen moeder. Selma wist wat ze voor Remco voelde en hoe onzeker dit haar maakte. Selma zei dat ze niets moest overhaasten en de tijd rijp moest laten worden voor Liefde met een hoofdletter. En toen verloren ze Jan Jaap en deed schuldgevoel een appel op hun gemoedsrust. Belinda herinnert zich nog heel goed dat zij als eerste iets zei, nadat hij het zebrapad over was gerend en verderop op het asfalt lag. Ze stonden nauwelijks tien meter van hem vandaan. Bevroren, sprakeloos. En op slag weer nuchter.

Het lijkt of het opsporingsbericht haar achtervolgt, want ze komt het overal tegen. Het is niet alleen uitgezonden op de televisie, maar de vermissing wordt ook gemeld in kranten en op nieuwssites. Belinda vindt het opvallend dat ze zulke berichten anders alleen even voorbij ziet komen, maar dat dit bericht haar iedere keer opnieuw dwingt het te lezen. Ze wil dit niet. Laat iedereen Selma van Hulst maar zoeken, zij past.

Toch houdt dit haar bezig.

Dries komt over twee dagen weer thuis. Hij belt elke avond en zegt steeds dat hij verschrikkelijk naar haar verlangt. Ze komt zelf niet verder dan 'Ik ook naar jou'. Dat meent ze niet. Ze zou willen dat deze reis zes weken duurde, zodat ze meer tijd had om uit te vogelen wat ze nu echt wil, bij Dries blijven of zich op Remco richten. Ze dacht dat ze het wist, dat Remco toch de enige voor haar kon zijn, maar de zekerheid heeft plaatsgemaakt voor twijfel. Zou dat anders zijn als Leonie dood was? Die vraag wil Belinda zichzelf niet stellen, maar hij zit in haar hoofd en is er met geen mogelijkheid uit te krijgen.

De vrouw heeft al zes paar verschillende zwarte pumps gepast en ze blijft maar twijfelen. Belinda kan doorgaans heel goed tegen aarzelende klanten en het lukt haar altijd vriendelijk te blijven, zelfs als ze weet dat er alleen gepast maar niet gekocht gaat worden. Vandaag is het anders. Ze zou deze besluiteloze trut de deur uit willen smijten. Weg jij, ga een ander lastigvallen. Laat mij met rust. Dat mens ziet er niet uit. Ze heeft haar dat op touw lijkt en de bril die ze draagt komt waarschijnlijk uit de erfenis van haar oma.

'Ik neem deze,' zegt de klant, en ze wijst op de schoenen die ze net voor de derde keer heeft gepast. 'Sorry dat ik zo treuzelde. Je hebt van die dagen, hè, dat alles... Nou ja, je begrijpt me wel. Deze neem ik.'

Belinda zegt dat ze het begrijpt en pakt de doos die bij de schoenen hoort.

'Jij bent toch Belinda?' vraagt de klant. 'Een vriendin van me zei tegen me dat ik me door jou moest laten helpen, omdat je de beste verkoopster bent. Ze had helemaal gelijk. Dank voor je geduld.' Ze voegt eraan toe dat ze de doos niet hoeft te hebben en contant wil betalen.

Belinda zou wel eens willen weten wie die vriendin is. Ze voelt zich schuldig omdat ze zo vervelend over deze klant dacht en de vrouw eigenlijk heel aardig blijkt te zijn. Ze stopt een pot zwarte schoencrème in de zak waarin ze de schoenen verpakt. 'Voor u, service van de zaak.'

De klant is zichtbaar verrast. Ze bedankt Belinda hartelijk en neemt de tas van haar aan. En dan gebeurt het. Ze kijkt even naar links en naar rechts en buigt zich voorover. 'Denk je nog wel eens aan Jan Jaap?' vraagt ze met zachte stem, maar hard genoeg om alleen door Belinda te kunnen worden verstaan. Het volgende moment loopt ze de winkel uit.

6

Belinda heeft Remco gebeld en gezegd dat ze met hem moet praten. Hij is nog aan het werk op kantoor en hij heeft gevraagd of ze naar hem toe kan komen.

Ze kijkt steeds achterom tijdens het fietsen, want ze denkt dat iemand haar volgt. Ze schrikt hevig als een automobilist die haar passeert drie keer toetert. De vrouw die een paar meter voor haar fietst, steekt haar hand op.

'Stelletje idioten!' moppert Belinda.

Wie was die vrouw in de winkel? Heeft ze haar eerder gezien? Waarom vroeg ze dat over Jan Jaap? Heeft ze hem gekend? Is ze familie van hem?

Ze kijkt weer achterom. Klopt het dat iemand op haar let of verbeeldt ze het zich alleen maar?

Vlak achter haar fietst een man. Hoe lang zit hij al achter haar? Ze gaat langzamer fietsen. Hij passeert. Ze gaat nog langzamer fietsen. Hij rijdt door.

Ze is gelukkig bijna bij Remco's kantoor.

Hij is weer volop aan het werk, vertelt hij. Thuis wordt hij gek en in het ziekenhuis voelt hij zich alleen maar wanhopig. Ze gaan Leonie overplaatsen naar een verpleeghuis dat is gespecialiseerd in de verpleging van comapatiënten.

Belinda moet dit even tot zich laten doordringen. 'Een verpleeghuis? Comapatiënten? Is ze dat nu dan officieel, een comapatiënt? Komt ze dan niet...' Ze slaat een hand voor haar mond.

'Het lijkt er niet op dat ze nog bijkomt,' zegt Remco. Het volgende moment klemmen ze zich aan elkaar vast. De vrouw met het haar dat op stro leek is totaal niet meer belangrijk. Het gevoel dat ze werd gevolgd lijkt een hersenschim. Dat is allemaal niets vergeleken bij wat haar beste vriend nu doormaakt. Hij raakt zijn vrouw kwijt, hij is haar al kwijt, terwijl ze nog leeft. En op dit moment heeft hij troost en warmte nodig. Dat is wat zijn lijf haar vertelt.

Ze voelt zijn lippen eerst haar hals beroeren, daarna haar wang en het volgende moment haar mond. Dit mag niet, denkt ze nog. Daarna denkt ze niets meer, voelt ze alleen maar, doet ze, laat ze, is ze deel van.

Alles is er nog: de passie, de gretigheid, het overrompelende, de heftigheid, het gevoel van thuiskomen. Ze wil aan hem vragen of hij hetzelfde voelt, maar hij breekt elk woord dat ze probeert uit te spreken af met zijn mond. Zijn handen kleden haar uit, even later zijn ze allebei naakt. Hij drukt haar tegen het bureau aan, ze voelt hem binnendringen. Ze klemt haar benen om zijn heupen en daarna verdwijnt de wereld om haar heen. Laat het niet ophouden, laat het uren doorgaan.

Op het moment dat ze hem voelt klaarkomen, denkt ze aan een baby.

Ze houdt haar adem in.

Buiten is het al donker. Ze drinken samen het laatste restje wijn op dat nog in de koelkast stond. En ze delen de zak chips die Remco uit de lade van zijn bureau tevoorschijn heeft gehaald. Ze liggen op de vloer in het kantoor. Het strelen gaat nu al voor de derde keer over in seks. Deze keer is Remco trager. Hij beweegt langzaam in haar en veroorzaakt daardoor een enorme opwinding. Hij betast haar ook voortdurend met zijn ogen. Deze blik kent ze zo goed, hier heeft ze zo naar verlangd.

Ergens in de ruimte is een geluid.

'Laat ze maar een bericht inspreken,' zegt Remco. Hij buigt zich in de richting van haar borsten. 'Nog steeds eerst rechts en dan links?' Hij wacht het antwoord niet af en beroert met zijn tong haar rechtertepel.

Belinda heeft het gevoel dat ze in brand staat.

Hij lijkt het geluid niet te horen dat erop wijst dat er een bericht is ingesproken. Zij wel. Hoe is het mogelijk dat ze dit verontrustend vindt? Nu laten ze zich eindelijk nergens meer door weerhouden en begint zij aan rampen te denken. Ze probeert zich te concentreren op wat er met haar lijf gebeurt. Remco kreunt en roept dat het te snel gaat.

Ze liggen naast elkaar. Pas nu voelt Belinda dat de vloer hard is. Ze gaat rechtop zitten. Zijn hand streelt haar rug.

'Ik denk dat je toch even het bericht moet afluisteren,' oppert ze.

'Welk bericht?'

'Er is volgens mij een bericht ingesproken op je mobiel.'

'Wat hebben jullie vrouwen toch altijd met berichten?' zucht Remco. Hij komt ook overeind. 'Jij je zin. Zullen we dadelijk ergens in een snackbar een lekkere vette hap gaan eten?'

Belinda kijkt naar hem terwijl hij het bericht afluistert. Ze ziet hem schrikken en wankelen. Hij ploft neer in zijn bureaustoel. 'Ik moet naar het ziekenhuis komen, het gaat niet goed met Leonie,' zegt hij.

14 augustus

Ik heb besloten om minstens een dag na te denken voordat ik besluit om wel of niet te reageren op het bericht dat Selma heeft gestuurd.

Ik vertrek voor onbepaalde tijd naar het buitenland. Je moeder weet waar ik ben.

De eerste zin kan ik begrijpen. Selma is in paniek geraakt toen ze bezoek kreeg van de politie. Ze heeft besloten om een tijdje helemaal buiten beeld te zijn en ik denk dat dit een goed besluit is. Diep in mijn hart hoop ik dat ze zich ergens opnieuw vestigt en dat aan zo weinig mogelijk mensen vertelt. Ik hoef zeker niet te weten waar ze is, ik wil het liefst geen contact meer met haar hebben. Het plan waartoe ik me liet verleiden is over. Als Selma ervoor zorgt dat ze bij niemand achterdocht wekt en gewoon opgaat in de grijze massa, ben ik veilig. Dan blijft de politie zitten met anonieme DNA-sporen in de dossiers van Jacky Horree en Leonie Krefelt. Het enige wat me te doen staat is ervoor zorgen dat ik nooit ergens bij betrokken raak waardoor ik DNA moet afgeven. En dat ik zwijg over wat ik weet. Dat vooral. Zwijgen.

Maar daar ben ik in gespecialiseerd.

Blijft nog over: de tweede zin van het bericht. Die heeft een verlammende uitwerking op me. Ik moet hierover nadenken, maar er blokkeert iets in mijn hoofd als ik daarmee begin.

Je moeder weet waar ik ben.

Niet in paniek raken, niet gaan hyperventileren, niet kokhalzen, niet klappertanden, geen afleiding zoeken in drank. Ik heb het restant van de laatste fles witte wijn die ik in huis had door de gootsteen gespoeld en ik spreek met mezelf af dat ik voorlopig geen nieuwe voorraad in huis haal. Nuchter blijven, nuchter praten, nuchter denken.

Kom op, Marijn.

Ik weet wat ik nu het beste kan doen, dus dat doe ik.

Ze is naar het buitenland, maar in welk deel van de wereld zit ze dan? Er kan sprake zijn van tijdsverschil, maar ik weet niet in welke mate. Laat ik dus maar gewoon het bericht sturen. Het is kwart over negen, aan de andere kant van de wereld is het nu acht uur later. Mocht ze daar zijn, dan is het voor haar nu kwart over vijf in de ochtend en zal ze nog niet in de gaten hebben dat ze een bericht ontvangt. Als ze tenminste voor mij bereikbaar is aan de andere kant van de wereld.

Maar waarom zou ze niet dichter in de buurt zijn? Je kunt ook prima uitwijken binnen Europa.

Lang genoeg getreuzeld. Ik maak een bericht.

Wat moet ik me voorstellen bij 'onbepaalde tijd'?

Ik druk op Verzenden.

Op dit moment vind ik het jammer dat ik die halve fles wijn niet heb bewaard.

Zou Alvar nog iets van zich laten horen?

Dit schiet niet op. Laat ik iets nuttigs gaan doen. De badkamer poetsen bijvoorbeeld. Het geluid laat me schrikken. Ik kijk op de display van mijn mobiel. Er is een bericht.

Zolang ik denk dat het nodig is.

Daar word ik niet wijzer van. *Ben je ergens bang voor?*

Ik heb direct spijt van deze vraag, omdat hij te direct is. Maar ik heb hem al verzonden.

Ze antwoordt meteen. *Ja, voor jouw veiligheid.*

Ik herlees de woorden een paar keer. Het staat er echt, ze is bang voor mijn veiligheid.

Wat zou er met mij kunnen gebeuren?

Ik voel me niet op mijn gemak. Waar gaat dit over? Heeft ze iets tegen de politie gezegd waardoor ik in de problemen kan komen? Onmogelijk! Ze zei dat het bezoek van de politie niet goed voelde, maar uit niets bleek dat dit iets met mij te maken had. Ze kan nooit over mij praten zonder het risico te lopen dat ze zelf door de mand valt. Rustig blijven, rustig blijven.

Er is een nieuw antwoord.

Je kunt ergens in worden geluisd.

Mijn reactie bereikt haar per omgaande.

Waarin geluisd? Door wie?

Ik moet op mijn ademhaling letten. En iets drinken. Is er echt nergens meer een beetje wijn?

Bespreek het maar met je moeder.

Ik knipper met mijn ogen. Lees ik dit goed?

Hoe ken jij mijn moeder?

Ik houd het mobieltje stevig vast en wacht.

Ik bridge met haar.

Iemand zei nog niet zo lang geleden iets over bridgen in relatie tot mijn moeder. Ze is al jaren lid van een bridgeclub, maar ik ken niemand van die club.

Het was Benthe die iets zei over bridgen. Ik moet heel diep nadenken. Wanneer sprak ik mijn zus voor het laatst? Ze belde om te vragen of ik onze moeder kon gaan helpen. Ze was gevallen en ze had iemand nodig om te assisteren bij het wassen en aankleden. Ze werd geholpen door iemand die ze kende van de bridgeclub, maar die persoon was ook niet meer de jongste. Benthe was voor het gemak gewoon vergeten dat ik niet meer welkom was in ons ouderlijk huis. Ik ben toch die leugenaar, die lasteraar? Maar ik mocht wel komen opdraven om mijn moeder te wassen.

Mijn maag komt bijna achter mijn oren terecht.

Was Selma degene waar Benthe het over had? Ik kan het niet geloven, maar vraag het toch. *Was jij dan degene die haar hielp toen ze was gevallen?*

Ik wacht. Maar er komt geen antwoord meer.

Ik lees alle berichten nog een keer en mijn ogen zoeken steeds die ene zin op.

Bespreek het maar met je moeder.

Het is kwart voor tien. Als ik opschiet, kan ik bij Albert Heijn nog een fles wijn halen.

Toen Roel een paar maanden dood was, waarschuwde mijn vader me dat ik moest uitkijken met drank. Dat zal ik doen, papa. Maar nu heb ik het even nodig.

17 augustus

Het bericht staat op de voorpagina van de krant. De vrouw die op 3 juli in haar bedrijf werd neergeslagen en daardoor in coma raakte is overleden. Mijn handen trillen zo erg dat ik de krant moet neerleggen.

Leonie Krefelt is dood. Wordt dit overlijden beschouwd als een complicatie van het coma of betekent dit dat het politieonderzoek nu is gericht op moord?

Zou Selma dit al weten? Is het verstandig om haar een bericht te sturen? Nee, dat is niet verstandig.

Leonie was aardig en heel beleefd. Maar ook afstandelijk. Ik vroeg me af of ze in de gaten had dat ik een pruik droeg en dat de bril op mijn neus voorzien was van vensterglas. Ze keek een paar keer naar mijn borstomvang en ik had de indruk dat ze goed zag dat die wel erg fors was in verhouding tot de rest van mijn lijf. Had ze in de gaten dat er iets niet klopte? Heeft ze daar later nog met iemand over gesproken? Is er iets over mij gerapporteerd?

Je kunt ergens in worden geluisd. Bespreek het maar met je moeder.

Ik heb opeens geen trek meer in de warme croissant die voor me ligt.

Alle kasten zijn gecontroleerd, maar er is echt niets meer in mijn huis te vinden wat verband kan houden met de beschrijving die Leonie gegeven zou kunnen hebben. De grote, opgevulde bh heb ik gisteravond samen met de bril, de rode regenjas en de pruik in een vuilniszak gedaan, die stevig dichtgeplakt en onder de zak die al in de zwarte bak lag gelegd. Maar eerst heb ik de inhoud van beide zakken nog heel goed gecontroleerd, omdat ik zeker wilde weten dat er niets in zat wat verwees naar mijn naam en adres. Vanmorgen is de zwarte bak geleegd. Toch voel ik me niet opgelucht.

Ik probeer mezelf gerust te stellen. Er wordt weinig geschreven over de voortgang in de onderzoeken die te maken hebben met Jacky Horree en Leonie Krefelt. Dat kan beleid zijn, maar het kan ook betekenen dat ze bij de politie tot nu toe geen stap verder zijn gekomen. Maar ze zijn wel langs geweest bij Selma, die de moeder is van een zoon die vijf jaar geleden werd doodgereden en die dat trauma niet heeft verwerkt. Het was haar idee om de partners te pakken van de drie vrienden die in haar ogen schuldig waren aan de dood van haar zoon. Maar waarom verzon ze dat die iets te maken hadden met de dood van mijn Roel? Waar had ze mij voor nodig? Wat heeft ze aan de politie verteld? En hoe kijken ze daar aan tegen haar verdwijning?

Het lukt me totaal niet om mezelf gerust te stellen, zeker niet als me iets te binnen schiet waar ik zó van schrik dat ik moet gaan zitten. Stel je voor dat de politie nadat Selma is verdwenen een huiszoeking heeft gedaan? En dat ze gebruiksvoorwerpen in beslag hebben genomen waaruit ze een DNA-profiel hebben kunnen maken? Dan kunnen ze nu weten dat Selma op twee plaatsen delict aanwezig is geweest. En als dat het geval is, zullen ze er niet op gaan zitten wachten of ze terugkomt. Dan gaan ze op zoek naar haar.

Ik zie van alles wat ik niet wil zien. Politie voor mijn deur, handboeien. Een gevangeniscel. Wie kijkt er dan naar mijn vader om?

Bespreek het maar met je moeder.

Ik maak een bericht voor Selma. *Waar ben je?* Maar ik wis het onmiddellijk. Nadenken, Marijn. Je was de middag dat Jacky Horree werd vermoord bij haar in de schoonheidssalon, maar je bent halverwege de behandeling weggegaan omdat je je niet lekker voelde. Niemand kan nog controleren of je daarover iets tegen haar hebt gezegd. Je hebt ook geen idee waarom ze je heeft geregistreerd onder een andere naam. Misschien om belastingtechnische redenen? Je hebt het nieuws over de moord op Jacky gemist, omdat je dagenlang niets anders deed dan schrijven. Je bent ook bij Leonie Krefelt geweest, omdat je je wilde oriënteren op de mogelijkheden voor een uitvaart. Niet vreemd als je de wettelijke vertegenwoordiger bent van je demente vader. Je hebt beweerd dat je informatie nodig had voor de toekomstige uitvaart van een tante en dat zei je omdat je de privacy van je vader wilde beschermen. Dit zijn goed te verkopen verklaringen. Blijf bij de les, Marijn, en onthoud goed: je kent geen vrouw die Selma heet.

Maar ik heb haar whatsapps gestuurd en als de politie haar mobiel vindt, ben ik te traceren.

Waar liggen de plastic zakken? Ik moet in een plastic zak ademen.

'Met mevrouw Bentink van Heemstede.' Ze gaat steeds bekakter praten.

'Met mij.'

'Wie is mij?'

'Marijn.'

'Dat dacht ik al.'

Stilte.

'Misschien moeten wij eens praten.'

'Ik ben thuis.'

'Dan ben ik er over een uur.' Ik wacht haar antwoord niet af en verbreek de verbinding. Het is bijna donker. Laat ik er vooral voor zorgen dat ik zo onopgemerkt mogelijk mijn moeders huis kan binnenkomen.

Het was vandaag de koudste 17 augustus ooit, hoor ik de nieuwslezeres op de radio zeggen. De zomer zit in een heftige dip.

Niet alleen de zomer, mevrouw.

7

Ze staan dicht tegen elkaar aan, schouder aan schouder. Belinda ziet overal betraande gezichten en wordt door vreemde mensen gekust.

Dries staat te praten met een oude vrouw. Misschien familie van Leonie. Hij maakt Belinda met zijn ogen duidelijk dat alles in orde is.

Toen hij terugkwam, heeft ze hem hun bed in gesleurd. Hij riep dat hij veel te moe was om te vrijen, maar die uitspraak bleek niets voor te stellen. Het was lang geleden dat ze zo heftig met elkaar gesekst hadden. Sinds Dries terug is heeft dit zich iedere dag herhaald, gisteren zelfs twee keer. En iedere keer fantaseert ze dat het Remco is.

Het is totaal niet aan de orde, tot nu toe is ze nog nooit in haar leven zelfs maar een dag over tijd geweest en het slaat dus nergens op om nu opeens aan de mogelijkheid van een zwangerschap te denken. Maar ze werd niet zwanger toen ze nog alleen met Dries vree. Het zou wel erg toevallig zijn als ze nu van Remco zwanger zou worden. Maar voor de zekerheid verleidt ze toch nog een poosje haar eigen man, zodat niemand argwaan krijgt als...

Remco trekt haar naar zich toe en klemt zijn armen om haar

heen. 'Sorry dat het is gebeurd,' fluistert hij. 'Ik was mezelf niet.'

'Niet over inzitten,' antwoordt Belinda. 'Ik ben het al vergeten.'

Ze blijft maar om zich heen kijken en ze vraagt zich af of ze iemand zoekt. Haar oog valt op een vrouw met stroblond haar.

Belinda spert haar ogen open. Is dit de vrouw die haar de vraag over Jan Jaap stelde? Ze kijkt nog eens goed. Dit is niet dezelfde vrouw. Ze heeft kort haar en ze draagt geen bril.

Belinda dacht dat ze de vrouw die in de winkel was maar beter kon vergeten en dat ze er ook niet met Remco over moest praten. Dat was wel de bedoeling, maar toen was daar eerst de seks en later dat verschrikkelijke bericht over Leonie. Het incident met die vrouw is daardoor naar de achtergrond verschoven. Maar nu komt het weer tevoorschijn. Wat zei de rechercheur precies toen ze hem vertelde over de bloemen met de vreemde teksten op de kaartjes? Hij wilde de kaartjes meenemen, er zou een notitie worden gemaakt en hij adviseerde haar om direct contact met hem op te nemen als er weer iets werd bezorgd. En om voorzichtig te zijn. En om niet in te gaan op een eventuele uitnodiging om ergens over te praten, maar hem in dat geval direct te bellen. Ze heeft zijn kaartje nu altijd bij zich, ze kent zijn mobiele nummer uit haar hoofd.

Dries weet nog van niets. Voorlopig laat ze dat zo, ze wil hem niet ongerust maken en voorkomen dat hij de volgende reis, die over twee dagen begint, niet gaat maken. Dat is weer een reis die drie weken duurt. Drie weken rust en geen beurs gevoel tussen haar benen. Wat daarna komt, ziet ze wel.

Arjan en Belinda zijn met Remco meegegaan naar huis. Belinda heeft in de vriezer vlammetjes en bitterballen gevonden. De friteuse geeft met een geluid aan dat de olie heet genoeg is. Ze kiepert eerst de bitterballen in de pan.

Arjan heeft een krat bier gehaald en een paar flessen wijn. Ze heffen hun glazen. 'Op Leonie,' zegt Arjan. 'Laat degene die hiervoor verantwoordelijk is snel gevonden worden.'

Remco drinkt zijn glas leeg en schraapt zijn keel. 'De moeder... Selma had hier niets mee te maken.'

Belinda slaat een hand voor haar mond. 'Echt niet? Hoe weet je dat?'

'Haar dochter heeft me gebeld. Ze heeft materiaal bij de politie ingeleverd waaruit een DNA-profiel van Selma kon worden vastgesteld. Er was geen match met DNA dat bij Leonie werd gevonden.'

'En bij Jacky?' wil Arjan weten.

'Dat zul jij moeten navragen,' antwoordt Remco.

'Zou het dan zowel bij Jacky als bij Leonie alleen om een roofoverval zijn gegaan?' vraagt Arjan zich af.

Belinda staart naar buiten.

'Zeg jij eens wat,' maant Remco.

'Jacky kreeg rare berichten, ik ook. Dat klopt toch niet?' Ze staat op. 'Ik denk dat de hapjes klaar zijn.' Straks ben ik drie weken alleen thuis, denkt ze. Dat moet ik niet willen.

8

Eindelijk rust. Belinda heeft Dries een uur geleden weggebracht en ze rijdt rechtstreeks naar het huis van Remco.

Hij ziet er verwilderd uit. Ongeschoren, bloeddoorlopen ogen, vet haar. 'O, ben jij het,' zegt hij.

Belinda duwt hem opzij en stapt naar binnen. 'Er moet iemand voor je zorgen en ik zit de komende drie weken weer alleen. Laat me eerst eens wat opruimen.'

'Ik wil geen seks,' meldt Remco. 'Het had nooit mogen gebeuren, ik begrijp nog steeds niet wat me bezielde.'

'Wie heeft het over seks? We hadden toch al afgesproken dat het eenmalig was? Doe dus niet moeilijk en laat me je een beetje helpen.'

Remco staat nog steeds in de deuropening. 'Ik wil niet worden geholpen, ik wil graag alleen zijn.'

'En ik durf niet alleen te zijn,' zegt Belinda. 'Heeft nou niemand in de gaten dat er iemand bij mij in de buurt moet blijven? Ben ik de enige die begrijpt dat er nog meer slachtoffers zouden kunnen vallen?'

Remco krabt op zijn hoofd. 'Ik zal mijn haar eens wassen. Hoe kom je erbij dat jij niet alleen moet zijn?'

Ze vertelt over de vrouw die het over Jan Jaap had.

Remco haalt zijn schouders op. 'Er lopen veel rare mensen rond. Je moest eens weten wat ik allemaal tegenkom in de uitvaartbranche. Dat verzin je niet.'

'Mag ik een paar dagen blijven?' smeekt Belinda bijna.

Hij denkt even na. 'Liever niet.'

Ze hebben thee gedronken en daarna heeft hij haar zacht maar dwingend de deur uitgezet. Hij zei nog dat hij het niet kon verdragen dat een andere vrouw dan Leonie in zijn huis zou slapen. Nog niet. Nog lang niet.

Er zit niets anders op dan naar haar eigen huis te gaan en alle deuren gesloten te houden. Morgen moet ze de hele dag werken. Misschien kan ze een paar dagen bij Arjan logeren. Of zou die ook denken dat ze overdrijft?

Misschien moet ze de rechercheur bellen die haar zijn kaartje gaf. Als ze serieus genoeg overkomt, biedt hij haar misschien bescherming aan. Zou dat echt kunnen lukken?

Ze wil net de voordeur op het veiligheidsslot draaien als ze voetstappen hoort naderen. Er wordt gebeld. Ze loopt snel naar het raam in de woonkamer en kijkt wie er voor de deur staat. Het is de buurvrouw die twee huizen verder woont. Ze zwaait en wappert met een envelop.

Belinda maakt de voordeur open.

'We waren een week weg,' zegt de buurvrouw. Ze is verbrand in haar gezicht. 'Naar Portugal. Heerlijk weer gehad, ik zou zó terug willen. Dit is verkeerd bezorgd. Alsjeblieft.'

Belinda ziet haar naam op de envelop staan. Ze bedankt de vrouw, sluit de deur en draait hem nu echt op het veiligheidsslot.

Ze kent het handschrift niet en scheurt de envelop open. Er zit een wit stukje papier in, het lijkt een blaadje uit een agenda of een notitieboekje te zijn. Er staat iets op geschreven.

Ik ga je een foto sturen.

Belinda belt met trillende vingers het nummer van de rechercheur.

19 augustus

Ik wilde uitslapen, maar een of andere idioot belt me om zeven uur. Benthe.

'Bij jou is het toch nacht? Je belt me wakker,' verwijt ik haar. Typisch iets voor mijn zus om niet in de gaten te hebben dat het in haar vaderland vroeg in de ochtend is.

'Ik kan mama niet bereiken,' zegt ze.

'Die zal ook nog wel slapen,' meen ik.

'Al bijna twee dagen niet, Marijn!'

'Misschien is ze een paar dagen weg.'

'Dat zou ze me verteld hebben.'

Jou wel, denk ik.

Ik gaap. 'Mij dus niet. Ik ben eergisteren bij haar geweest.'

'Hoe dat zo?'

'Ik werd ontboden. Er moest mij dringend iets worden medegedeeld. Ik neem aan dat je weet waar het over ging.'

'Heeft ze je iets verteld over haar ziekte?' Aan Benthes stem is goed te horen dat ze zich dit niet kan voorstellen.

'Min of meer, ze sprak nogal in raadselen. Ik was snel weer weg. Voorlopig zie je mij daar niet meer, dus als je wil weten of ze thuis is zou ik Gus inschakelen.'

'Gus zit in Gambia.'

'Nu weer in Gambia? Heeft hij daar soms het grote geld ontdekt? Dat kan ik me niet voorstellen.' Ik moet lachen om mijn eigen idee.

'Er valt niets te lachen, Marijn.'

'Jij zegt het, Benthe. Wil je me niet lastigvallen met vragen over je mama? Het interesseert me niet waar ze uithangt.'

'Heb jij het nummer van haar hulp?'

'Natuurlijk niet, wat moet ik daarmee? Dringt het nou nooit eens tot jou door dat ik geen deel uitmaak van het leven van mijn moeder en zij niet van het mijne? Je kent de reden.' Ik ga op de rand van mijn bed zitten. Laat ik maar opstaan, ik ben nu toch wakker.

'Ik wil niet praten over wat jij allemaal verzint. Hou het fantaseren toch beperkt tot bij die boekjes.'

Mijn maag begint te draaien. Ik haal een paar keer diep adem. 'Van wat ik op haar verjaardag zei is niets verzonnen, Benthe. Doe me een plezier en stuur iemand anders op je moeder af. Ga eerst slapen, volgens mij is het bij jullie nu midden in de nacht.' Voordat ze nog iets kan zeggen verbreek ik de verbinding en zet mijn mobiel in de stiltestand. 'En dan is er koffie,' zeg ik tegen het geluidloze apparaat.

Hij komt net met zijn moeder naar buiten als ik het pad op loop. Alvar is duidelijk verrast. 'Ik vroeg me af of je je soms ergens schuilhield. Ga je je vader halen? Dan kunnen we samen het park in.'

Ik heb me steeds afgevraagd hoe het zou zijn om hem weer te zien. Goed, merk ik. Fijn. En een beetje spannend. 'Ik haal mijn vader,' is het enige wat ik kan bedenken.

Mijn vader zit niet in de woonkamer. Ik loop de gang op en zie dat een verzorgster hem net uit zijn slaapkamer rijdt. 'We hebben even gedoucht, klein ongelukje gehad,' zegt ze.

'We' hebben even gedoucht? Laat ik mijn mond houden. 'Ik

neem hem mee naar buiten, mevrouw Sneijder staat al te wachten.'

'Met die leuke zoon? Daar zouden wij hier allemaal wel een beschuitje mee willen eten.'

Ik neem mijn vader van haar over.

'Nou, veel plezier!' roept ze me na. Ik doe of ik haar niet hoor.

Alvar is met zijn moeder al vooruitgelopen. Ik haal ze in.

Mijn vader wijst enthousiast naar mevrouw Sneijder. Zij klapt in haar handen.

'Dikke mik die twee,' constateert Alvar. Hij raakt even mijn hand aan. 'Gaat het wel goed met je? Je ziet er moe uit.'

'Het gaat goed met me,' antwoord ik. Omdat ik jou zie, denk ik erachteraan. Omdat ik niet terugdeins voor hoe ik daarop reageer. Omdat ik het gevoel heb dat Roel het goedvindt. Omdat ik weet dat ik te veel alleen ben.

'Ik vind het fijn je weer te zien,' zegt Alvar.

20 augustus

Ik kijk in de spiegel en zie een vrouw die over twee dagen een date heeft en die niet goed weet wat ze hiervan vindt. Alvar komt me overmorgen om zeven uur ophalen, hij wil me meenemen naar het restaurant van een vriend. Een soort grand café, niet chic, maar met een goede keuken. Een keer samen eten kan vast geen kwaad.

Ik ben weer begonnen met schrijven, maar ik kan me niet concentreren. Het gerinkel van mijn mobiel helpt daarbij ook niet. Het is wéér Benthe die me belt, en het zal wel wéér over onze moeder gaan. 'Ha Benthe.' Laat ik aardig doen.

'Er moet iets gebeuren, Marijn. Ik hou het niet uit. De laatste keer dat ik haar sprak, vond ik haar heel somber. De diagnose die was gesteld had haar erg aangegrepen en ze twijfelde over wel of niet kiezen voor chemo.'

Ik houd mijn adem in.

'Ben je er nog?'

'Ik ben er nog. Probeer je me nou te vertellen dat je denkt dat ze... dat ze zelfmoordplannen had? Mama? Dat geloof ik niet.'

'Jij kent haar niet zoals ik haar ken.'

'Nee, ik ken haar heel anders. Wees maar zuinig op de manier waarop jij haar kent.'

Ik hoor haar zuchten. 'Blijf je aan de gang? Ze zei nota bene dat ze nadacht over jou. Ik had het idee dat ze zich zorgen over je maakte.'

Ik moet moeite doen om niet hard te gaan lachen. 'Zorgen? Zet dat idee maar uit je hoofd. Dat ze nadacht over mij kan ik bijna niet geloven. Maar het werd eens tijd.'

'Maar ik kan haar nog steeds niet bereiken. Wil je nog eens langsgaan? Doe het voor mij, alsjeblieft.'

'Neemt ze haar telefoon niet op?'

'Nee, ik krijg steeds de voicemail. Ze is echt niet zomaar even een paar dagen weg, ik weet altijd precies waar ze naartoe gaat. Dit klopt niet, Marijn. Geloof me toch!'

'Goed, ik ga straks bij haar langs. Het is nu twee uur, ik ben nog even bezig, ik kan er over anderhalf uur zijn.'

'Dank je wel. Bel je me dan direct?'

Ik beloof haar direct te bellen.

Toen ik hier drie dagen geleden wegging, was ik niet van plan om snel terug te komen. Het gesprek met mijn moeder had me behoorlijk aangegrepen. Ze begroette me met de mededeling dat ze uitgezaaide eierstokkanker had die niet meer in aanmerking kwam voor chemo. Misschien deed dit me niets doordat ze het vertelde alsof het om iets onbenulligs ging. Ze liep met een stok, dat had nog te maken met de val van een tijdje geleden. 'Nog bedankt dat je niet wilde komen helpen,' zei ze.

'Graag gedaan,' antwoordde ik.

Ik stelde voor om snel ter zake te komen. 'Wat is jouw relatie met Selma van Hulst?'

'Mijn kanker interesseert je niet?'

'Niet echt.'

'Ga maar zitten,' adviseerde mijn moeder me.

Sommige zinnen moest ze drie keer herhalen voordat ik begreep wat ze bedoelde. Aanvankelijk kon ik haar wel volgen. Het was me al duidelijk dat ze elkaar kenden van het bridgen, maar ik begreep eerst niet waarom mijn moeder een plan had bedacht om af te rekenen met de drie mensen die in de ogen van Selma verantwoordelijk waren voor de dood van haar zoon. De reden drong langzaam tot me door.

Ik was die reden.

Ik, de dochter die ze niet had willen hebben, net als de zoon die te veel was geweest. Mijn moeder had aan twee kinderen genoeg gehad, ze was niet gebouwd op de zware bevallingen die ze moest doorstaan. Maar toen mijn vader na de geboorte van Benthe alle seksuele belangstelling voor haar verloor en ze bijna knapte van verlangen naar die man, haalde ze alles uit de kast om hem te verleiden. Dat leverde twee nieuwe zwangerschappen op, een uitgelubberde vagina en een buik vol striae. Plus de definitieve afwijzing van de man die voorheen niet van haar af kon blijven.

Het verhaal viel over me heen en het liet me wankelen terwijl ik zat. Mijn moeder keek me voortdurend strak aan terwijl ze sprak en het lukte me niet die ogen te ontwijken. Misschien was het juist goed dat ik die ogen zag, omdat ik anders niet had kunnen geloven wat ik hoorde.

Ze had zich vermand, vertelde ze. Zich gericht op het verbeteren van haar uiterlijk. Verstandig eten, veel sporten. Onregelmatigheden in haar gezicht laten wegwerken, goede make-up gebruiken. Ze noemde zichzelf een fatsoenlijke vrouw die gewoon twee kinderen te veel had gekregen. Dat probleem werd gedeeltelijk opgelost toen een van die twee verdronk. Ik dacht dat ik haar verkeerd verstond, maar dat zei ze echt. Het probleem van twee te veel gebaarde kinderen werd gedeeltelijk opgelost toen een van die twee verdronk.

Ik wilde iets zeggen, maar een gebiedende hand dwong me

tot zwijgen. Daarna begon ze uit te weiden over wat het betekent om als moeder stank voor dank te krijgen. Hoe diep een kind je daarmee kan raken. Wat een onomkeerbare haat daar het gevolg van kan zijn.

Ik hoorde wat ze zei, maar ik begreep pas waar het over ging toen ze me tot in detail uitlegde wat ze had bedacht om mij eens en voor altijd klein te krijgen.

Er staat een jonge vrouw bij mijn moeder voor de deur. Ze komt naar me toe. 'Bent u familie van mevrouw Bentink?'

'Ik ben haar dochter.'

Ze steekt haar hand uit. 'Ik ben Yolanda, haar hulp. Ik was hier vanmorgen al, maar ze deed de deur niet open. Ze heeft niet gezegd dat ze er vandaag niet zou zijn. Ik ben weer naar huis gegaan, maar ik bleef maar het gevoel houden dat er iets met haar was gebeurd. Hebt u een sleutel?'

Ik zie een angstige blik in haar ogen. 'Nee, ik heb geen sleutel. Jij dus ook niet.'

'Uw moeder is altijd thuis als ik kom.'

Mijn mobiel meldt een beller, natuurlijk is het Benthe weer. 'Ik sta voor haar huis, haar hulp is hier ook. We kunnen er niet in.'

'Je weet toch waar de reservesleutel hangt? Halverwege de stam van de dennenboom die naast het tuinhuis staat.'

'Hoe moet ik dat weten? Ik ben niet het vertrouwelingetje van mijn moeder. Maar goed, ik pak hem even.'

Benthe blijft praten als ik de sleutel uit de boom vis en naar de voordeur loop. Yolanda vraagt of we niet beter de politie kunnen bellen. Ik steek de sleutel in het slot. 'Ik zou niet weten waarom.'

'Waar ben je nu?' roept Benthe.

Ik loop de woonkamer in. 'Kijk jij even boven?' vraag ik aan Yolanda.

‘Dat durf ik niet.’ Ze praat niet, ze piept.

‘Ik kijk boven,’ meld ik aan Benthe.

Er is niemand in de slaapkamer. Ook niet in de logeerkamer en ook niet in de kleedkamer. Het is overal keurig opgeruimd. ‘Nog even in de badkamer kijken,’ zeg ik.

9

Het is de technische recherche gelukt om vingerafdrukken te vinden op het laatste briefje dat Belinda kreeg toegestuurd. Ze zou graag willen weten of die overeenkomen met vingerafdrukken die op de kaartjes bij de bloemen zaten, maar dergelijke informatie kan niet gegeven worden zolang het onderzoek nog niet is afgerond. Wat de rechercheur met wie ze steeds contact hebben wel heeft duidelijk gemaakt is dat Belinda voorlopig het beste niet thuis kan zijn, zeker niet zolang haar man afwezig is. Ze wordt regelmatig gebeld om te controleren of het goed met haar gaat en ze heeft de opdracht gekregen om zich direct te melden als er iets gebeurt wat ze niet vertrouwt.

Toen ze aan Arjan vroeg of ze een paar weken bij hem mocht zijn, zei hij direct dat hij dit prima vond. Belinda vindt het gezellig om samen te zijn met Arjans dochters. Ze kan het goed vinden met Nicolette, met wie ze vertrouwelijk praat. Over Remco, over haar gevoel en over haar verlangen. Tegen Nicolette durft ze te zeggen dat ze hoopt dat ze zwanger is en vooral dat Remco dan de vader van haar kind zal zijn.

Ze had al moeten menstrueren, maar tot nu toe wijst niets erop dat dit gaat gebeuren. Toch is er niet alleen hoop. Er is ook twijfel. Dit is niet de juiste tijd om Remco te veroveren. Hij is in diepe rouw en er is geen ruimte in zijn leven voor een nieuwe relatie. Nog lang niet.

Nicolette heeft haar aangeraden om eerst maar eens te kijken wat er gebeurt. Het zou wel heel toevallig zijn als Belinda nu opeens zwanger was, na seks met een andere man. Zeker als je bedenkt dat ze al een paar jaar onbeschermd heeft gevreeën zonder enig gevolg.

Maar nu is er wel sprake van een andere man, denkt Belinda. Ze is blij dat Nicolette haar heeft beloofd hier met niemand over te praten, zelfs niet met Arjan, en dat ze geen oordeel velt over haar gedrag. Zelf heeft ze daar wisselend wel en geen moeite mee. Zolang Dries weg is, zal het haar waarschijnlijk beter lukken om het schuldgevoel van zich af te houden. Als hij terug is, zal dat wel anders zijn. Tegen die tijd weet ze meer over wat er met haar lichaam aan de hand kan zijn. En dan moet ze een beslissing nemen. Maar nu nog niet. Nu zit ze nog veilig in het huis van een van haar beste vrienden. De schoenenwinkel waar ze werkt is vlak bij de zaak van Arjan en hij brengt haar iedere dag dat ze moet werken tot aan de deur en haalt haar ook weer op. Er zijn geen vrouwen met haar dat op touw lijkt meer verschenen, maar Belinda blijft op haar hoede. Ze gaat samen met Arjan om de twee dagen naar haar huis om de post te controleren. Tot nu toe heeft ze op de deurmat geen envelop met een foto gevonden. En er worden ook nergens bloemen meer bezorgd.

21 augustus

Benthe zit al in het vliegtuig en Gus vertrekt vanavond. We kunnen nog niets regelen, zolang het lichaam van mijn moeder niet is vrijgegeven. Hetzelfde geldt voor de kinderen van Selma.

Toen ik haar vond, heb ik niet gegild.

'Is er iets in de badkamer?' vroeg Benthe.

'Er ligt een verlengsnoer,' zei ik.

'Wat zeg je?' schreeuwde ze. 'Zeg niet van die idiote dingen. Ik zit me hier zorgen te maken en jij doet of we met een spelletje bezig zijn.'

'Stil maar,' antwoordde ik. 'Dit is geen spel, Benthe. Ze ligt in het bad. Met het badkamerkacheltje en dat zit vast aan het verlengsnoer. Ze is dood.'

'Bel 112,' gilde Benthe. 'Nú! Meteen! Hoor je me? Béllen! En reanimeren!'

Ik sloot de deur van de badkamer.

In een mum van tijd liepen er overal mensen rond. De huisarts van mijn moeder kwam ook. Ze vroeg of ik een kalmerend middel wilde hebben, maar ik voelde me kalm genoeg. Ik hoorde haar aan een van de politiemensen vertellen dat mijn moeder terminaal ziek was geweest en daar heel boos over was. En dat vooral de lichamelijke aftakeling haar woedend maakte.

Ik verklaarde dat ik twee dagen eerder bij haar was geweest en haar boos en verbitterd had aangetroffen. En dat ze me had weggestuurd. En dat ik ervan overtuigd was dat ze een paar dagen was weggegaan om tot zichzelf te komen. Terwijl ik dat aan het vertellen was, ontstond er commotie in de tuin. Niet veel later bleek dat men in het tuinhuis een dood lichaam had gevonden. Toen moest de huisarts alsnog een kalmerend middel toedienen aan de hulp van mijn moeder.

Het woord viel vrijwel direct en kreeg een aannemelijke status toen de mogelijkheid werd bevestigd door de huisarts.

Zelfmoord. Dat lukt als je in een bad gaat zitten, een badkamerkacheltje hebt voorzien van een verlengsnoer, het aanzet en in het water gooit.

De elektriciteit gaat dan door je lichaam en kiest daarbij de weg naar zenuwen en bloedvaten. Hierbij kan schade aan hart en longen ontstaan en die schade kan funest zijn als er sprake is van een verminderde weerstand.

Zelfmoord door elektrocutie. De dans van uitzichtloos lijden ontspringen. Maar ook van vervolgd worden omdat je iemand een mes tussen haar ribben hebt gestoken en voor oud vuil hebt achtergelaten in je schuur. Het mes zat nog in Selma's rug en er ontbrak een mes in het messenblok dat in de keuken stond. In de vuilnisbak zat een blouse vol bloed die ik herkende als een kledingstuk van mijn moeder.

Tot nu toe kan niemand verklaren wat er tussen die vrouwen heeft gespeeld. En ik zal hierover mijn mond houden. Ook over de rest van het verhaal.

Ik heb de manager gebeld van het zorgcomplex waar mijn vader woont en haar verteld wat er is gebeurd. We hebben met elkaar afgesproken dat ik mijn vader zelf op de hoogte zal stellen van de dood van zijn vrouw. En dat ik vandaag of morgen langskom.

Morgen heb ik de date met Alvar. Die gaat door. Mijn moeder gaat me niet postuum in de weg staan. Ze gaat me nooit meer belagen, nooit meer afwijzen, nooit meer treiteren.

En nooit meer bedreigen.

Ik kan alleen aan het laatste gesprek denken dat ik met mijn moeder heb gevoerd als ik het opdeel in fases. Het totaal was te schokkend, te verbijsterend. In delen is het te behappen.

De leugen had haar ziek gemaakt. Mijn onverteerbare aantijging, in het bijzijn van haar twee geliefde kinderen, had haar zó aangegrepen dat ze er kanker van had gekregen. Het zou haar niet verbazen als de zwangerschap van mij al de basis was geweest van de gezwellen aan haar eierstokken en dat de verpletterende leugen die gezwellen had geactiveerd.

Ik weet nog dat ik dacht: de kanker is uitgezaaid en zit al in haar hoofd, dus laat dit maar gebeuren. Ze kan er niets aan doen dat ze gek geworden is.

En toen begon ze over Selma, haar bridgevriendin, die zo goed had begrepen wat een verschutting het zou zijn geweest als de jongste dochter van een door iedereen gerespecteerde chirurg op een scooter naar het stadhuis zou zijn vervoerd. Hoe zij als moeder daarop zou zijn aangekeken. Zij, die adellijke voorvaderen had.

Ik kreeg geen lucht.

Ik weet dat Roel zich gemakkelijk versprak als hij ergens vol van was en het zal hem veel moeite hebben gekost om zijn geheim niet aan mij te vertellen. Maar voor iemand die het per se wilde weten moet het gemakkelijk zijn geweest om erachter te komen dat hij niet in de witte Rolls-Royce zou stappen, maar op zijn scooter zou komen voorrijden. Het is mijn moeder dus gelukt om dit geheim aan een van de personeelsleden van zijn vaders bedrijf te ontfutselen en ze heeft actie ondernomen. Selma werd ingeschakeld om te posten bij het fietspad. Ze zou hem dwingen om te stoppen en de banden van zijn scooter leksteken, zodat hij niets anders kon doen dan wachten op de Rolls-Royce en daar dan toch in stappen. Maar het liep anders. Toen ze achter een boom vandaan sprong, was hij al dichter genaderd dan ze in de gaten had. Hij schrok en week uit. Selma vluchtte een tuin in en zat urenlang in een struik totdat ze zeker wist dat de kust veilig was. Maar het grote schuldgevoel dat zich onmiddellijk aandiende verdween naar de achtergrond toen haar jongste zoon een paar dagen later verongelukte. Ze deelde het grote verdriet met mijn moeder, maar ze kon haar verlies niet verwerken. Het was de ene dag haar straf voor het ongeluk dat ze had veroorzaakt en de volgende dag de schuld van de vrienden die haar zoon hadden moeten tegenhouden. En al die tijd was ze een tikkende tijdbom in mijn moeders leven, omdat ze kon gaan praten over wat er werkelijk was gebeurd met Roel.

En toen werd mijn moeder drieënzeventig en presteerde ik het te proberen haar aan de schandpaal te nagelen. Die daad werd de basis van haar plan.

Hoe gestoord moet je zijn om te bedenken dat jij de afrekening met de mensen die volgens je vriendin verantwoordelijk zijn voor de dood van haar zoon voor je rekening wil nemen, op voorwaarde dat je vriendin ervoor zorgt dat jouw leugenachtige dochter sporen nalaat op de plaatsen van de diverse delicten, zodat zij zal kunnen opdraaien voor misdaden die ze niet heeft gepleegd? Mijn moeder bedacht het en ze kreeg het voor elkaar om Selma op me af te sturen met een kulverhaal over de dood van Roel. Ik trapte erin en deed eerst het voorwerk voor de moord op Jacky Horree. Maar nadat ik bij Leonie Krefelt was geweest, ging het mis. Mijn moeder was gevallen en raakte geblesseerd aan haar been. Ze gaf Selma de opdracht om mij ertoe te bewegen het werk bij Krefelt af te maken. Selma verzon een blessure aan haar eigen been, maar dat hielp niet want ik weigerde een moordenaar te worden. Toen moest mijn moeder er zelf op af, kreupel en dus kwetsbaar, en dat ging fout. Het lukte alleen om Leonie bewusteloos te slaan, maar er kwam iemand binnen en ze maakte dat ze wegkwam. En daarna haakte ik af en wilde Selma dat mijn moeder alleen doorging. Ze eiste het als wederdienst voor de dienst die ze mijn moeder had bewezen op de dag die mijn trouwdag had moeten worden.

Ze werd veel te lastig, meende mijn moeder. En van lastige mensen kun je beter af zijn.

Ik zat haar daar maar aan te gapen en ik probeerde iets te begrijpen van wat ik haar hoorde vertellen. Er kwamen alleen simpele conclusies in me op, zoals dat Selma dus niet geblesseerd was geweest maar deze leugen had gebruikt om mij zover te krijgen dat ik zou doen wat mijn moeder had zullen doen maar waar ze tijdelijk niet toe in staat was. Het andere dat ik hoorde, de waarheid over de dood van Roel, wilde ik niet tot me laten doordringen. Ik wist dat ik anders in staat zou zijn om mijn moeder ter plekke de hersens in te slaan.

Ze ratelde maar door en ze bleef maar herhalen dat ze er alsnog voor ging zorgen dat ik stevig in de problemen kwam. Dat ze al het nodige voorwerk had verricht en de beslissende actie morgen zou plaatsvinden. En dat alleen ik zo dom kon zijn om een duivelspact te sluiten.

Haar gezicht was vertrokken van woede en haat. Ze herhaalde eindeloos dat ik nooit geboren had moeten worden en dat ík kanker had moeten krijgen, niet zij. Ik zat tegenover haar en zag dat haar rok boven haar knieën was gekropen en dat ze een witte slip droeg.

Ik kon niet voorkomen dat ik op hetzelfde moment de kale onderkant van haar lijf voor me zag.

Ik drukte mijn handen tegen mijn mond en sprong overeind. Terwijl ik naar de deur liep, schreeuwde ik dat ze dood kon vallen.

'Na jou,' riep ze. 'Maar eerst ga ik lekker in bad.'

Mijn mobiel gaat over, ik zie op de display dat het Benthe is.

'Ik ben net geland,' zegt ze. 'Wil je me komen ophalen?'

Ik grijp mijn autosleutels.

22 augustus

'Maar wat zei ze dan precies over haar gezondheid?' vraagt Benthe nu voor de derde keer.

Ik herhaal dat mijn moeder zei dat ze uitgezaaide eierstokkanker had die niet in aanmerking kwam voor chemo.

'En heb je haar daar geen vragen over gesteld?'

'Wat moest ik vragen? De boodschap was duidelijk.'

Benthe steekt alweer een sigaret op. 'Sorry dat ik binnen rook, ik heb het even nodig. Je hebt er toch geen last van?'

Ik vind de stank van die sigaretten smerig, maar ze mag wat mij betreft haar gang gaan. Ze heeft haar moeder verloren. Ik niet. Je kunt niet iets verliezen wat je nooit hebt gehad.

'Maar waarom moest je dan komen?'

Ik heb goed nagedacht over de antwoorden die ik moet geven op dit soort vragen. 'Omdat ze me wilde dwingen akkoord te gaan met haar plan om me te onterven. Ze eiste mijn woord daarop.'

'En toen ging jij dwarsliggen?'

Ik wapper met mijn handen om de rook van me af te houden. 'Paf wel even de andere kant op, zeg. Waarom zou ik dwars gaan liggen? Denk je echt dat ik van haar wil erven? Ik heb haar dus mijn woord gegeven en toen ben ik weggegaan.'

'En je hebt niets aan haar gemerkt? Ze heeft echt geen enkel signaal afgegeven over wat ze van plan was?'

'Maar eerst ga ik lekker in bad.'

'Geen enkel signaal,' zeg ik.

Benthe heeft me laten beloven dat we het voorlopig niet meer zullen hebben over wat de rechercheur die betrokken is bij de zaak van onze moeder ons heeft verteld. Ik vind dat geen moeilijke afspraak, want wat valt er toe te voegen aan de conclusie dat mijn moeders vingerafdrukken zijn gevonden op het mes waarmee Selma is vermoord en het bloed van Selma op haar blouse zat? En waarom zouden we ons verdiepen in dat andere feit, het bewijs dat mijn moeders DNA is aangetroffen op de plaatsen waar Jacky Horree en Leonie Krefelt werden vermoord c.q. gemolesteerd? Het is al erg genoeg dat dit bekend wordt gemaakt in krantenberichten en op nieuwssites. Ook al wordt niet haar volledige naam genoemd, veel mensen zullen weten wie Agneta B. van H. is. Het is maar goed dat mijn zus in Amerika woont, daar kan ze nog gewoon over straat. Maar ik ook. Wie mij hierop aankijkt, kan in de klei zakken. Iedereen mag hier iets van vinden, als het Alvar maar niet is. Daarom heb ik besloten om hem vanavond te vertellen wat mijn moeder heeft gedaan met Jacky, Leonie en Selma. Meer hoeft hij niet te weten. Ik sluit het boek over haar, ze is mijn aandacht niet waard.

'We begraven haar in besloten kring,' beslist Gus. Tot nu toe heeft hij nog geen woord met mij gewisseld. Hij wendt zich tot Benthe. 'Komt Pim nog over? En je kinderen? Nee? Prima. Dan zijn we met ons drieën. Of willen jullie haar laten cremeren? Misschien is dat een beter idee?'

Benthe vindt het geen prettige gedachte als onze moeder een graf krijgt dat waarschijnlijk niet goed onderhouden gaat worden. Ze kijkt recht voor zich uit als ze dit zegt.

'Mee eens,' val ik haar bij. 'Cremeren dus.'

'Dan kunnen we achteraf kaarten sturen,' oppert Gus. 'Zou de grote agenda met namen en adressen van bekenden nog in de lade van de sidetable in de hal liggen?' Hij staat op en loopt naar de deur.

Ik weet dat die agenda daar inderdaad ligt.

Ik rende naar de voordeur, het enige wat ik wilde was zo snel mogelijk hier weg zijn. Ik stootte me aan iets en wreef een paar keer over de pijnlijke plek op mijn bovenbeen. De lade van de sidetable bleek niet goed gesloten te zijn. Ik stompte met mijn gebalde vuist tegen de knop en zag nog net de gele strip. Mijn adem stokte.

Ik schoof de lade weer open en ontdekte de mobiele telefoon waarvan het displaygedeelte was afgeplakt met een gele strip. En eronder lag een envelop die geadresseerd was aan Belinda Keesom.

'Ik heb hem,' roept Gus. 'Ik maak wel een adressenlijst.'

10

Arjans dochters logeren bij een vriendinnetje, daarom zijn ze weer eens met z'n drieën.

Remco heeft een opgeblazen gezicht. Hij eet weinig, maar drinkt des te meer. Belinda probeert zo onopvallend mogelijk de fles wijn weg te zetten.

'Heb je nog contact met de recherche?' wil Belinda weten.

Remco kijkt haar glazig aan. 'Hoezo? Denk je dan dat die lui iets kunnen veranderen? Ik heb ze verteld dat ik achteraf gezien toch Jan Jaaps moeder niet vertrouw. Maar ja, er is geen DNA-match met de sporen die bij Leonie zijn gevonden.'

'Ook niet bij Jacky,' zegt Arjan. 'Ik denk dat we de mogelijke betrokkenheid van Selma van Hulst kunnen laten vallen.'

'Maar wie zit er dan achter ons aan?' vraagt Belinda zich af. 'Een van haar kinderen? En is Selma eigenlijk al gevonden?'

'Ze is nog steeds spoorloos,' meldt Remco. Hij wendt zich tot Belinda. 'Heb jij nog iets meegemaakt? Waarom word je eigenlijk niet beschermd? Komen ze bij die recherche alleen in actie als er doden gevallen zijn?'

Belinda zou hem even willen aanraken, maar dat durft ze niet. 'Ik heb veel contact met ze en ik ben nergens alleen. Er is ook niets meer gebeurd. Ik hoorde wel dat op het vreemde briefje en de kaartjes die bij de bloemen zaten geen vingerafdrukken van Selma zijn gevonden.'

'We kunnen Selma van Hulst echt uitsluiten,' stelt Belinda vast. 'Verder voel ik me vogelvrij. Jullie niet?'

'Ik voel niets,' antwoordt Remco.

Arjan oppert de mogelijkheid dat ze het ergste hebben gehad en dat er toch sprake is geweest van roofovervallen. En dat die vreemde berichten aan Belinda haar waarschijnlijk iets heel anders proberen duidelijk te maken.

Er valt een onaangename stilte.

Hij weet het van Remco en mij, denkt Belinda. Ze zoekt oogcontact, maar hij vermijdt het om haar aan te kijken. Dat betekent dat Nicolette heeft gepraat. Wat een rotstreek is dat.

'De telefoon gaat,' zegt Arjan. 'Ik neem even op, misschien is er iets met de kinderen.' Hij loopt met het toestel tegen zijn oor geklemd de gang op. Ze horen hem praten, maar kunnen niet verstaan wat hij zegt. Nu is het stil in de gang.

'Ik ga even kijken waar hij blijft,' besluit Belinda.

Op dat moment komt Arjan weer binnen. Hij is lijkbleek, probeert iets te zeggen.

Belinda loopt naar hem toe en zegt dat hij beter even kan gaan zitten.

Arjan kijkt naar Remco. Hij praat zo zacht dat hij nauwelijks te verstaan is. 'Een vriendin van Selma van Hulst is dood aangetroffen in bad. Haar DNA matcht met het DNA dat bij Jacky en Leonie is gevonden. En Selma... Selma is ook gevonden. In de schuur bij het huis van die vriendin.'

'Ook dood?' vraagt Belinda.

'Ook dood,' bevestigt Arjan.

'Ik begrijp er helemaal niets meer van,' zucht Remco. 'Kan iemand me uitleggen wat er allemaal gebeurt?'

Arjan heeft zijn stem weer terug. 'Ik heb gevraagd of ze het ons kunnen komen uitleggen. Ook al zijn het voorlopige conclusies, ik vind dat we nu alles moeten weten. Ze zijn onderweg.'

'Misschien kan ik dan terug naar huis,' zegt Belinda. 'Ik wil graag naar huis.'

27 augustus

Ik vind het een belachelijk tijdstip voor een crematie, maar volgens mijn broer lopen we 's morgens om acht uur de minste kans om nieuwsgierige journalisten tegen te komen. We waren gewaarschuwd voor brutale vragen en overal opduikende sensatiezoekers, maar we hadden niet verwacht dat het bij ons ouderlijk huis zwart zou zien van de persmuskieten.

Gus en ik hebben de afgelopen dagen thuis geslapen en Benthe in het hotel. We zijn op eigen gelegenheid naar het crematorium gekomen en zitten nu tegen een witte kist aan te kijken.

Benthe heeft erop gestaan dat er muziek zou zijn waar onze moeder van hield. Het is goed dat ik dat niet heb hoeven regelen, want ik zou niet weten wat ik dan had moeten kiezen. Ik weet niets van mijn moeders voorkeuren voor muziek of films of boeken. Over de voorkeur die ik wel van haar ken wil ik niet meer nadenken.

We hebben enige discussie gevoerd over de vraag of mijn vader hierbij aanwezig zou zijn. Benthe vond dat hij erbij hoorde, maar ik kreeg onverwacht steun van Gus toen ik zei dat ik dit geen goed idee vond omdat dit hem onnodig zou belasten.

Toen ik hem vertelde dat zijn vrouw Agneta was overleden, kwam er geen enkele reactie. Ik had hem meegenomen naar zijn slaapkamer en zat tegenover zijn rolstoel in de oude leren fauteuil die ooit in zijn werkkamer stond. Ik probeerde oogcontact met hem te krijgen, maar zijn ogen volgden een bromvlieg die zich toegang had verschaft tot de kamer. Op de vensterbank lag een vliegenmepper en ik sloeg de vlieg met een goed gemikte klap dood. Er kleefde bloed aan het raam en in een flits zag ik een bebloede blouse. Ik maakte de punt van een handdoek nat en veegde het raam schoon. Toen ik me omkeerde zag ik dat mijn vader gaapte. Voor mijn vader is zijn vrouw al heel lang niet meer echt aanwezig, dus we laten het hierbij.

Benthe stoot me aan. 'De kist gaat zakken.'

We staan op. Daar gaat ze.

'Ik zou voor haar hebben willen zorgen, ik heb haar aangeboden om een paar maanden bij haar in te trekken,' zegt Benthe. 'Had ik dat maar gewoon gedaan.'

Gus slaat een arm om haar heen. 'Ze heeft haar eigen koers bepaald en dat gaan we respecteren. Je had haar toch geen lijdensweg gegund? Dat zou gebeurd zijn als ze niet had ingegrepen. Volgens mij vindt Marijn dat ook.'

Als ik nu een eerlijk antwoord moest geven zou ik zeggen dat ik haar een lijdensweg had gegund. Kom ik ooit van dit haatgevoel af? 'Dit is het beste,' zijn de enige vier woorden die ik kan uitspreken.

We drinken koffie in een kleine familiekamer, die toch te groot is.

Benthe wijst naar mijn haar. 'Laat je het weer lang groeien? Goed idee, dat lange haar stond je altijd zo mooi.'

Ik schiet vol.

'Er is een testament,' meldt Benthe. 'Mama heeft alleen Gus en mij als haar erfgenamen aangewezen.'

Ik had dit verwacht, maar toch raakt het me.

'Het huis is van papa, maar kunnen we dat nu beter niet meteen verkopen?' gaat Benthe verder.

'Dat kan, als degene die gemachtigd is om namens hem te beslissen daar toestemming voor geeft,' antwoordt Gus.

Ze kijken allebei naar mij. Gelukkig heb ik al nagedacht over dit onderwerp. 'Ik denk dat papa er geen bezwaar tegen heeft als we het huis verkopen. Het is zijn eigendom, de opbrengst staat buiten de erfenis van onze moeder. Maar hij leeft nog, dus het geld wordt overgemaakt naar zijn spaarrekening. We delen wat daarop staat als hij sterft.'

'Hij heeft er niets aan,' meent Gus.

'We verdelen het als hij sterft,' herhaal ik, terwijl ik opsta. 'De erfenis van onze moeder kunnen jullie, wat mij betreft, samen delen. Ik zal mijn erfdeel niet opeisen.'

Buiten zitten twee vogels tegen elkaar op te zingen. Voordat ik in mijn auto stap, kijk ik nog even naar het gebouw. Zou ze al in de oven liggen?

20 september

Ik hou vandaag een denkdag. Dat is nodig om te voorkomen dat het in mijn hoofd een chaos wordt. Ik denk dus na over wat ik de afgelopen maanden heb meegemaakt, over wat ik heb gedaan en over wat ik heb ontdekt.

De rechercheur die het onderzoek naar de dood van mijn moeder leidde heeft Benthe, Gus en mij heel nauwgezet uitgelegd welke voorlopige conclusies het onderzoeksteam heeft getrokken. Er is volgens hen bij de bridgevriendin van onze moeder, Selma van Hulst, sprake geweest van wat men 'tunneldenken' noemt. Deze vrouw was er waarschijnlijk van overtuigd dat de drie vrienden van haar zoon die getuige waren van het ongeluk dat hem het leven kostte iets te verwijten viel. Maar ze heeft bij haar andere kinderen de indruk gewekt dat ze die gedachte had losgelaten. Dat geloofden ze, omdat ze gewoon contact had met een van die vrienden. Achteraf gezien heeft ze iedereen misleid en is ze juist van plan geweest om wraak te nemen. Men gaat ervan uit dat ze gehoor vond bij onze moeder, met wie ze moet hebben afgesproken op welke manier de wraak gestalte zou krijgen. Onze moeder is vervolgens niet teruggedeinsd voor rigoureuze acties en het besluit om Selma van Hulst ter wille te zijn zal te maken hebben gehad met de slechte prognose van haar ziekte. Maar ergens moet het tussen de vrouwen fout zijn gegaan en daarna heeft onze moeder eerst de bridgevriendin uitgeschakeld en daarna zichzelf.

Toen de rechercheur dit zei moest er een pauze in het gesprek worden ingelast, omdat Benthe hysterisch begon te huilen. Gus nam haar mee naar buiten en ik dronk drie koppen koffie, waardoor mijn hartslag nog harder op hol sloeg dan al het geval was. Toen Benthe weer gekalmeerd was vertelde de rechercheur dat men niet weet waarom eerst twee partners van de vrienden die betrokken waren bij het ongeluk werden gepakt en daarna de enige vrouw van de vriendenclub werd lastiggevallen.

Gus vond het opvallend dat er alleen vrouwen slachtoffer waren geworden.

Ik zweeg en bedacht dat ik het zelf niet beter had kunnen verzinnen.

Na de dood van onze moeder is er niets meer gebeurd wat vragen oproept. Het team blijft alert, maar men denkt dat het gevaar voor de vrienden is geweken.

De dochter van Selma heeft een tijdje geleden een vrouw ontmoet die met haar moeder bevriend scheen te zijn, en die zij niet kende. Met die vrouw zou de politie graag nog eens praten, maar ze heeft zich nergens meer vertoond. Het is mogelijk dat de berichtgeving over de gewelddadige dood van Selma haar zo heeft geschokt dat ze zich niet meer laat zien. Ze wordt niet beschouwd als een verdachte.

Het is goed om veel na te denken en om zorgvuldig af te wegen wat ik doe en zeg. Het lijkt erop dat ik veilig ben, maar dat heb ik eerder gedacht.

Ik weet dat Jacky en Leonie me voorlopig niet met rust zullen laten. Ze werden onschuldige slachtoffers van meedogenloze vrouwen en het valt niet te ontkennen dat ik medeverantwoordelijk ben voor hun lot. Ik moet het schuldgevoel een plaats geven waar het me niet te veel beklemt. Maar ik zal het toch altijd met me meedragen.

Er valt niet aan te ontkomen en ik kan het met niemand delen.

Echt met niemand.

27 september

'Het is vandaag een maand geleden dat Agneta is gecremeerd,' zeg ik tegen mijn vader. 'Als Benthe weer in Nederland is, gaan ze de as verstrooien. Ik ben daar niet bij.'

Het is vandaag een mooie nazomerdag en ik heb hem meegenomen naar het park. Mijn mededelingen wekken geen enkele reactie op, maar dat verwacht ik ook niet.

Ik parkeer de rolstoel naast de bank en controleer of het vest dat hij draagt goed gesloten is. Ik streel zijn gezicht. 'Ik heb iemand ontmoet, papa. Hij heet Alvar en ik vind hem een mooie man. Hij heeft me al drie keer mee uit eten genomen en toen hij me de laatste keer thuisbracht hebben we gezoend.'

Mijn vader kijkt me aan. Probeert hij te begrijpen wat ik zeg?

Ik veeg een pluisje van zijn neus. 'Het is de eerste keer dat ik met iemand heb gezoend na Roel. Ik had nooit gedacht dat het nog eens zou gebeuren, ik rekende erop dat ik het niet zou willen en niet zou kunnen. Maar het was heerlijk. Ik ben naar Roels graf geweest en ik heb het hem verteld. Volgens mij vindt hij het goed.'

Zie ik het nu goed, lachen zijn ogen? 'Hij is acht jaar ouder dan ik en hij heeft een dochter. Weet je waar hij me mee naartoe wil nemen? Naar de Efteling.' Mijn stem hapert. Ik pak zijn hand vast. 'Hij wilde niet geloven dat ik nog nooit naar de Efteling was geweest. Dat noemde hij een hiaat in mijn opvoeding.'

Ik laat zijn hand weer los. 'Ik ga hem vertellen wat er met mij is gebeurd. Ik moet het kwijt bij iemand van wie ik zeker weet dat hij me zal geloven. Toen ik nog met Roel was, heeft dat altijd tussen ons in gestaan. Hij vermoedde wel dat er iets aan de hand was, maar ik kreeg de woorden niet uit mijn strot. Het zal nu ook niet gemakkelijk zijn, maar ik wil het aan Alvar vertellen.'

Ik draai de rolstoel een beetje, zodat ik zijn gezicht beter kan zien. 'Ik wil ook iets aan jou vertellen, iets wat je direct weer mag vergeten.' Terwijl ik dit zeg, bedenk ik dat vergeten geen groot probleem voor hem zal zijn.

Ik kijk om me heen. Er is niemand in de buurt die me kan horen.

'Ik wilde die avond naar buiten lopen en nooit meer terugkomen,' begin ik.

Wat zou er zijn gebeurd als ik me niet had gestoten aan de lade en dus niet het mobieltje van Selma en de envelop die aan Belinda Keesom was geadresseerd had gevonden? Dan had Belinda de foto van mij ontvangen en zou het voor mij niet goed zijn afgelopen. Ook al heb ik niemand vermoord, er kan me medeplichtigheid ten laste worden gelegd en als ik denk aan wat me dan te wachten had gestaan word ik beroerd.

Maar ik vond die envelop en dat mobieltje en hield ze in mijn hand terwijl ik de voordeur opende. Vanuit mijn ooghoeken zag ik dat de deur van de garderobekast op een kier stond. Op hetzelfde moment hoorde ik de deur van de woonkamer opengaan. Het gebeurde allemaal tegelijk en ik handelde zonder na te denken. Ik duwde de voordeur dicht, vloog de garderobekast in en trok de deur achter me weer op een kier. In de hal waren schuifelende voeten die in de richting van de trap gingen. Heel even dacht ik dat mijn moeder de deur van de garderobekast zou sluiten en ik kreeg het verschrikkelijk benauwd. Maar ze liep de trap op en een halve minuut later begreep ik dat ze het bad liet vollopen.

Ik wachtte nog een paar minuten en stapte toen uit de kast. De hal werd zwak verlicht door de buitenlamp die nog brandde. Ik bekeek het mobieltje. Het kon niet missen, dat was van Selma. Maar waar was Selma?

Ik scheurde de envelop zo geluidloos mogelijk open en vond mijn foto, met aan de achterkant mijn naam en adres. Daaronder stond: *Schuldig.*

Boven werd de kraan dichtgedraaid.

De batterij van Selma's mobiel was leeg en ik heb hem niet meer opgeladen. In plaats daarvan heb ik eerst de simkaart vernietigd, daarna het toestel met een bijl in stukken gehakt, en dezelfde dag heb ik alles in een kanaal laten verdwijnen. De envelop met de foto is verbrand. Maar dat gebeurde allemaal pas later, nadat ik in de hal van mijn ouderlijk huis stond en besefte dat ik de enige was die kon voorkomen dat mijn moeder me nog een keer te grazen zou nemen.

'Heb jij ook gedacht dat Joeri niet zomaar is verdronken?' vraag ik aan mijn vader. 'Hij had twee zwemdiploma's, dan is dat toch niet logisch? Geloofde jij echt dat hij een hartstilstand kreeg? Een gezonde jongen van elf met een geweldige conditie? Ik wilde zo graag weten of het klopte dat hij werd gepest en of jij echt met de directeur en met ouders van Joeri's klasgenoten had gesproken. Maar als ik over Joeri begon werd je altijd zo verdrietig dat ik er maar snel weer over ophield. Ik kon niet tegen je tranen.'

Ik kan het me niet voorstellen, maar toch heb ik de indruk dat mijn vader naar me luistert.

'De vraag heeft jaren op mijn lippen gelegen, maar ik durfde hem ook niet aan mijn moeder te stellen, omdat ik bang was voor de bestraffende blik in haar ogen en de consequenties daarvan. Die ogen waren zó dwingend, zó vals, zó afwijzend, zó minachtend, papa. Weet je dat ik vaak bad dat er iets zou gebeuren waardoor ze radeloos werd van angst en dat ik dan één keer die angst in haar ogen kon lezen? Dat ik één keer de macht zou kunnen overnemen? Dat gebed is verhoord.'

Ik vroeg me af of het badkamerkacheltje dat mijn moeder 's winters altijd gebruikte nog in de garderobekast stond. Ze zeurde jarenlang dat er iets gedaan moest worden aan de verwarming in de badkamer, maar mijn vader vond dat ze zich aanstelde. Ze had het verlengsnoer dat ook in de kast hing nodig om het kacheltje op een veilige afstand van het bad te kunnen zetten. Ik moest een paar jaar de stekker van het snoer in het stopcontact op de overloop steken.

Het kacheltje stond er nog en het snoer hing nog steeds keurig opgerold aan de muur.

Mijn vader kijkt me nu aan. Ik aarzel. 'Jij bent de enige aan wie ik het kan vertellen, want jij zult er met niemand over praten. Het kwam spontaan in me op, ik had het echt niet gepland. Maar ik heb ook geen seconde geaarzeld.'

Ik zie dat hij zijn handen beweegt. Ze lijken iets te zoeken. Ik schuif wat dichter naar hem toe. Onze vingers raken verstrengeld. 'Ik ben naar boven gelopen, heb de stekker in het stopcontact op de overloop gestoken en daarna opende ik de deur van de badkamer. Ze boog zich net voorover om haar voeten te wassen en ze had niet in de gaten dat ik daar stond. Totdat ik het kacheltje aanzette. Ze schrok, ze keek naar me en naar wat ik in mijn hand had. Ik bleef in de deuropening staan en gooide het kacheltje in de richting van het bad. Het kwam in het water terecht, ter hoogte van haar voeten, maar ik lette op iets anders. Ik lette op haar ogen, op de radeloze blik erin, op de angst vermengd met woede. Het gebeurde allemaal in dezelfde paar seconden, maar het enige wat telde was die blik. Die onmetelijke angst. De doodsangst. Díe wilde ik zien.

Daarna heb ik me omgedraaid en ben naar huis gegaan.'

We zitten stil, met onze voorhoofden tegen elkaar. Wat valt er nog te zeggen?

Ik voel dat mijn vader achteroverleunt. Hij kijkt me weer aan.

En glimlacht.

Lees ook van Karakter Uitgevers B.V.

LOES DEN HOLLANDER

Deel 1 van Dossier Metselaer

Aangetast

'Al vanaf de eerste bladzijde intrigerend.'
– *VN Detective & Thrillergids,* 4 sterren

Tien jaar nadat Lieve Metselaer werd geschept door een auto en dit niet overleefde, worden de dader van dit ongeluk en de vader van Lieve opgeschrikt door bedreigingen en beschuldigingen die hen erg kwetsbaar maken. Er ontwikkelt zich een duistere en onaangename strijd die consequenties heeft voor persoonlijke en zakelijke relaties.

Niemand weet wie de belager is, maar het is duidelijk dat deze moet worden gestopt voordat de volledige waarheid over het ongeluk dat Lieve het leven kostte bekend zal worden. Want deze waarheid is een beerput die beter gesloten kan blijven.

'Loes den Hollander schreef opnieuw een spannende en intrigerende thriller, waarbij onderhuids veel meer aan de hand is dan de lezer aanvankelijk vermoedt. Alle details hebben een functie en de wendingen in het verhaal zijn uitermate verrassend.'
– NBD Biblion

ISBN 978 90 452 0660 8

Lees ook van Karakter Uitgevers B.V.

Loes den Hollander

Deel 2 van Dossier Metselaer

Genadeklap

'De auteur heeft met dit dossier zeker laten zien tot belangrijk meer in staat te zijn dan spannende en aangrijpende standalones.' – Hebban, 5 sterren

Nadat bekend is geworden wat er is gebeurd met Tamara Metselaer, lijken de kaarten geschud. Degene die schuldig is bevonden wordt berecht, degene die geen blaam trof gaat vrijuit. Iedereen kan verder met zijn leven.

Toch klopt er iets niet. Maar wat er niet klopt wordt goed verborgen gehouden, en niet door één persoon. De uiteenlopende gevoelens en frustraties stapelen zich op, en een climax kan niet uitblijven.

Er is altijd een grens aan tolerantie en vergevingsgezindheid. Maar die grens ligt voor ieder mens ergens anders.

ISBN 978 90 452 1153 4

Lees ook van Karakter Uitgevers B.V.

LOES DEN HOLLANDER

Voorbedacht

'De spanning wie de dader is houdt Den Hollander goed op peil en op het einde heeft ze nog een paar aardige wendingen in petto.' – *Trouw*

Het is de nachtmerrie van iedere ouder, en het overkomt Marjon van Brienen. Haar vriend Philippe brengt hun dochter Carice niet terug na een familiebezoek.

Maar waarom? Er bestaan geen onoverkomelijke problemen tussen Marjon en Philippe, er wordt nergens strijd over gevoerd. Wat heeft hem bewogen om hun dochter mee te nemen en wat heeft hij met haar gedaan?

Een grootscheeps onderzoek levert niets op. Philippe en Carice zijn spoorloos verdwenen.

Hoe moet je verder als wanhoop, woede en verdriet je leven beheersen? Wanneer erken je je verlies?

Marjon kan nergens de antwoorden vinden. Tot ze bezoek krijgt van een vrouw, die haar iets te vertellen heeft...

ISBN 978 90 452 0498 7

Lees ook van Karakter Uitgevers B.V.

Loes den Hollander

Schijnvertoon

Een aanrijding
Een misverstand
Een moord

Dat gebeurt, en daar zijn altijd mensen bij betrokken,
soms onschuldig, soms medeverantwoordelijk.
Vaak schuldig.
Schuld hebben betekent de kans lopen om gestraft
te worden, tenzij je het slim hebt aangepakt.

En mits iemand niet net iets slimmer is dan jij.

Volg Loes den Hollander op Twitter: @LoesHolland,
of ontmoet haar op Facebook of op haar website
www.loesdenhollander.nl.

ISBN 978 90 452 0625 7

Vele lezers gingen u voor.

Van een flink aantal ontvingen wij reacties op boeken van Loes:

Leest als een trein, actueel thema en een verrassend einde, kortom weer aan te bevelen voor een groot publiek.

Ik snap niet dat er nog nooit een regisseur is opgestaan die een boek van Loes durft te verfilmen.

Een sterk verhaal geschreven door een sterke auteur. Bedankt Loes, voor weer zo'n heerlijk verhaal waar ik stil van ben geworden.

De karakters van de hoofdpersonages zijn zo haarfijn beschreven, dat geeft een enorme diepgang en tevens zwaarte aan het verhaal. De personages kruipen onder je huid. Je voelt dat de spanning toeneemt naar het einde van het boek. In je hoofd zit al een mogelijke afloop. Maar dan neemt het boek op het einde zo'n geslaagde wending dat je er stil van wordt.

Dit boek: een absolute aanrader voor fans van goede thrillers: 5 *!!

In één adem uitgelezen. De spanning wordt goed opgebouwd en bleef me pakken, iedere keer werd er weer iets toegevoegd. Een aanrader is dit zeker. Menselijk verhaal, mooi uitgediepte karakters, niet te voorspellen afloop.

Dit is absoluut een aanrader, heb het in één ruk uitgelezen. Een duidelijke verhaallijn en daardoor prettig te lezen.

TOPPER
LEES en laat je verrassen door dit meesterwerk. Loes is de meest belovende auteur op het gebied van de literaire thriller. Heel erg bedankt Loes, voor de prachtige thriller.

Weer een superboek van Loes den Hollander!!! Heb het boek in één adem uitgelezen, zoals Loes schrijft, spannend tot de laatste bladzijde. Ik zeg... Kopen dit boek!

Wilt u ook reageren en ons laten weten wat u van *Duivelspact* vindt?
Mail dan naar leesreactie@karakteruitgevers.nl.